■BARKERBOOKS

CENICIENTA CHINA & UNA TRÁGICA HISTORIA SOBRE CELOS DE
ULTRATUMBA

Derechos Reservados. © 2023, DIEGO SANTOS

Edición: Armando Saint-Martin | BARKER BOOKS®
Diseño de Portada: Jorge Fernández | BARKER BOOKS®
Ilustraciiones de portada: freepik | BARKER BOOKS®
Diseño de Interiores: Jorge Fernández Rodríguez | BARKER BOOKS®

Primera edición. Publicado por BARKER BOOKS®

I.S.B.N. Paperback | 979-8-89204-093-8
I.S.B.N. Hardcover | 979-8-89204-213-0
I.S.B.N. eBook | 979-8-89204-092-1

Derechos de Autor - Número de control Library of Congress: 1-13003344921

Todos los derechos reservados. No se permite la reproducción total o parcial
de este libro, ni su incorporación a un sistema informático, ni su transmisión
en cualquier forma o por cualquier medio, ya sea electrónico, mecánico, foto-
copia, grabación u otros, sin autorización expresa y por escrito del autor. En
caso de requerir o solicitar permiso del autor, envía un email a la casa edito-
rial o escribe a la dirección abajo con el motivo "Atención: Coordinación de
Solicitud de Permiso". La información, la opinión, el análisis y el contenido
de esta publicación es responsabilidad de los autores que la signan y no necesariamente representan el punto de vista de BARKER BOOKS®, sus socios,
asociados y equipo en general.

BARKER BOOKS® es una marca registrada propiedad de Barker Publishing,
LLC.

Barker Publishing, LLC
500 Broadway 218, Santa Monica, CA 90401
https://barkerbooks.com
publishing@barkerbooks.com

contacto@mandarinhoy.com

Cenicienta china

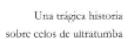

Una trágica historia
sobre celos de ultratumba

Diego
Santos
Reyes

a Diana Victoria

Biografía del autor

Oriundo de la Ciudad de México cambié mi residencia a la calurosa capital del estado de Nuevo León a los seis años de edad, por motivos laborales de mi familia. Comencé a estudiar Kung Fu a la edad de quince años y posteriormente chino mandarín a la edad de veintiún años. Soy fundador de la Escuela y Agencia de traducción Mandarín Hoy, y desde el primer día que comencé a estudiar el idioma me cautivó por completo al grado que se ha convertido en mi forma de vida. Sin faltar a la verdad podría afirmar que me siento como Temistocles cuando decía que "El Trofeo de Milciades no lo dejaba dormir", que en mi caso es más bien la gigante China, la que no me deja hacer otra cosa más que seguirme capacitando todos los días y traducir cualquier texto en chino que caiga en mis manos.

Aprender chino me ha abierto muchas puertas; desde oportunidades de negocio hasta entablar amistad con gente interesantísima de la comunidad China. Y la aventura continua, cada día es para mí un aprendizaje, puesto que me sigo sorprendiendo ante todas las cosas que aún ignoro sobre esta cultura de más de cinco mil años vigentes. Por lo que este libro es un tributo a todos mis profesores de chino que con su diligente batuta me han impulsado a seguir mejorando y es también una muestra para mis alumnos de todo lo que se puede lograr con dedicación, estudio y disciplina. En este punto podríamos evocar aquella frase en chino que dice: "千里 之行,始于足下 qiān lǐ zhī xíng, shǐ yú zú xià", traducida literalmente como "Un viaje de mil Li comienza con un primer paso", pero con una interpretación más profunda sería que los grandes acontecimientos se alcanzan con la acumulación de pequeños logros. Por último espero también que este libro sea un puente más para romper la barrera que hay entre ambos extremos del mundo a través del entendimiento del lenguaje.

譯者註釋詞汇彙
/译者注释词汇表
yì zhě zhù shì cí huì biǎo
Glosario de la Nota del traductor

1. 中文裡/中文里 Zhōngwén lǐ (Frase. En chino).
2. 泛指 fàn zhǐ (Verbo. Utilizado en forma o sentido general).
3. 所有 suǒ yǒu (Adjetivo. Todo).
4. 事物 shì wù (Sustantivo. Cosa, objeto).
5. 詞語/词语 cí yǔ (Sustantivo. Palabras, frases).
6. 漢字/汉字 hàn zì (Sustantivo. Caracteres Chinos).
7. 組成/组成 zǔ chéng (Verbo. Estar compuesto).
8. 由……组成 yóu…zǔ chéng (Estructura. Significa estar compuesto por…).
9. 两個漢字/两个汉字 liǎng gè hàn zì (Frase. Dos caracteres chinos).
10. 按照 àn zhào (Preposición. De acuerdo con).
11. 古人 gǔ rén (Sustantivo. Antepasados, ancestros).
12. 智慧 zhì huì (Sustantivo. Sabiduría).
13. 來自/来自 lái zì (Verbo. Venir de).
14. 世界 shì jiè (Sustantivo. Mundo).
15. 两端/两端 liǎng duān (Sustantivo. Dos extremos).
16. 毫無疑問/毫无疑问 háo wú yí wèn (Frase idiomática. Sin lugar a dudas).
17. 中國/中国 Zhōngguó (Sustantivo. China).
18. 作為/作为 zuò wéi (Verbo. Tomarse o considerarse como).
19. 擁有/拥有 yǒng yǒu (Verbo. Poseer, tener).
20. 五千年 wǔ qiān nián (Frase. Cinco mil años).
21. 文明 wén míng (Sustantivo. Civilización).
22. 歷史/历史 lì shǐ (Sustantivo. Historia).
23. 國家/国家 guó jiā (Sustantivo. País, nación).
24. 为 wèi (Preposición. a, para).
25. 人類/人类 rén lèi (Sustantivo. Humanidad).
26. 發展/发展 fā zhǎn (Verbo. Desarrollar).
27. 作出 zuò chū (Verbo. Poner, presentar).
28. 巨大 jù dà (Adjetivo. Grande, inmensa, enorme, colosal).
29. 貢獻/贡献 gòng xiàn (Sustantivo. Contribución, aportación).
30. 英国 Yīngguó (Sustantivo. Inglaterra).
31. 漢學家/汉学家 hàn xué jiā (Sustantivo. Sinólogo).
32. 历史学家 lì shǐ xué jiā (Sustantivo. Historiador).
33. 約瑟夫·李約瑟/约瑟夫·李约瑟 Yuēsèfū·Lǐyuēsè (Sustantivo.Joseph Needham).
34. 曾 céng (Adverbio. Indicando que una acción o un estado han sucedido alguna vez; antes, anteriormente).
35. 強調/强调 qiáng diào (Verbo. Enfatizar, recalcar).
36. 發明/发明 fā míng (Sustantivo/Verbo. Invento; inventar).
37. 長期/长期 cháng qí (CH Continental) (TW) cháng qī (Sustantivo. Por largo tiempo).
38. 處於/处于 chǔ yú (Verbo. Estar en alguna posición o condición).
39. 領先地位/领先地位 lǐng xiān dì wèi (Frase. Posición destacada).
40. 巨著 jù zhù (Sustantivo. Obra maestra).
41. 中國科學技術史/中国科学技术史 Zhōngguó kēxué jìshù shǐ (Sustantivo. Título del libro "Ciencia y Civilización en China").
42. 列舉/列举 (Verbo. Enumerar).

CHINO SIMPLIFICADO

译者注释:

中文里泛指所有事物的词语是 "东西 dōng xi",由两个汉字组成:"东 dōng(东方)西 xī（西方)",按照古人的智慧万物都是来自世界的两端。

但毫无疑问,中国作为一个拥有五千多年文明历史的国家,为人类发展作出过巨大的贡献;英国汉学家和历史学家约瑟夫李约瑟（1900-1995),曾强调中国的发明曾长期处于世界的领先地位,在他的巨著《中国科学技术史》中列举了中国26项发明。例如: 瓷器和弩(领先十三个世纪) 铸铁(领先十二个世纪),劳动牲畜的挽具 (领先八个世纪)和机械钟表(领先六个世纪)。此外还有: 指南针、火药、印刷术、造纸术。

CHINO TRADICIONAL

譯者註釋:

中文裡泛指所有事物的詞語是 "東西 dōng xi",由兩個漢字組成:"東 dōng（東方)西 xī（西方)",按照古人的智慧萬物都是來自世界的兩端。

但毫無疑問,中國作為一個擁有五千多年文明歷史的國家,為人類發展作出過巨大的貢獻;英國漢學家和歷史學家約瑟夫李約瑟(1900-1995),曾強調中國的發明曾長期處於世界的領先地位,在他的巨著《中國科學技術史》中列舉了中國26項發明。例如: 瓷器和弩(領先十三個世紀) 鑄鐵(領先十二個世紀),勞動牲畜的挽具 (領先八個世紀)和機械鐘錶(領先六個世紀)。此外還有: 指南針、火藥、印刷術、造紙術。

PINYIN

yì zhě zhù shì:

Zhōngwén lǐ fàn zhǐ suǒ yǒu shì wù de cí yǔ shì " dōng xi", yóu liǎng gè hàn zì zǔ chéng:"dōng (dōng fāng) xī(xī fāng)", àn zhào gǔ rén de zhì huì wàn wù dōu shì lái zì shì jiè de liǎng duān.

dàn háo wú yí wèn, Zhōngguó zuò wéi yí gè yǒng yǒu wǔ qiān duō nián wén míng lì shǐ de guó jiā, wéi rén lèi fā zhǎn zuò chū guò jù dà de gòng xiàn; Yīng-guó hàn xué jiā hé lì shǐ xué jiā Yuēsèfū Lǐyuēsè (yī jiǔ líng líng-yī jiǔ jiǔ wǔ), céng qiáng diào Zhōngguó de fā míng céng cháng qí chǔ yú shì jiè de lǐng xiān dì wèi, zài tā de jù zhù "Zhōngguó kē xué jì shù shǐ" zhōng liè jǔ le Zhōngguó èr shí liù xiàng fā míng. lì rú: cí qì hé dū (lǐng xiān shí sān gè shì jì) zhù tiě (lǐng xiān shí'èr gè shì jì), láo dòng shēng chù de wǎn jù (lǐng xiān bā gè shì jì) hé jī xiè zhōng biǎo (lǐng xiān liù gè shì jì). cǐ wài hái yǒu: zhǐ nán zhēn, huǒ yào, yìn shuā shù, zào zhǐ shù.

ESPAÑOL

Nota del traductor

Una palabra en chino para referirse de forma general a cualquier cosa es 東西/东西 dōng xi; está compuesta por dos caracteres 東/东 dōng "oriente" y 西 xī "occidente". Y esto se debe a que, según la sabiduría de los antiguos, todas las cosas vienen de estos dos extremos del mundo.

Pero China, sin lugar a dudas, al ser una nación que posee más de cinco mil años de civilización e historia, ha contribuido de manera colosal al desarrollo de la humanidad; el sinólogo británico e historiador Joseph Needham resalta en su obra maestra "Ciencia y Civilización en China" como los inventos Chinos se anticiparon por un largo tiempo en el mundo, enumerando veintiséis inventos Chinos. Por ejemplo: la porcelana y la ballesta (trece siglos antes), fundición de hierro (doce siglos antes), arneses para animales de trabajo (ocho siglos antes) y relojes mecánicos (seis siglos antes). Por otro lado, también: la pólvora, el compás magnético, el proceso de fabricación de papel y la imprenta.

43. 項/项 xiàng (Clasificador. Para artículos en un listado).
44. 例如 lì rú (Verbo. Por ejemplo).
45. 瓷器 cí qì (Sustantivo. Porcelana).
46. 弩 nǔ (Sustantivo. Ballesta).
47. 領先/领先 lǐng xiān (Verbo. Estar a la cabeza, tomar la delantera).
48. 十三世紀/十三世纪 shí sān shì jì (Frase. Siglo XIII).
49. 鑄鐵/铸铁 zhù tiě (Sustantivo. Fundición de Hierro).
50. 十二世紀/十二世纪 shí'èr shì jì (Frase. Siglo XII).
51. 勞動牲畜的挽具/劳动牲畜的挽具 láo dòng shēng chù de wǎn jù (Frase. Arneses para animales de trabajo).
52. 八世紀/八世纪 bā shì jì (Frase. Siglo VIII).
53. 機械鐘錶/机械钟表 jī xiè zhōng biǎo (Sustantivo. Reloj Mecánico).
54. 六世紀/六世纪 liù shì jì (Frase. Siglo VI).
55. 此外 cǐ wài (Conjunción. Además).
56. 還有/还有 hái yǒu (Conjunción. Por otra lado).
57. 指南針/指南针 zhǐ nán zhēn (Sustantivo. Compás).
58. 火藥/火药 huǒ yào (Sustantivo. Pólvora).
59. 印刷術/印刷术 yìn shuā shù (Sustantivo. Imprenta).
60. 造紙術/造纸术 zào zhǐ shù (Sustantivo. Proceso de fabricación de papel).

61. 故事 gù shi (Sustantivo. Historia).
62. 灰姑娘 Huīgūniáng (Sustantivo. Cenicienta).
63. 由 yóu (Preposición. Desde, de).
64. 西方國家/西方国家 xī fāng guó jiā (Frase. Países occidentales).
65. 非常 fēi cháng (Adverbio. Expresa un grado demasiado alto).
66. 相似 xiāng sì (Verbo. Parecerse asemejarse).
67. 名為/名为 míng wèi (Frase. Llamado, conocido como).
68. 葉限/叶限 Yèxiàn (Sustantivo. Nombre de la presente historia y también de su protagonista).
69. 出現/出现 chū xiàn (Verbo. Aparecer; surgir).
70. 作品 zuò pǐn (Sustantivo. Obra literaria, escrito, composición).
71. 酉陽雜俎/酉阳杂俎 Yǒuyáng Zázǔ (Título de libro. traducido al inglés como "Miscellaneous Morsels from Youyang", obra miscelánea escrita en la dinastía Táng por 段成式 Duàn Chéngshì, dividida en treinta volúmenes —veinte en la primer parte y diez en la segunda— que contiene historias paranormales y extrañas, abordado temas sobre inmortales, Budas, fantasmas y más…).
72. 第二十一章 dì èr shí yī zhāng (Frase. Capítulo XXI).
73. 段成式 Duàn Chéngshì (Sustantivo. Nombre completo del recopilador de la presente historia).
74. 編輯/编辑 biān jí (Sustantivo. Editor, compilador).
75. 一系列 yí xì liè (Adjetivo. Una serie o sucesión de).
76. 發表/发表 fā biǎo (Verbo. Publicar).
77. 於/于 yú (Preposición. En).
78. 九世紀/九世纪 jiǔ shì jì (Frase. Siglo XIX).
79. 斯拉夫語/斯拉夫语 Sīlāfū yǔ (Sustantivo. Lenguas de los Pueblos eslavos).
80. 日耳曼語/日耳曼语 Rì'ěrmàn yǔ (Sustantivo. Lengua Germana).
81. 版本 bǎn běn (Sustantivo. Edición).
82. 之前 zhī qián (Sustantivo. Con anterioridad).
83. 呈現/呈现 chéng xiàn (Verbo. Mostrar, aparecer).
84. 原始 yuán shǐ (Adjetivo. Original).
85. 直接 zhí jiē (Adjetivo. Directo).
86. 翻譯/翻译 fān yì (Verbo. Traducir).
87. 共 gòng (Adverbio. En conjunto).
88. 一千四百八十六個/一千四百八十六 yì qiān sì bǎi bā shí liù (Número. Mil Cuatrocientos ochenta y seis).
89. 文字 wén zì (Sustantivo. Caracteres).
90. 並且/并且 bìng qiě (Conjunción. Y, además).
91. 具有 jù yǒu (Verbo. Tener, poseer).
92. 創新/创新 chuàng xīn (Sustantivo. Innovación, originalidad).
93. 選項/选项 xuǎn xiàng (Sustantivo. Alternativa, opción).
94. 選擇/选择 xuǎn zé (Verbo. Elegir).
95. 繁体中文 fán tǐ zhōng wén (Frase. Chino Tradicional).
96. 简体中文 jiǎn tǐ zhōng wén (Frase. Chino Simplificado).
97. 进行 jìn xíng (Verbo. En el proceso, durante, mientras).
98. 阅读 yuè dú (Verbo. Leer).
99. 另外 lìng wài (Conjunción. Además).
100. 為了/为了 wèi le (Preposición. A fin de).
101. 方便 fāng biàn (Verbo. Para conveniencia de).

CHINO SIMPLIFICADO

从发明到现在的故事，"灰姑娘最早是由西方国家还是中国写的？"有一个非常相似的故事，名为"叶限 Yèxiàn"出现在作品"酉阳杂俎 Yǒuyáng Zázǔ"第二十一章，由"段成式 Duàn Chéngshì"编辑的一系列故事组成的，发表于九世纪。在斯拉夫语和日耳曼语版本之前。

我在下面呈现的是版本是中文原始故事的直接翻译，共翻译一千四百八十六个文字。并且它具有创新的选项，可以选择用繁体中文或简体中文来进行阅读。另外，（为了方便中国学生）还有完整的拼音和包含360个重要词语的词汇表（带声调变化）供您参考。有兴趣的学习中文的读者可以通过电子邮件联系以获取额外的学习教材（一张包含着词汇表中每个单词单独发音的闪卡）。

CHINO TRADICIONAL

從發明到現在的故事，"灰姑娘最早是由西方國家還是中國寫的？"有一個非常相似的故事，名為"葉限 Yèxiàn"出現在作品"酉陽雜俎 Yǒuyáng Zázǔ"第二十一章，由"段成式 Duàn Chéngshì"編輯的一系列故事組成的，發表於九世紀。在斯拉夫語和日耳曼語版本之前。

我在下面呈現的是版本是中文原始故事的直接翻譯，共翻譯一千四百八十六個文字。並且它具有創新的選項，可以選擇用繁體中文或簡體中文來進行閱讀。另外，（為了方便中國學生）還有完整的拼音和包含360個重要詞語的詞彙表（帶聲調變化）供您參考。有興趣的學習中文的讀者可以通過電子郵件聯繫以獲取額外的學習教材（一張包含著詞彙表中每個單詞單獨發音的閃卡）。

PINYIN

cóng fā míng dào xiàn zài de gù shi,"Huīgūniáng zuì zǎo shì yóu xī fāng guó jiā hái shì Zhōngguó xiě de?" yǒu yí gè fēicháng xiāng sì de gùshi, míng wèi "Yèxiàn" chū xiàn zài zuò pǐn "Yǒuyáng Zázǔ" dì èr shí yī zhāng, yóu "Duàn Chéng shi" biān jí de yí xì liè gù shi zǔ chéng de, fā biǎo yú jiǔ shì jì. zài Sīlāfū yǔ hé Rì'ěrmàn yǔ bǎn běn zhī qián.

wǒ zài xià miàn chéng xiàn de shì bǎn běn shì Zhōng-gwén yuán shǐ gù shì de zhí jiē fān yì, gòng fān yì yì qiān sì bǎi bā shí liù gè wén zì. bìng qiě tā jù yǒu chuàng xīn de xuǎn xiàng, kě yǐ xuǎn zé yòng fán tǐ Zhōng wén huò jiǎn tǐ Zhōngwén lái jìn xíng yuè dú. lìng wài, (wèi le fāng biàn Zhōngguó xuéshēng) hái yǒu wán zhěng de pīn yīn hé bāo hán sān bǎi liù shí gè zhòng yào cí yǔ de cí huì biǎo (dài shēng tiáo biàn huà) gōng nín cān kǎo. yǒu xìng qù de xué xí Zhōngwén de dú zhě kě yǐ tōng guò diàn zǐ yóu jiàn lián xì yǐ huò qǔ é wài de xué xí jiào cái (yì zhāng bāo hán zhe cí huì biǎo zhōng měi gè dān cí dān dú fā yīn de shǎn kǎ).

ESPAÑOL

De los inventos pasemos ahora a los cuentos, ¿fue Cenicienta escrita primero en occidente o en China? Una historia muy similar titulada: Yèxiàn aparece en el capítulo XXI de la obra 酉陽雜俎/酉阳杂俎 Yǒuyáng Zázǔ; la cual consta de una serie de historias recopiladas por 段成式 Duàn Chéngshì, publicada en el siglo IX. Antecediendo a las versiones Eslava y Germana.

La versión que presento a continuación, es una fiel traducción propia y directa del cuento original en chino. En total se tradujeron mil cuatrocientos ochenta y seis caracteres. Y cuenta con la innovadora opción para que pueda ser leída también en chino tradicional o simplificado. Cuenta además (para la comodidad del estudiante de chino) con el pinyin completo (con cambios de tonos) y un glosario con trescientas sesenta palabras más importantes ofrecidas a usted para consulta. El lector interesado en aprender chino puede ponerse en contacto vía correo electrónico para obtener material didáctico digital complementario (tarjetas de estudio con la pronunciación individual de cada palabra del glosario).

102. 學習中文的學生/学习中文的学生 xué xí Zhōngwén de xué shēng (Frase. Estudiante de chino).
103. 完整 wán zhěng (Adjetivo. Completo).
104. 拼音 pīn yīn (Sustantivo. Alfabeto fonético chino).
105. 包含 bāo hán (Verbo. Contener).
106. 重要詞語的詞彙表/重要词语的词汇表 zhòng yào cí yǔ de cí huì biǎo (Frase. Glosario con el vocabulario más importante).
107. 聲調變化/声调变化 shēng tiáo biàn huà (Frase. Cambio de tonos).
108. 供您參考/供您参考 gōng nín cān kǎo (Frase. Que se ofrece a usted para consulta).
109. 有興趣/有兴趣 yǒu xìng qù (Verbo. Tener interés, estar interesado en).
110. 學習中文的讀者/学习中文的读者 xué xí Zhōngwén de dú zhě (Frase. Lector estudiante de chino).
111. 電子郵件/电子邮件 diàn zǐ yóu jiàn (Sustantivo. Correo electrónico).
112. 聯繫/联系 lián xì (Verbo. Contactar).
113. 以 yǐ (Conjunción. Para).
114. 獲取/获取 qǔ huò (Verbo. Obtener).
115. 額外/额外 é wài (Adjetivo. Adicional, extra).
116. 學習教材/学习教材 xué xí jiào cái (Frase. Material de estudio).
117. 張/张 zhāng (Clasificador. Para objetos planos).
118. 單詞/单词 dān cí (Sustantivo. Palabra individual).
119. 單獨/单独 dān dú (Adjetivo. Individualmente).
120. 發音/发音 fā yīn (Sustantivo. Pronunciación).
121. 閃卡/闪卡 shǎn kǎ (Sustantivo. Tarjeta de estudio).
122. 尚迪戈·雷耶斯 Shàng Dígē·Léiyésī (Sustantivo. Diego Santos Reyes).
123. 寫於/写于 xiě yú (Frase. Escrito en).
124. 是否 shì fǒu (Adverbio. Sí es así o no).
125. 問題/问题 wèn tí (Sustantivo. Duda, problema).
126. 将 jiāng (Adverbio. Será).
127. 回答 huí dá (Verbo. Responder).
128. 墨西哥 Mòxīgē (Sustantivo. Monterrey).
129. 新莱昂州首府 Xīnlái'áng zhōu (Sustantivo. Nuevo León).
130. 首府 shǒu fǔ (Sustantivo. Capital).
131. 蒙特雷 Méngtèléi (Sustantivo. Monterrey).

CHINO SIMPLIFICADO

关于"灰姑娘的故事是否由中国写的"这个问题将由好的读者在阅读本书后回答。

尚迪戈·雷耶斯（Diego Santos Reyes）写于2022年6月17日墨西哥新莱昂州首府蒙特雷。

CHINO TRADICIONAL

關於"灰姑娘的故事是否由中國寫的"這個問題將由好的讀者在閱讀本書後回答。

尚迪戈·雷耶斯（Diego Santos Reyes）寫於2022年6月17日墨西哥新莱昂州首府蒙特雷。

PINYIN

guān yú "Huīgūniáng de gù shi shì fǒu yóu Zhōngguó xiě de" zhè ge wèn tí jiāng yóu hǎo de dú zhě zài yuè dú běn shū hòu huí dá.

Shàng Dígē·Léiyésī (Diego Santos Reyes) xiě yú èr líng èr èr nián liù yuè shí qī rì Mòxīgē Xīnlái'áng zhōu shǒufǔ Méngtèléi.

ESPAÑOL

Si la historia de Cenicienta fue escrita o no primero en China, la pregunta será respondida por el amable lector después de leer la presente obra.

Diego Santos Reyes. Escrito en Monterrey, N.L. México 17 de Junio de 2022

葉限詞彙彙
/叶限词汇表
cí huì biǎo
Glosario de Cenicienta China

1. 葉限/叶限 Yèxiàn (Nombre. De la presente historia y también su protagonista).
2. 篇 piān (Sustantivo. Composición literaria).
3. 選自/选自 xuǎn zì (Frase. Elegido, a desde).
4. 唐 Táng (Sustantivo. Dinastía Tang 618-907).
5. 段成式 Duàn Chéngshì (Sustantivo. Nombre completo del recopilador de la presente historia).
6. 之 zhī (Auxiliar. Partícula posesiva literaria equivalente a "的 de").
7. 酉陽雜俎/酉阳杂俎 Yǒuyáng Zázǔ (título de libro. traducido al inglés como "Miscellaneous Morsels from Youyang" obra miscelánea escrita en la dinastía Táng por 段成式 Duàn Chéngshì, dividida en treinta volúmenes (veinte en la primer parte y diez en la segunda) que contiene historias paranormales y extrañas, abordado temas sobre inmortales, Budas, fantasmas y más…En el capítulo XXI aparece la presente historia).
8. 記載/记载 jì zǎi (Verbo. Anotar, registrar, poner por escrito).
9. 奇異故事/奇异故事 qí yì gù shii (Frase. Historias extraordinarias, inusuales y extrañas).
10. 逝世 shì shì (Verbo. Fallecer, perecer, morir, irse de este mundo).
11. 研究民間故事诸/研究民间故事諸 yán jiū mín jiān gù shi zhū (Frase. Diversos investigadores folcloristas).
12. 學者/学者 xué zhě (Sustantivo. Escolar).
13. 曾 céng (Adverbio. Indicando que una acción o un estado han sucedido alguna vez; antes, anteriormente).
14. 研究 (CH Continental) yán jiū (TW) yán jiù (Verbo. Estudiar, investigar).
15. 此 cǐ (pronombre. Éste, ésta, esto, ése, ésa, eso, aquí, ahora).
16. 流傳/流传 liú chuán (Verbo. Circular; difundir).
17. 竟 jìng (Adverbio. Inesperadamente, para sorpresa de uno).
18. 發現/发现 fā xiàn (Verbo. Descubrir; encontrar).
19. 乃 nǎi (Adverbio. Expresa afirmación; equivalente a 就是 jiù shì, 確實/确实 què shí).
20. 頗耐尋味/颇耐寻味 (CH Continental) pō (TW) pǒ nài xún wèi (Frase. Significa que algo vale la pena de ser pensado cuidadosamente; que algo tiene un gran interés).
21. 斯拉夫 Sīlāfū (Sustantivo. Pueblos eslavos).
22. 民族 mín zú (Sustantivo. Nacionalidad; etnia).
23. 亦 yì (Adverbio literario. También; equivalente a 也 yě).
24. 此類/此类 cǐ lèi (Frase. Este tipo).
25. 其中 qí zhōng (Sustantivo. En medio de, entre, otras cosas).
26. 與/与 yǔ (Conjunción. equivalente a 和 hé; y).
27. 動物/动物 dòng wù (Sustantivo. animal).
28. 為友/为友 wéi yǒu (Frase. Convertirse en amigos).
29. 日耳曼 Rì'ěrmàn (Sustantivo. Germano).
30. 失去 shī qù (Verbo. Perder).
31. 一鞋 yì xié (Frase. Un zapato).
32. 則 zé (Conjunción. Expresa causa, condición, etc.).
33. 特點/特点 tè diǎn (Sustantivo. Características).
34. 具備/具备 jù bèi (Verbo. Poseer; tener; estar provisto con; equipado; cumplir con condiciones o requerimientos).

CHINO SIMPLIFICADO

叶限

本篇选自唐段成式之 《酉阳杂俎》。段极喜记载奇异故事 （段于八六三年逝世）。研究民间故事诸学者曾研究此流传世界之故事，竟发现最早之写定乃在中国，颇耐寻味。斯拉夫民族故事中，亦有此类故事，其中亦有与动物为友，日耳曼民族中亦有此类故事，其中亦记失去一鞋，中国故事中则此二特点具备。原作者称此故事系其仆人所述，该仆为永州土著，永州在今湖南省。本故事副有历史趣味，故忠实译出。

CHINO TRADICIONAL

葉限

本篇選自唐段成式之《酉陽雜俎》。段極喜記載奇異故事（段於八六三年逝世）。研究民間故事諸學者曾研究此流傳世界之故事，竟發現最早之寫定乃在中國，頗耐尋味。斯拉夫民族故事中，亦有此類故事，其中亦有與動物為友，日耳曼民族中亦有此類故事，其中亦記失去一鞋，中國故事中則此二特點具備。原作者稱此故事係其僕人所述，該僕為永州土著，永州在今湖南省。本故事副有歷史趣味，故忠實譯出。

PINYIN

Yèxiàn

běn piān xuǎn zì Táng Duàn Chéngshì zhī "Yǒuyáng Zázǔ". Duàn jí xǐ jì zǎi qí yì gù shi (Duàn yú bā liù sān nián shì shì). yán jiū mín jiān gù shi zhū xué zhě céng yán jiū cǐ liú chuán shì jiè zhī gù shi, jìng fā xiàn zuì zǎo zhī xiě dìng nǎi zài Zhōngguó, pō nài xún wèi. Sīlāfū mín zú gù shi zhōng, yì yǒu cǐ lèi gù shi, qí zhōng yì yǒu yǔ dòng wù wéi yǒu, Rì'ěrmàn mín zú zhōng yì yǒu cǐ lèi gù shi, qí zhōng yì jì shī qù yì xié, Zhōngguó gù shi zhōng zé cǐ èr tè diǎn jù bèi. yuán zuò zhě chēng cǐ gù shi xì qí pú rén suǒ shù, gāi pú wéi Yǒngzhōu tǔ zhù, Yǒngzhōu zài jīn Húnán Shěng. běn gù shi fù yǒu lì shǐ qù wèi, gù zhōng shí yì chū.

ESPAÑOL

Cenicienta China

Este escrito fue seleccionado de la obra Historias Misceláneas de Yǒuyáng del recopilador y escritor de la dinastía Táng: Duàn Chéngshì. A Duàn le gustaba mucho registrar historias de lo extraordinario e inusual. (Duàn abandonó este mundo en el año 863). Diversos investigadores folklóricos y escolares que estudiaron esta historia difundida por el mundo, para su sorpresa descubrieron que fue escrita primero en China; lo cual tiene un gran interés. Tanto la historia Eslava como también la Germana tienen estas características incluidas: los animales que se convierten en amigos y el zapato perdido; dos requisitos que la historia china cumple. El escritor original refiere que esta historia le fue contada por uno de sus sirvientes, quien seguramente era un aborigen de Yǒngzhōu (Yǒngzhōu está en la actual provincia de Húnán) Esta historia es rica en interés histórico, por lo que la traducción es fiel a la historia original.

35. 原作者 yuán zuò zhě (Frase. Escritor original).
36. 稱/称 chēng (Verbo. Decir; contar; referir).
37. 系 xì (Verbo. Expresa determinación; equivalente a 是 shì).
38. 其 qí (Pronombre literario. Su; sus; suyo; suya; suyos).
39. 僕人/仆人 pú rén (Sustantivo. Sirviente).
40. 所述 suǒ shù (Frase. Le fue contado).
41. 該/该 gāi (Verbo. Probablemente, seguramente).
42. 為/为 wéi (Verbo. Ser).
43. 土著 tǔ zhù (Sustantivo. Aborigen, Indígena).
44. 永州 Yǒngzhōu (Sustantivo. ciudad-prefectura en la provincia de Hunan).
45. 湖南省 Húnán Shěng (Sustantivo. provincia de Hunan).
46. 富有 fù yǒu (Verbo. tener en abundancia; rico en).
47. 趣味 qù wèi (Sustantivo. interés, gusto; gracia; preferencia).
48. 忠實/忠实 zhōng shí (Adjetivo. honrado; leal; fiel).
49. 譯出/译出 yì chū (Frase. Traducción final ; "譯/译 yì" significa traducir; "出 chū" utilizado después de un verbo expresa que la acción ya se completo, o que se obtuvo un resultado).

Cenicienta china

50. 秦漢/秦汉 Qín Hàn [Dinastías Qin (221-207 a.e.c) y Han (206 a.e.c-220 e.c)].
51. 山洞 shān dòng (Sustantivo. Cueva; caverna; gruta).
52. 酋長/酋长 qiú zhǎng (Sustantivo. Jefe de tribu).
53. 土人 tǔ rén (Sustantivo. Nativos; aborígenes).
54. 吳洞住/吴洞主 Wú dòng zhǔ (Sustantivo. Jefe de cueva Wú).
55. 娶 qǔ (Verbo. Tomar una esposa, casarse con una mujer; contrario a 嫁 jià cuando una mujer se casa).
56. 留下 liú xià (Verbo. Quedar, dejar atrás).
57. 幼女 yòu nǚ (Sustantivo. Niña pequeña, hija más pequeña).
58. 名叫 míng jiào (Frase. Llamado a).
59. 聰明伶俐/聪明伶俐 cōng míng líng lì (Frase. Inteligente y de rápido ingenio).
60. 金工 jīn gōng (Sustantivo. Metalurgia).
61. 頗/颇 (CH Continental) pō (TW) pǒ (Adverbio literario. Mucho, muy, bastante).
62. 受 shòu (Verbo. Recibir).
63. 父親/父亲 fù qīn (Sustantivo. Padre).
64. 疼愛/疼爱 téng'ài (Verbo. Amar tiernamente, preocuparse por, cuidar proteger).
65. 死後/死后 sǐ hòu (Frase. Después de morir).
66. 後娘/后娘 hòu niáng (Sustantivo. Madrastra).
67. 橫加/横加 héng jiā (Verbo. Hacer algo rudo e irracional, tiránico, violento, o salvaje a alguien).
68. 虐待 nüè dài (Verbo. Maltratar, abusar).
69. 常常 cháng cháng (Adverbio. Con frecuencia, a menudo).
70. 强迫 qiǎng pò (Verbo. Forzar, obligar).
71. 砍柴 kǎn chái (Frase. Cortar leña).
72. 命 mìng (Verbo literario. Ordenar).
73. 危險/危险 (CH Continental) wēi xiǎn (TW) wéi xiǎn (Verbo. Peligroso).
74. 地方 (CH Continental) dì fang (TW) dì fāng (Sustantivo. Lugar; parte).
75. 深井 shēn jǐng (Frase. Pozo profundo).
76. 捉 zhuō (Verbo. Coger, capturar).
77. 條/条 tiáo (Clasificador. Para objetos o animales largos).
78. 魚/鱼 yú (Sustantivo. Pescado).
79. 寸 cùn (Unidad tradicional china de longitud. Equivalente a 3.333 centímetros o 1.312 pulgadas).
80. 多 duō (Adverbio. Utilizado después de un numeral expresa una cantidad aproximada mayor a la expresada; más de).
81. 長/长 cháng (Adjetivo. Largo).
82. 紅鰭/红鳍 hóng qí (Frase. Escamas rojas).
83. 金眼 jīn yǎn (Frase. Ojos dorados).
84. 就 jiù (Adverbio. Indica una acción seguida de otra en la estructura V1+就+V2).
85. 盆 pén (Clasificador. Para cosas contenidas en un recipiente, tina, olla, etc.).
86. 一天天 yì tiān tiān (Frase. Cada día).
87. 長大/长大 zhǎng dà (Verbo. Crecer).
88. 起來/起来 qǐ lái (Verbo. Utilizado después de un verbo indica el inicio y continuación de una acción o estado).
89. 後來/后来 hòu lái (Sustantivo. Después).
90. 盆子 pén zi (Sustantivo. Cuenco, tina).
91. 裝 zhuāng (Verbo. Contener, guardar, retener).
92. 不下 bú xià (Verbo. Utilizado después de otro verbo indica incapacidad).
93. 把 bǎ (Preposición. Utilizado antes de un sustantivo muestra la influencia; manejo sobre alguien o algo).

CHINO SIMPLIFICADO

秦汉以前，一个山洞里有一个酋长，土人叫他吴洞主。他娶了两个妻子，一个妻子死后留下一个幼女，名叫叶限。叶限生得聪明伶俐，极会做金工，颇受父亲疼爱。父亲死后，后娘横加虐待，常常强迫她去砍柴，命她到危险的地方从深井打水。

一天，叶限捉到一条鱼，两寸多长，红鳍金眼，她就带回家去，放在一盆水里。鱼一天天长大起来，后来盆子装不下了，叶限把它放在房子后面的池塘里。叶限一到池塘边，那条鱼就游到水面来，把头枕在水边，若是别人来，那条鱼就不上来。

CHINO TRADICIONAL

秦漢以前，一個山洞裡有一個酋長，土人叫他吳洞主。他娶了兩個妻子，一個妻子死後留下一個幼女，名叫葉限。葉限生得聰明伶俐，極會做金工，頗受父親疼愛。父親死後，後娘橫加虐待，常常強迫她去砍柴，命她到危險的地方從深井打水。

一天，葉限捉到一條魚，兩寸多長，紅鰭金眼，她就帶回家去，放在一盆水裡。魚一天天長大起來，後來盆子裝不下了，葉限把牠放在房子後面的池塘里。葉限一到池塘邊，那條魚就游到水面來，把頭枕在水邊，若是別人來，那條魚就不上來。

PINYIN

Qín Hàn yǐ qián, yí gè shān dòng lǐ yǒu yí gè qiú zhǎng, tǔ rén jiào tā Wú dòng zhǔ. tā qǔ le liǎng gè qī zi, yí gè qī zi sǐ hòu liú xià yí gè yòu nǚ, míng jiào Yèxiàn. Yèxiàn shēng de cōng míng líng lì, jí huì zuò jīn gōng, pō shòu fù qīn téng'ài. fù qīn sǐ hòu, hòu niáng héng jiā nüè dài, cháng cháng qiǎng pò tā qù kǎn chái, mìng tā dào wēi xiǎn de dì fang cóng shēn jǐng dǎ shuǐ.

yì tiān, Yèxiàn zhuō dào yì tiáo yú, liǎng cùn duō cháng, hóng qí jīn yǎn, tā jiù dài huí jiā qù, fàng zài yì pén shuǐ lǐ. yú yì tiān tiān zhǎng dà qǐ lái, hòu lái pén zi zhuāng bú xià le, Yèxiàn bǎ tā fàng zài fáng zi hòu miàn de chí táng lǐ. Yèxiàn yí dào chí táng biān, nà tiáo yú jiù yóu dào shuǐ miàn lái, bǎ tóu zhěn zài shuǐ biān, ruò shì bié rén lái, nà tiáo yú jiù bú shàng lái.

ESPAÑOL

Antes de las dinastías Qín y Hàn, en una caverna había un jefe de tribu, que los nativos llamaban Jefe Wú. Estaba casado con dos esposas y una después de morir dejó a una hija joven llamada Yèxiàn. Yèxiàn creció inteligente y de rápido ingenio, siendo muy capaz en el trabajo de la metalurgia. Fue muy amada y protegida por su padre. Después de la muerte del padre, su madrastra la maltrataba salvajemente, obligándola frecuentemente a ir a cortar leña y ordenándole también a ir a lugares peligrosos para sacar agua de pozos profundos.

Un día, Yèxiàn atrapó un pez que medía más de cinco centímetros de largo, con escamas rojas y ojos dorados; trayéndoselo consigo de regreso a casa, lo colocó en un cuenco de agua. El pez cada día fue creciendo, hasta que después ya no cupo más en el cuenco. Por lo que Yèxiàn lo llevó en un estanque detrás de la casa. En cuanto llegaba ella a un lado del estanque, aquel pez nadaba a la superficie apoyando su cabeza sobre la orilla; pero si era otra persona la que venía, entonces no se mostraba.

94. 牠/它 tā (Pronombre. Utilizado para referirse a animales en tercera persona: él, ella, lo, la).
95. 放在 fàng zài (Frase. Colocar en).
96. 房子 fáng zi (Sustantivo. Casa).
97. 池塘 chí táng (Sustantivo. Estanque, piscina).
98. 裡/里 lǐ (Sustantivo. Dentro, en).
99. 一 yī (Adverbio. En texto significa: en cuanto, tan pronto).
100. 到 dào (Verbo. Llegar).
101. 池塘邊/池塘边 chí táng biān (Frase. A la orilla o a un lado del estanque).
102. 就 jiù (Adverbio. Indica una acción seguida de otra en la estructura V1+就+V2).
103. 泳到 yǒng dào (Frase. Nadar hasta).
104. 水面 shuǐ miàn (Sustantivo. Superficie).
105. 把 bǎ (Preposición. Utilizado antes de un sustantivo muestra la influencia; manejo sobre alguien o algo).
106. 頭/头 tóu (Sustantivo. Cabeza).
107. 枕 zhěn (Verbo. Descansar la cabeza en).
108. 水邊/水边 shuǐ biān (Sustantivo. Orilla).
109. 若是 ruò shì (Conjunción literaria. Si, en caso de).
110. 別人 bié rén (Sustantivo. Otra persona).
111. 就 jiù (Adverbio. Utilizado después de palabras como 如果 rú guǒ , 若是 ruò shì, etc. Indica que alguna situación o condición tiene una consecuencia determinada).
112. 上來/上来 shàng lái (Verbo. Subir).

113. 行為/行为 xíng wéi (Sustantivo. Comportamiento; acción; conducta).
114. 古怪 gǔ guài (Adjetivo. Extravagante; excéntrico).
115. 引起 yǐn qǐ (Verbo. Dar lugar a, conducir a, activar, provocar, causar, atraer).
116. 注意 zhù yì (Verbo. Poner atención).
117. 總是/总是 zǒng shì (Adverbio. Siempre).
118. 守 shǒu (Verbo. Acercarse).
119. 著/着 zhe (Auxiliar. Agregado a un verbo indica la continuación de una acción o estado).
120. 決不 jué bù (Adverbio. Nunca).
121. 肯 kěn (Verbo. Querer, estar dispuesto, permitir).
122. 心生一計/心生一计 xīn shēng yí jì (Frase. Idear un plan).
123. 向 xiàng (Preposición. Hacia, a).
124. 做活 zuò huó (Verbo. Trabajo físico o manual).
125. 給/给 gěi (Preposición. Indica el destinatario de la acción).
126. 件 jiàn (Clasificador. Para prendas de vestir).
127. 新 xīn (Adjetivo. Nuevo).
128. 褂子 guà zi (Sustantivo. Chaqueta estilo china sin forro).
129. 穿 chuān (Verbo. Vestir, calzar).
130. 於是/于是 yú shì (Conjunción. Entonces; por consiguiente).
131. 叫 jiào (Verbo. Ordenar, mandar).
132. 脱下 tuō xià (Verbo. Quitarse la ropa).
133. 舊/旧 jiù (Adjetivo. Viejo, usado).
134. 衣裳 yī shang (Sustantivo coloquial. Ropa).
135. 遠/远 yuǎn (Adjetivo. Lejos).
136. 穿上 chuān shàng (Frase. Ponerse encima, vestirse con).
137. 水井 shuǐ jǐng (Sustantivo. Pozo de agua).
138. 打水 dǎ shuǐ (Verbo. Extraer agua).
139. 把 bǎ (Preposición. Utilizado antes de un sustantivo muestra la influencia; manejo sobre alguien o algo).
140. 把 bǎ (Clasificador. Para objetos con un mango).
141. 鋒利/锋利 fēng lì (Adjetivo. Afilado; cortante; agudo).
142. 藏 cáng (Verbo. Esconder; disimular).
143. 袖子 xiù zi (Sustantivo. Manga).
144. 走往 zǒu wǎng (Frase. Caminar hacia).
145. 叫 jiào (Verbo. Llamar).
146. 一出 yì chū (Frase. En cuanto salió).
147. 一刀 yì dāo (Frase. Un corte).
148. 把 bǎ (Preposición. Utilizado antes de un sustantivo muestra la influencia; manejo sobre alguien o algo).
149. 砍死 kǎn sǐ (Verbo. Acuchillar y matar).
150. 那時/那时 nà shí (Frase. En ese tiempo, en ese entonces).
151. 已經/已经 yǐ jīng (Adverbio. Ya).
152. 丈 zhàng (Unidad de medición tradicional china. Equivale a 3.333 metros o 3.65 yardas).
153. 煮熟 zhǔ shú (Verbo. Cocinar; hervir minuciosamente).
154. 之後/之后 zhī hóu (Sustantivo. Después).
155. 嘗/尝 cháng (Verbo. Probar; saborear).
156. 起來/起来 qǐ lái (Verbo. Utilizado después de un verbo perceptivo expresa un juicio preliminar).
157. 味道 wèi dào (Sustantivo. Sabor; olor; gusto; consistencia).

CHINO SIMPLIFICADO

叶限的行为古怪，引起后娘的注意。后娘总是到池塘边去守着，那条鱼决不肯上来。一天，后娘新生一计，向叶限说："你做活不是很累吗？我给你一件新褂子穿吧。" 于是她叫叶限脱下旧衣裳，叫她到很远的一个水井打水。后娘穿上叶限的衣裳，把一把锋利的刀藏在袖子里，走往池塘边去叫那条鱼。那鱼的头一出水，她一刀把那条鱼砍死。那时那条鱼已经有一丈长，把那条鱼煮熟之后，尝起来味道比平常的鱼要好很多。后娘把鱼骨头埋在粪堆里。

第二天，叶限回来了，她一到池塘边，看见鱼没有了。她哭起来没完。直到后来天上下来一个头发蓬松衣衫褴褛的人，安慰她说："不用哭，你后娘把鱼宰了，骨头埋在粪堆里。回家去，把鱼骨头带回你的屋子藏好，以后，你有什么要求，向鱼骨头祷告，你有什么事情都能如愿的。" 叶限就遵照那个人的话办。不久，叶限就有了金子、珠宝、首饰、极其精美漂亮的衣裳料子。哪个少女看见不喜爱呢？

CHINO TRADICIONAL

葉限的行為古怪，引起後娘的注意。後娘總是到池塘邊去守著，那條魚決不肯上來。一天，後娘新生一計，向葉限說："你做活不是很累嗎？我給你一件新褂子穿吧。" 於是她叫葉限脫下舊衣裳，叫她到很遠的一個水井打水。後娘穿上葉限的衣裳，把一把鋒利的刀藏在袖子裡，走往池塘邊去叫那條魚。那魚的頭一出水，她一刀把那條魚砍死。那時那條魚已經有一丈長，把那條魚煮熟之後，嘗起來味道比平常的魚要好很多。後娘把魚骨頭埋在糞堆裡。

第二天，葉限回來了，她一到池塘邊，看見魚沒有了。她哭起來沒完。直到後來天上下來一個頭髮蓬鬆衣衫襤褸的人，安慰她說："不用哭，你後娘把魚宰了，骨頭埋在糞堆裡。回家去，把魚骨頭帶回你的屋子藏好，以後，你有什麼要求，向魚骨頭禱告，你有什麼事情都能如願的。" 葉限就遵照那個人的話辦。不久，葉限就有了金子、珠寶、首飾、極其精美漂亮的衣裳料子。哪個少女看見不喜愛呢？

PINYIN

Yèxiàn de xíng wéi gǔ guài, yǐn qǐ hòu niáng de zhù yì. hòu niáng zǒng shì dào chí táng biān qù shǒu zhe, nà tiáo yú jué bù kěn shàng lái. yì tiān, hòu niáng xīn shēng yí jì, xiàng Yèxiàn shuō: "nǐ zuò huó bú shì hěn lèi ma? wǒ gěi nǐ yí jiàn xīn guà zi chuān ba." yú shì tā jiào Yèxiàn tuō xià jiù yī shang, jiào tā dào hěn yuǎn de yí gè shuǐ jǐng dǎ shuǐ. hòu niáng chuān shàng Yèxiàn de yī shang, bǎ yì bǎ fēng lì de dāo cáng zài xiù zi lǐ, zǒu wǎng chí táng biān qù jiào nà tiáo yú. nà yú de tóu yì chū shuǐ, tā yì dāo bǎ nà tiáo yú kǎn sǐ. nà shí nà tiáo yú yǐ jīng yǒu yí zhàng cháng, bǎ nà tiáo yú zhǔ shú zhī hòu, cháng qǐ lái wèi dào bǐ píng cháng de yú yào hǎo hěn duō. hòu niáng bǎ yú gǔ tou mái zài fèn duī lǐ.

dì èr tiān, Yèxiàn huí lái le, tā yí dào chí táng biān, kàn jiàn yú méi yǒu le. tā kū qǐ lái méi wán. zhí dào hòu lái tiān shàng xià lái yí gè tóu fa péng sōng yī shān lán lǚ de rén, ān wèi tā shuō: "bú yòng kū, nǐ hòu niáng bǎ yú zǎi le, gǔ tou mái zài fèn duī lǐ. huí jiā qù, bǎ yú gǔ tou dài huí nǐ de wū zi cáng hǎo, yǐ hòu, nǐ yǒu shén me yāo qiú, xiàng yú gǔ tou dǎo gào, nǐ yǒu shén me shì qíng dōu néng rú yuàn de." Yèxiàn jiù zūn zhào nà gè rén de huà bàn. bù jiǔ, Yèxiàn jiù yǒu le jīn zi, zhū bǎo, shǒu shì, jí qí jīng měi piào liang de yī shang liào zi. nǎ gè shào nǚ kān jiàn bù yǐ ài ne?

ESPAÑOL

El extraño comportamiento de Yèxiàn llamó la atención de la madrastra. Sin embargo, siempre que esta se acercaba al estanque, el pez nunca se mostraba. Un día, la madrastra ideó una treta nueva, diciéndole a Yèxiàn: "¿El trabajo que haces no es muy agotador? Te voy a dar una chaqueta nueva de vestir". Entonces ordenándole que se quitara sus ropas viejas y que se fuera muy lejos a extraer agua de un pozo. Se vistió con su ropa y tomando un cuchillo filoso lo escondió entre sus mangas. Dirigiéndose hacia el estanque llamó a aquel pez y cuando este mostró su cabeza, con un corte lo acuchilló asesinándolo. Para ese momento el pez ya medía tres metros y fracción de largo, después de cocinarlo minuciosamente, su sabor en comparación con otros pescados comunes era mucho mejor. La madrastra guardó los huesos del pescado dentro de una pila de estiércol.

Al segundo día, Yèxiàn regresó, y al pararse frente al estanque descubrió que el pez ya no estaba, por lo que comenzó a llorar sin parar. Hasta que del cielo descendió una persona harapienta y de cabello suelto, que consolándola le dijo: "No es necesario que llores, fue tu madrastra quien asesinó al pez, su huesos están guardados dentro de una pila de estiércol. Cuando vayas de regreso a casa, lleva contigo los huesos del pez y escóndelos muy bien, en adelante, cualquier cosa que quieras, pídeselas al esqueleto del pescado; sin importar lo que sea todo será complacido". Yèxiàn se apegó con exactitud al consejo de aquella persona y en poco tiempo, tuvo: oro, joyas, alhajas y telas exquisitas. Qué al verlas… ¿a cuál muchacha no habrían de gustarles?

158. 平常 píng cháng (Adjetivo. Común; corriente; ordinario; regular).
159. 把 bǎ (Preposición. Utilizado antes de un sustantivo muestra la influencia; manejo sobre alguien o algo).
160. 骨頭/骨头 gǔ tou (Sustantivo. Hueso).
161. 埋 mái (Verbo. Enterrar).
162. 糞堆/粪堆 fèn duī (Sustantivo. Estercolero; pila de estiércol).
163. 第二天 dì èr tiān (Frase. Segundo día).
164. 回來/回来 huí lái (Verbo. Volver, regresar).
165. 看見/看见 kàn jiàn (Verbo. Vio).
166. 哭 kū (Verbo. Llorar).
167. 起來/起来 qǐ lái (Verbo. Utilizado después de un verbo indica el inicio y continuación de una acción o estado).
168. 直到 zhí dào (Verbo. Hasta que).
169. 天上 tiān shàng (Sustantivo. Cielo, firmamento).
170. 頭髮/头发 (CH Continental) tóu fa (TW) tóu fǎ (Sustantivo. Cabello; pelo).
171. 蓬鬆/蓬松 péng sōng (Adjetivo. Utilizado para describir: pasto, cabello, etc… suave, flojo y suelto).
172. 衣衫襤褸/衣衫褴褛 yī shān lán lǚ (Frase idiomática. Pobremente vestido; en harapos).
173. 安慰 ān wèi (Verbo. Consolar).
174. 把 bǎ (Preposición. Utilizado antes de un sustantivo muestra la influencia; manejo sobre alguien o algo).
175. 宰 zǎi (Verbo. Matar; pasar a cuchillo).
176. 回家去 huí jiā qù (Frase. Ir de regreso a casa).
177. 屋子 wū zi (Sustantivo. Casa, habitación).
178. 禱告/祷告 dǎo gào (Verbo. Rezarle a alguna deidad o espíritu, suplicar bendición y protección).
179. 如願/如愿 rú yuàn (Verbo. Cumplir todos los deseos).
180. 遵照 zūn zhào (Verbo. Atenerse; conformarse; adherirse a, seguir).
181. 就 jiù (Adverbio. Enfatiza confirmación o afirmación).
182. 話辦/话办 huà bàn (Frase. En el texto significa: decir que hacer, consejo).
183. 不久 bù jiǔ (Adverbio. En poco tiempo).
184. 就 jiù (Adverbio. Indica que una acción ocurre inmediatamente).
185. 金子 jīn zi (Sustantivo. Oro).
186. 珠寶/珠宝 zhū bǎo (Sustantivo. Joyas y perlas).
187. 首飾/首饰 shǒu shì (Sustantivo. Accesorios que se llevan en la cabeza, por ejemplo: palillos o alfileres para el cabello, aretes, etc.; usado en un sentido amplio para la joyería que se utiliza en el cuerpo: collares, broches, brazaletes, anillos, etc.).
188. 极其 jí qí (Adverbio literario. Extremadamente; extraordinariamente; por lo general solo se utiliza con adjetivos y verbos de dos sílabas).
189. 精美 jīng měi (Adjetivo. Exquisito; elegante; refinado).
190. 漂亮 (CH Continental) piào liang (TW) piào liàng (Adjetivo. Bonito, hermoso).
191. 料子 liào zi (Sustantivo. Corte de tela, material para confeccionar ropa).
192. 少女 shào nǚ (Sustantivo. Mujer joven soltera; señorita).
193. 喜愛/喜爱 xǐ ài (Verbo. Amar, gustar, tener gusto por).

194. 過/过 guò (Verbo. Celebrar).
195. 慶祝節/庆祝节 qìng zhù jié (Frase. Festival; celebración).
196. 夜裡/夜里 yè lǐ (Sustantivo. Durante la noche).
197. 吩咐 fēn fù (Verbo. Mandar; ordenar).
198. 看守 kàn shǒu (Verbo. Vigilar, cuidar, proteger).
199. 老遠/老远 lǎo yuǎn (Frase. Muy lejos).
200. 果園/果园 guǒ yuán (Sustantivo. Orquídea).
201. 參加/参加 cān jiā (Verbo. Participar; asistir).
202. 慶祝會/庆祝会 qìng zhù huì (Sustantivo. Celebración).
203. 姑娘 (CH Continental) gū niang (TW) gū niáng (Sustantivo. Muchacha soltera, hija).
204. 妹妹 mèi mei (Sustantivo. Hermana menor, hermanastra menor).
205. 怎麼/怎么 zěn me (Pronombre. Por qué, cómo).
206. 像 xiàng (Verbo. Parecerse).
207. 大姐 dà jiě (Sustantivo. Hermana mayor, hermanastra mayor).
208. 似乎 sì hū (Adverbio. Aparentemente; parece que; ser como sí).
209. 認出/认出 rèn chū (Verbo. Reconocer; identificar).
210. 一發/一发 yì fā (Adverbio. Aún más, cada vez más, en conjunto).
211. 覺/觉 jué (Verbo. Sentir).
212. 倆/俩 liǎ (Número. Dos, ambos, as).
213. 直 zhí (Adverbio. Directamente).
214. 瞥 piē (Verbo. Mirar de reojo).
215. 趕緊/赶紧 gǎn jǐn (Adverbio. Apresuradamente, de prisa).
216. 跑 pǎo (Verbo. Correr).
217. 得 de (Auxiliar. Utilizado después del verbo para describir la manera en que se realiza acción).
218. 慌張/慌张 huāng zhāng (Adjetivo. Intranquilo,a; agitado,a nervioso,a)
219. 掉 diào (Verbo. Caer; perder).
220. 隻/只 zhī (Clasificador. Para un solo objeto de un par).
221. 被 bèi (Preposición. Utilizado antes del verbo en una estructura pasiva introduce la persona que realiza la acción o también la acción por sí sola).
222. 檢/检 jiǎn (Verbo. Inspeccionar, revisar).
223. 正 zhèng (Adverbio. Haciendo justamente algo).
224. 抱 bào (Verbo. Abrazar; llevar en brazos).
225. 棵 kē (Clasificador. Para plantas).
226. 樹/树 shù (Sustantivo. Árbol; término general para referirse a una planta leñosa).
227. 睡觉 shùi jiào (Verbo. Dormir).
228. 呢 ne (Auxiliar. Utilizado al final de una oración declarativa indica de una acción o estado).
229. 把 bǎ (Preposición. Utilizado antes de un sustantivo muestra la influencia; manejo sobre alguien o algo).
230. 對/对 duì (Preposición. Introduce el objetivo tratado; hacía, para).
231. 打扮 dǎ bàn (Verbo. Arreglarse; maquillarse).
232. 懷疑/怀疑 huái yí (Verbo. Poner en duda; dudar; sospechar).
233. 就 jiù (Adverbio. Indica que una acción ocurre inmediatamente)
234. 擱開/搁开 gē kāi (Verbo. Poner a un lado; alejar).

CHINO SIMPLIFICADO

山洞里过庆祝节的夜里，后娘吩咐她在家里看守果园。叶限见后娘走了老远之后，她穿上件绿褂子，也去参加庆祝会。妹妹一看见她，向妈妈说："那个姑娘怎么像大姐呢？"后娘似乎也认出了她。叶限一发觉她俩直瞥她，赶紧跑了。跑得太慌张，掉了一只鞋，这只鞋被山里的土人检着了。

后娘到了家，看见叶限正抱着一棵树睡觉呢。她把对叶限是那个打扮得漂亮的姑娘的怀疑，也就搁开了。

CHINO TRADICIONAL

山洞裡過慶祝節的夜裡，後娘吩咐她在家裡看守果園。葉限見後娘走了老遠之後，她穿上件綠褂子，也去參加慶祝會。妹妹一看見她，向媽媽說："那個姑娘怎麼像大姐呢？"後娘似乎也認出了她。葉限一發覺她倆直瞥她，趕緊跑了。跑得太慌張，掉了一隻鞋，這隻鞋被山里的土人檢著了。

後娘到了家，看見葉限正抱著一棵樹睡覺呢。她把對葉限是那個打扮得漂亮的姑娘的懷疑，也就攔開了。

PINYIN

shān dòng lǐ guò qìng zhù jié de yè lǐ, hòu niáng fēn fù tā zài jiā lǐ kān shǒu guǒ yuán. Yèxiàn jiàn hòu niáng zǒu le lǎo yuǎn zhī hòu, tā chuān shàng jiàn lǜ guà zi, yě qù cān jiā qìng zhù huì. mèi mei yí kàn jiàn tā, xiàng mā ma shuō: "nà gè gū niang zěn me xiàng dà jiě ne?" hòu niáng sì hū yě rèn chū le tā. Yèxiàn yì fā jué tā liǎ zhí piē tā, gǎn jǐn pǎo le. pǎo de tài huāng zhāng, diào le yì zhī xié, zhè zhī xié bèi shān lǐ de tǔ rén jiǎn zhe le.

hòu niáng dào le jiā, kàn jiàn Yèxiàn zhèng bào zhe yì kē shù shuì jiào ne. tā bǎ duì Yèxiàn shì nà gè dǎ bàn de piào liang de gū niang de huái yí, yě jiù gē kāi le.

ESPAÑOL

En la noche del Festival de la Cueva, la madrastra ordenó a Yèxiàn que se quedara en casa cuidando una orquídea. Después de ver que la madrastra se fuera muy lejos, se vistió con una chaqueta de seda verde y fue también a participar en la celebración. La hermana menor al verla, preguntó a su madre: "¿Por qué aquella muchacha se parece a mi hermana mayor?". La madrastra aparentemente también la reconoció. Yèxiàn, al sentir de continuo las miradas de reojo de ambas, huyó deprisa. Al correr tan agitada, perdió un zapato y este fue examinado por los nativos de la montaña.

Cuando llegó la madrastra a su casa, vio a Yèxiàn dormida abrazando a la orquídea leñosa. Y las dudas que tenía sobre si aquella muchacha bellamente arreglada era Yèxiàn, fueron también alejadas.

235. 離/离 lí (Verbo. Estar separado o apartado por una distancia determinada).
236. 王國/王国 wáng guó (Sustantivo. Reino, monarquía, dominio, estado).
237. 叫作 jiào zuò (Verbo. Llamado; conocido como).
238. 陀汗國/陀汗国 Tuóhàn Guó (Sustantivo. Estado de Tuohan).
239. 兵力 bīng lì (Sustantivo. Fuerza militar; fuerzas armadas; tropas).
240. 強/强 qiáng (Adjetivo. Poderoso; potente; fuerte).
241. 國土/国土 guó tǔ (Sustantivo. Territorio nacional).
242. 島/岛 dǎo (Sustantivo. Isla).
243. 領海/领海 lǐng hǎi (Sustantivo. Mar territorial).
244. 幾千/几千 jǐ qiān (Frase. Varios miles).
245. 海里 hǎi lǐ (Unidad de Medición. Milla náutica; equivalente a 1852 metros).
246. 把 bǎ (Preposición. Utilizado antes de un sustantivo muestra la influencia; manejo sobre alguien o algo).
247. 丢掉 diū diào (Verbo. Perder; arrojar; abandonar; echar).
248. 賣給/卖给 mǎi gěi (Frase. Vender a).
249. 輾轉/辗转 zhǎn zhuǎn (Verbo. Pasar por muchas manos o lugares; pasar de persona en persona).
250. 進給/进给 jìn gěi (Frase. Avanzar hacia).
251. 國王/国王 guó wáng (Sustantivo. Monarca, jefe de estado, gobernante).
252. 令 lìng (Verbo. Ordenar).
253. 全國/全国 quán guó (Frase. Estado o país completo).
254. 宮/宫 gōng (Sustantivo. Palacio imperial).
255. 試試穿/试试穿 shì shi chuān (Frase. Intentar calzarse).
256. 但是 dàn shì (Conjunción. Pero, sin embargo).
257. 最 zuì (Adverbio. El más).
258. 腳/脚 jiǎo (Sustantivo. Pie).
259. 還小/还小 hái xiǎo (Frase. Aún más pequeño).
260. 以為/以为 yǐ wéi (Verbo. Creer; considerar; pensar algo usualmente erróneo).
261. 來路不明/来路不明 lái lù bù míng (Frase. Origen desconocido o dudoso).
262. 把 bǎ (Preposición. Utilizado antes de un sustantivo muestra la influencia; manejo sobre alguien o algo).
263. 監禁/监禁 jiān jìn (Verbo. Encarcelar; poner en la cárcel)
264. 起來/起来 qǐ lái (Verbo. Utilizado después de un verbo indica el inicio y continuación de una acción o estado).
265. 苦刑 kǔ xíng (Sustantivo. Tortura o castigo cruel).
266. 拷問/拷问 kǎo wèn (Verbo. Interrogar mediante tortura).
267. 可憐/可怜 kě lián (Adjetivo. Pobre, miserable, lamentable).
268. 究竟 (CH Continental) jiū jìng (TW) jiù jìng (Sustantivo. El origen o la causa de algo y su resultado; lo que en realidad sucedió).
269. 把 bǎ (Preposición. Utilizado antes de un sustantivo muestra la influencia; manejo sobre alguien o algo).
270. 路旁 lù páng (Sustantivo. Borde del camino).
271. 派兵 pài bīng (Verbo. Movilizar tropas).
272. 逐户 zhú hù (Frase. Casa por casa).
273. 搜查 sōu chá (Verbo. Registrar; buscar).
274. 誰/谁 shéi (Pronombre. Quién).
275. 另外 lìng wài (Pronombre. Diferente, el otro).
276. 派 pài (Verbo. Despachar; enviar; mandar; asignar).
277. 進宮/进宫 jìn gōng (Verbo. Ir al palacio imperial, ser presentado en la corta).

CHINO SIMPLIFICADO

离山洞不远有一个王国，叫作陀汗国。因为兵力强，国土有二十四个岛，领海有几千海里。吴洞主的土人把叶限丢掉的那只鞋卖给了陀汗国的人，后来这只鞋辗转进给了国王。国王令宫里的女人试试那只鞋。但是鞋比宫里女人最小的脚还小一寸。于是他令全国的女人都试这只鞋，没有一个人穿得上。

国王以为那只鞋来路不明，把土人监禁起来，苦刑拷问。那个可怜的土人也说不出鞋的究竟。最后国王吩咐把只鞋放在路旁，派兵逐户搜查，谁有另外那一只的，派进宫去。各家都被搜查之后，叶限被兵卒发现。她奉命式那只鞋，穿着非常合适。于是她身穿绿袄子，脚穿那双鞋出现在众人之前，真是美若天仙。臣下一本奏明国王，国王令人带叶限进宫。她随身带着鱼骨头。

CHINO TRADICIONAL

離山洞不遠有一個王國，叫作陀汗國。因為兵力強，國土有二十四個島，領海有幾千海里。吳洞主的土人把葉限丟掉的那隻鞋賣給了陀汗國的人，後來這隻鞋輾轉進給了國王。國王令宮裡的女人試試那隻鞋。但是鞋比宮裡女人最小的腳還小一寸。於是他令全國的女人都試這隻鞋，沒有一個人穿得上。

國王以為那隻鞋來路不明，把土人監禁起來，苦刑拷問。那個可憐的土人也說不出鞋的究竟。最後國王吩咐把隻鞋放在路旁，派兵逐戶搜查，誰有另外那一隻的，派進宮去。各家都被搜查之後，葉限被兵卒發現。她奉命式那隻鞋，穿著非常合適。於是她身穿綠袄子，腳穿那雙鞋出現在眾人之前，真是美若天仙。臣下一本奏明國王，國王令人帶葉限進宮。她隨身帶著魚骨頭。

PINYIN

lí shān dòng bù yuǎn yǒu yí gè wáng guó, jiào zuò Tuóhànguó. yīn wèi bīng lì qiáng, guó tǔ yǒu èr shí sì gè dǎo, lǐng hǎi yǒu jǐ qiān hǎi lǐ. Wúdòng zhǔ de tǔ rén bǎ Yèxiàn diū diào de nà zhī xié mài gěi le Tuóhànguó de rén, hòu lái zhè zhī xié zhǎn zhuǎn jìn gěi le guó wáng. guó wáng lìng gōng lǐ de nǔ rén shì shì nà zhī xié. dàn shì xié bǐ gōng lǐ nǔ rén zuì xiǎo de jiǎo hái xiǎo yí cùn. yú shì tā lìng quán guó de nǔ rén dōu shì zhè zhī xié, méi yǒu yí gè rén chuān dé shàng.

guó wáng yǐ wéi nà zhī xié lái lù bù míng, bǎ tǔ rén jiān jìn qǐ lái, kǔ xíng kǎo wèn. nà gè kě lián de tǔ rén yě shuō bù chū xié de jiū jìng. zuì hòu guó wáng fēn fù bǎ zhī xié fàng zài lù páng, pài bīng zhú hù sōu chá, shéi yǒu lìng wài nà yì zhī de, pài jìn gōng qù. gè jiā dōu bèi sōu chá zhī hòu, Yèxiàn bèi bīng zú fā xiàn. tā fèng mìng shì nà zhī xié, chuān zhe fēi cháng hé shì. yú shì tā shēn chuān lǜ guà zi, jiǎo chuān nà shuāng xié chū xiàn zài zhòng rén zhī qián, zhēn shì měi ruò tiān xiān. chén xià yì běn zòu míng guó wáng, guó wáng lìng rén dài Yèxiàn jìn gōng. tā suí shēn dài zhe yú gǔ tou.

ESPAÑOL

No muy lejos de la cueva había un dominio llamado el estado de Tuóhàn. Debido a su poderosa fuerza militar, su territorio abarcaba veinticuatro islas, y su mar territorial tenía varios miles de millas náuticas. Los nativos del jefe Wú vendieron aquel zapato perdido de Yèxiàn a la gente del estado Tuóhàn, después fue pasando de persona en persona hasta que llegó a manos de su gobernante. Este les ordenó a las mujeres del palacio que intentaran probarse aquel zapato. Sin embargo, el zapato era más pequeño por una pulgada que el pie más pequeño de las mujeres del palacio. Por consiguiente ordenó a las mujeres de todo el estado que se probaran este zapato, no habiendo nadie que pudiera ponérselo.

El gobernante creyó que el origen de aquel zapato era dudoso, por lo que encarceló al nativo que lo vendió, siendo torturado e interrogado cruelmente. Aquel nativo en tan lamentoso estado tampoco podía decir de donde provenía el zapato. Por último, el gobernante ordenó que se dejara a un lado el origen del zapato. Y envió a sus tropas a que registraran casa por casa y pusieran en custodia a quien tuviera el otro zapato. Después de ser registradas todas las casas, Yèxiàn fue encontrada por los soldados. Se le ordenó que se probara aquel calzado y le quedó a la perfección. Se vistió entonces con su chaqueta de color verde y calzando el par completo de zapatos, apareció ante todos como una verdadera diosa celestial. Los funcionarios presentaron un memorial al gobernante revelando lo que vieron y este les ordenó que la trajeran al palacio. Yèxiàn llevó consigo los huesos del pescado.

278. 各家 gè jià (Frase. Cada una de las casas).
279. 兵卒 bīng zú (Sustantivo. Término antiguo para referirse a un soldado "士兵 shì bīng").
280. 奉命 fèng mìng (Verbo. Recibir una orden; obedecer una orden).
281. 非常 fēi cháng (Adverbio. Muy, extremadamente).
282. 合適/合适 hé shì (Adjetivo. Conveniente; apropiado; adecuado).
283. 雙/双 shuāng (Clasificador. Para objetos que vienen en pares).
284. 出現/出现 chū xiàn (Verbo. Aparecer; surgir).
285. 眾人/众人 zhòng rén (Sustantivo. Todos, todo el mundo).
286. 之前 zhī qián (Sustantivo. Ante).
287. 美若天仙 měi ruò tiān xiān (Frase Idiomática. Tan hermosa como una hada o diosa celestial; divinamente hermosa).
288. 臣下 chén xià (Sustantivo. Término antiguo para referirse a los funcionarios de un monarca o gobernante).
289. 奏 zòu (Sustantivo. En la antigüedad documentos presentados por los funcionarios al emperador o soberano).
290. 明 míng (Verbo. Mostrar; revelar; testimoniar).
291. 隨身/随身 suí shēn (Adjetivo. Llevar consigo o sobre sí).

292. 離開/离开 lí kāi (Verbo. Irse, partir, salir).
293. 飛石/飞石 fēi shí (Verbo. Apedrear).
294. 之下 zhī xià (Sustantivo. Por debajo; bajo).
295. 母女 mǔ nǚ (Sustantivo. Madre e hija).
296. 把 bǎ (Preposición. Utilizado antes de un sustantivo muestra la influencia; manejo sobre alguien o algo).
297. 上面 shàng miàn (Sustantivo. Encima, en).
298. 立 lì (Verbo. Erigir; levantar).
299. 塊/块 kuài (Clasificador. Para objetos voluminosos o pesados).
300. 石碑 shí bēi (Sustantivo. Estela funeraria; lápida).
301. 刻 kè (Verbo. Tallar; esculpir; grabar).
302. 恨婦塚/恨妇冢 hèn fù zhǒng (Nombre. "La tumba de las mujeres arrepentidas").
303. 認為/认为 rèn wéi (Verbo. Considerar; creer; estimar; juzgar; pensar).
304. 婚姻神 hūn yīn shén (Frase. Diosa del matrimonio).
305. 香火 xiāng huǒ (Sustantivo. Quema de incienso y velas enfrente de un templo como sacrificio a una deidad o a los ancestros).
306. 盛 shèng (Adjetivo. Popular, En boga).
307. 為/为 wèi (Preposición. Introduce la razón o el objetivo de la acción; para, por).
308. 婚事 hūn shì (Sustantivo. Asunto relacionado con contraer matrimonio)
309. 有求必應/有求必应 yǒu qiú bì yìng (Frase idiomática. Conceder lo que se pide; satisfacer cualquier demanda).
310. 為/为 wéi (Verbo. Convertir en).
311. 王后 wáng hòu (Sustantivo. Reina, emperatriz, esposa del gobernante).
312. 第一年 dì yī nián (Frase. Primer año).
313. 玉石珠寶/玉石珠宝 yù shí zhū bǎo (Frase. Jade, piedras preciosas, perlas y joyería).
314. 不肯 bù kěn (Verbo. Rechazar; no estar dispuesto).
315. 答應/答应 dā yìng (Verbo. Contestar; responder; aceptar).
316. 就 jiù (Adverbio. Enfatiza confirmación o afirmación).
317. 把 bǎ (Preposición. Utilizado antes de un sustantivo muestra la influencia; manejo sobre alguien o algo).
318. 斛 hú (Sustantivo arcaico. Medida de volumen antigua que originalmente equivalía a diez 斗 dǒu [un 斗 dǒu equivalía a diez litros] y después cambió a cinco a finales de la dinastía Song Del Sur).
319. 圍/围 wéi (Sustantivo. Cerco; rodeo; perímetro).
320. 四周 sì zhōu (Sustantivo. Alrededores; por todos lados).
321. 造反 zào fǎn (Verbo. Rebelarse, sublevarse).
322. 海潮 hǎi cháo (Sustantivo. Marea).
323. 衝去/冲去 chōng qù (Verbo. Llevarse).
324. 直到 zhí dào (Verbo. Hasta)
325. 始終/始终 shǐ zhōng (Adverbio. Desde el principio hasta el final; de comienzo a fin; siempre).
326. 李士元 Lǐ Shìyuán (Apellido y nombre del sirviente Li Shiyuan).
327. 跟 gēn (Preposición. Indica quien recibe la acción).
328. 苗人 Miáo rén (Sustantivo. Persona perteneciente a la etnia Miao; al sur de China y Asia）.
329. 记得 jì dé (Verbo. Recordar).
330. 南方 nán fāng (Sustantivo. Sur; la parte sur de un país).

CHINO SIMPLIFICADO

叶限离开山洞之后，后娘和那个女儿死在飞石之下。土人可怜她们母女，把她俩埋了，上面立了一块石碑，刻着"恨妇冢"。土人认为她俩是婚姻神，香火很盛，只要有人为婚事祷告，总是有求必应。

国王回岛之后，立叶限为王后。婚后第一年里，国王向鱼骨头要的玉石珠宝太多了，鱼骨头不肯答应。国王就把鱼骨头埋在海边，用一百斛珠宝和金子围在四周。后来兵卒造反，国王到埋鱼骨头的地方去，发现鱼骨头已被海潮冲去，直到今天始终没再找到。

这个故事是老朴李士元跟我说的。他是永州的苗人，记得很多南方的故事。

CHINO TRADICIONAL

葉限離開山洞之後，後娘和那個女兒死在飛石之下。土人可憐她們母女，把她倆埋了，上面立了一塊石碑，刻著"恨婦塚"。土人認為她倆是婚姻神，香火很盛，只要有人為婚事禱告，總是有求必應。

國王回島之後，立葉限為王后。婚後第一年裡，國王向魚骨頭要的玉石珠寶太多了，魚骨頭不肯答應。國王就把魚骨頭埋在海邊，用一百斛珠寶和金子圍在四周。後來兵卒造反，國王到埋魚骨頭的地方去，發現魚骨頭已被海潮衝去，直到今天始終沒再找到。

這個故事是老樸李士元跟我說的。他是永州的苗人，記得很多南方的故事。

PINYIN

Yèxiàn lí kāi shān dòng zhī hòu, hòu niáng hé nà gè nǚ'ér sǐ zài fēi shí zhī xià. tǔ rén kě lián tā men mǔ nǚ, bǎ tā liǎ mái le, shàng miàn lì le yí kuài shí bēi, kè zhe "hèn fù zhǒng". tǔ rén rèn wéi tā liǎ shì hūn yīn shén, xiāng huǒ hěn shèng, zhǐ yào yǒu rén wèi hūn shì dǎo gào, zǒng shì yǒu qiú bì yìng.

guó wáng huí dǎo zhī hòu, lì Yèxiàn wéi wáng hòu. hūn hòu dì yī nián lǐ, guó wáng xiàng yú gǔ tou yào de yù shí zhū bǎo tài duō le, yú gǔ tóu bù kěn dā yìng. guó wáng jiù bǎ yú gǔ tou mái zài hǎi biān, yòng yì bǎi hú zhū bǎo hé jìng zi wéi zài sì zhōu. hòu lái bīng zú zào fǎn, wáng guó dào mái yú gǔ tou de dì fang qù, fā xiàn yú gǔ tou yǐ bèi hǎi cháo chōng qù, zhí dào jīn tiān shǐ zhōng méi zài zhǎo dào.

zhè gè gù shi shì lǎo pǔ Lǐ Shìyuán gēn wǒ shuō de. tā shì Yǒngzhōu de Miáorén, jì dé hěn duō nán fāng de gù shi.

ESPAÑOL

Después de que Yèxiàn se fue de la cueva, la madrastra y su hija murieron apedreadas. Los nativos sintieron lástima de ellas, por lo que las enterraron a las dos y les erigieron una tumba con la inscripción: "La tumba de las mujeres arrepentidas". La gente local las consideraron diosas del matrimonio, siendo muy veneradas con incienso; siempre que alguna persona hacía una petición relacionada con contraer nupcias respondían a sus ruegos.

Después de que el gobernante regresó a la isla, convirtió a Yèxiàn en su primera esposa. Luego del primer año de casados, el gobernante ordenó tantas piedras preciosas, jade, perlas y joyas a los huesos del pescado, que este se rehusó. Por lo que los enterró a un lado del mar, usando cientos de perlas y oro como perímetro alrededor. Más adelante, cuando sus soldados se rebelaron, el monarca fue al lugar donde había enterrado los huesos y descubrió que habían sido arrastrados por la marea. Hasta el día de hoy no han podido ser encontrados de nuevo.

Esta historia me la contó mi sirviente Lǐ Shìyuán. Nativo de la etnia Miáo de Yǒngzhōu y recuerda muchas historias meridionales.

Una trágica historia sobre
celos de ultratumba

序言詞彙表
/序言词汇表
xù yán cí huì biǎo
Glosario del Prefacio

1. 序言 xù yán (Sustantivo. Prefacio).
2. 東方/东方 dōng fāng (Sustantivo. Oriente).
3. 西方 xī fāng (Sustantivo. Occidente).
4. 之間/之间 zhī jiān (Sustantivo. Entre).
5. 存在 cún zài (Verbo. Existir).
6. 最主要 zuì zhǔ yào (Frase. Lo más importante).
7. 差別 chā bié (Sustantivo. Diferencia).
8. 之一 zhī yī (Sustantivo. Uno de).
9. 對於東方人來說/对于东方人来说 duì yú dōng fāng rén lái shuō (Frase. Para el oriental).
10. 一切 yí qiè (Pronombre. Todo).
11. 自然 zì rán (Sustantivo. Naturaleza).
12. 一部分 yí bù fèn (Sustantivo. Una parte).
13. 對於西方人來說/对于西方人来说 duì yú xī fāng rén lái shuō (Frase. Para el occidental).
14. 分析思維/分析思维 fēn xī sī wéi (Frase. Pensamiento analítico).
15. 看待事物的方式 kàn dài shì wù de fāng shì (Frase. Forma de ver las cosas).
16. 把 bǎ (Preposición. Utilizado antes de un sustantivo muestra la influencia; manejo sobre alguien o algo).
17. 無法解釋/无法解释 wú fǎ jiě shì (Frase. Que no se puede explicar).
18. 歸類/归类 guī lèi (Verbo. Clasificar).
19. 為/为 wèi (Verbo. Tomar como).
20. 超自然 chāo zì rán (Adjetivo. Supernatural).
21. 適用/适用 shì yòng (Adjetivo. Válido, vigente).
22. 民間傳說/民间传说 mín jiān chuán shuō (Sustantivo. Folklore).
23. 想象 xiǎng xiàng (Verbo. Imaginar).
24. 人類/人类 rén lèi (Sustantivo. Ser humano).
25. 鬼 guǐ (Sustantivo. Fantasma).
26. 共存 gòng cún (Verbo. Coexistir).
27. 墜入愛河/坠入爱河 zhuì rù ài hé (Frase. Enamorarse).
28. 以 yǐ (Preposición. Según, de acuerdo con).
29. 世間/世间 shì jiān (Sustantivo. En este mundo).
30. 自然 zì rán (Adjetivo. Naturalmente).
31. 結婚/结婚 jié hūn (Verbo. Casarse).
32. 互相 hù xiāng (Adverbio. Mutuamente).
33. 爭吵/争吵 zhēng chǎo (Verbo. Discutir, Disputar).
34. 傷害/伤害 shāng hài (Verbo. Herir, dañar).
35. 生者和死者的分界線/生者和死者的分界线 shēng zhě hé sǐ zhě de fēn jiè xiàn (Frase. Línea divisoria entre los vivos y los muertos).
36. 非常 fēi cháng (Adverbio. Expresa un grado demasiado alto).
37. 清晰 qīng xī (Adjetivo. Claro, nítido).
38. 任何 rèn hé (Pronombre. Ninguno).
39. 陰間/阴间 yīn jiān (Sustantivo. Hades).
40. 膳 shàn (Sustantivo. alimentación, comida).
41. 死去 sǐ qù (Verbo. Morir).

CHINO SIMPLIFICADO

序言

在东方和西方之间存在最主要的差别之一是：对于东方人来说一切都是自然的一部分，而对于西方人来说，他们的分析思维和看待事物的方式的西方人把一切无法解释的归类为超自然。这些适用于民间传说。在东方可以想象人类和鬼共存，坠入爱河，以这个世间一切自然的方式结婚、互相争吵或伤害。而在西方生者和死者的分界线非常清晰，因为没有任何一个在阴间用过膳的死去的凡人可以逃脱看守的刻尔帕洛斯，并像幽灵般回到阳间。对于任何一个希望深入阅读理解中国鬼故事的西方读者来说，这是一个非常重要的不同之处。

CHINO TRADICIONAL

序言

在東方和西方之間存在最主要的差別之一是：對於東方人來說一切都是自然的一部分，而對於西方人來說，他們的分析思維和看待事物的方式的西方人把一切無法解釋的歸類為超自然。這些適用於民間傳說。在東方可以想像人類和鬼共存，墜入愛河，以這個世間一切自然的方式結婚、互相爭吵或傷害。而在西方生者和死者的分界線非常清晰，因為沒有任何一個在陰間用過膳的死去的凡人可以逃脫看守的刻爾帕洛斯，並像幽靈般回到陽間。對於任何一個希望深入閱讀理解中國鬼故事的西方讀者來說，這是一個非常重要的不同之處。

PINYIN

xù yán

zài dōng fāng hé xī fāng zhī jiān cún zài zuì zhǔ yào de chā bié zhī yī shì: duì yú dōng fāng rén lái shuō yí qiè dōu shì zì rán de yí bù fèn, ér duì yú xī fāng rén lái shuō, tā men de fēn xī sī wéi hé kàn dài shì wù de fāng shì de xī fāng rén bǎ yí qiè wú fǎ jiě shì de guī lèi wèi chāo zì rán. zhè xiē shì yòng yú mín jiān chuán shuō. zài dōng fāng kě yǐ xiǎng xiàng rén lèi hé guǐ gòng cún, zhuì rù ài hé, yǐ zhè ge shì jiān yí qiè zì rán de fāng shì jié hūn, hù xiāng zhēng chǎo huò shāng hài. ér zài xī fāng shēng zhě hé sǐ zhě de fēn jiè xiàn fēi cháng qīng xī, yīn wèi méi yǒu rèn hé yí gè zài yīnjiān yòng guò shàn de sǐ qù de fán rén kě yǐ táo tuō kān shǒu de Kè ěr pà luò sī, bìng xiàng yōu líng bān huí dào yáng jiān. duì yú rèn hé yí gè xī wàng shēn rù yuè dú lǐ jiě Zhōngguó guǐ gù shi de xī fāng dú zhě lái shuō, zhè shì yí gè fēi cháng zhòng yào de bù tóng zhī chù.

ESPAÑOL

Prefacio

Entre las diferencias que hay entre el oriental y el occidental, una de las principales es que: para el oriental todo es parte de la naturaleza; mientras que para el occidental, con su forma analítica de pensar y ver las cosas, clasifica como sobrenatural a todo lo que no encuentra explicación. Aplicado esto al folklore; en oriente se puede concebir que humanos y fantasmas convivan, se enamoren y después se casen con toda la naturalidad del mundo, o bien que disputen, se perjudiquen y riñan entre ellos. Mientras que en el occidente la línea divisoria entre vivos y muertos está bien marcada; puesto que ningún mortal ya fallecido que se haya alimentado en el inframundo, logra evadir a la celosa guarda del Can Cerbero y retornar al mundo de los vivos como aparición fantasmagórica. Esta es una diferencia muy importante a considerar para todo lector occidental que desee adentrarse a leer historias de fantasmas chinas.

42. 凡人 fán rén (Sustantivo. Mortal).
43. 逃脫/逃脱 táo tuō (Verbo. Escapar, evadir).
44. 看守 kān shǒu (Verbo. Vigilar, custodiar, cuidar).
45. 刻爾帕洛斯/刻尔帕洛斯 Kè ěr pà luò sī (Sustantivo. Cerbero).
46. 像 xiàng (Verbo. Viéndose como).
47. 幽靈/幽灵 yōu líng (Sustantivo. Fantasma; espíritu; espectro).
48. 般 bān (Auxiliar. Mismo, igual, como).
49. 回到 huí dào (Verbo. Regresar a).
50. 陽間/阳间 yáng jiān (Sustantivo. El mundo de los vivos).
51. 希望 xī wàng (Verbo. Desear).
52. 深入 shēn rù (Verbo. Profundizar).
53. 閱讀理解/阅读理解 yuè dú lǐ jiě (Frase. comprensión de lectura).
54. 讀者/读者 dú zhě (Sustantivo. Lector).
55. 處/处 chù (Sustantivo. Punto, aspecto).

56. 直接 zhí jiē (Adjetivo. Directo).
57. 翻譯/翻译 fān yì (Verbo. Traducción).
58. 成 chéng (Verbo. Convertido a).
59. 西班牙語/西班牙语 Xībānyá yǔ (Sustantivo. Idiomas: español).
60. 原題目/原题目 yuán tí mù (Frase. Título original).
61. 動詞/动词 dòng cí (Sustantivo. Verbo).
62. 自己 zì jǐ (Pronombre. Uno mismo).
63. 心里或頭腦中/心里或头脑中 xīn lǐ huò tóu nǎo zhōng (Frase. Dentro del corazón o de la mente).
64. 產生/产生 chǎn shēng (Verbo. Producir, engendrar, surgir).
65. 仇恨 chóu hèn (Verbo. Odiar, hostilidad).
66. 羨慕/羡慕 xiàn mù (Verbo. Envidiar).
67. 世界上 shì jiè shàng (Frase. En el mundo).
68. 每個時代/每个时代 měi gè shí dài (Frase. En cada era).
69. 每個時段/每个时段 měi gè shí duàn (Frase. En todos los tiempos).
70. 每個種族/每个种族 měi gè zhǒng zú (Frase. En todas las razas).
71. 種/种 zhǒng (Clasificador. Para tipos, especies, variedades).
72. 感覺/感觉 gǎn jué (Sustantivo. Sentimiento).
73. 已經/已经 yǐ jīng (Adverbio. Ya).
74. 心中 xīn zhōng (Frase. En el corazón, en la mente).
75. 深深地 shēn shēn de (Frase. Profundamente).
76. 紮根/扎根 zhā gēn (Verbo. Echar raíces, arraigarse).
77. 並且/并且 bìng qiě (Conjunción. Y; además).
78. 發芽/发芽 fā yá (Verbo. Germinar, brotar).
79. 激發/激发 jī fā (Verbo. Estimular, provocar).
80. 最黑暗 zuì hēi'àn (Frase. Lo más oscuro).
81. 能夠/能够 néng gòu (Verbo. Ser capaz de).
82. 摧毀 cuī huǐ (Verbo. Destruir).
83. 家庭 jiā tíng (Sustantivo. Familia).
84. 家園/家园 jiā yuán (Sustantivo. Hogar).
85. 傷害/伤害 shāng hài (Verbo. Dañar, perjudicar).
86. 友誼/友谊 yǒu yì (Sustantivo. Amistad).
87. 引發/引发 yǐn fā (Verbo. Iniciar).
88. 戰爭/战争 zhàn zhēng (Sustantivo. Guerra).
89. 衝突/冲突 chōng tú (Sustantivo. Conflicto).
90. 如此 rú cǐ (Pronombre. así; tal; tan, de este modo; tal como; así llamado).
91. 深仇大恨 shēn chóu dà hèn (Frase idiomática. Un odio muy grande y profundo).
92. 以至於/以至于 yǐ zhì yú (Conjunción. Al grado que).
93. 墳墓/坟墓 fén mù (Sustantivo. Tumba; sepultura).
94. 漫長/漫长 màn cháng (Adjetivo. Largo, infinito).
95. 浸泡 jìn pào (Verbo. Sumergirse, hundirse).
96. 時間/时间 shí jiān (Sustantivo. Tiempo).
97. 長河/长河 cháng hé (Sentido figurado. Un flujo sin fin).
98. 不朽 bù xiǔ (Verbo. Que dura para siempre).
99. 因此 yīn cǐ (Conjunción. Por eso, por lo tanto, por consiguiente).
100. 善良 shàn liáng (Adjetivo. Bueno, benévolo, bondadoso).
101. 願意/愿意 yuàn yì (Verbo. Estar dispuesto a).
102. 同意 tóng yì (Verbo. Consentir, aceptar).
103. 以下 yǐ xià (Sustantivo. En lo que viene a continuación).

CHINO SIMPLIFICADO

现在让我们来把这个故事从中文直接翻译成西班牙语，原题目为＂嫉妒 Jídù＂，＂嫉妒＂一词在中文中是一个动词，意思是：因为另一个人比自己好而在心里或头脑中产生的仇恨。对一个人产生羡慕和嫉妒是世界上每个时代、每个时段和每个种族中存在的一种感觉。已经在每个人心中深深地扎根并且发芽。它能激发每个人最黑暗的一面，能够摧毁家庭、家园、伤害友谊、引发战争和冲突。如此深仇大恨，以至于可以被带到坟墓里，漫长地浸泡在时间的长河里不朽。因此，在阅读完这个故事之后，一个善良的读者会愿意同意我以下两个观点：首先要注意内心的情感；以免内心的情感对你自己和你所爱的人造成伤害。第二个慎重考虑你想要的东西，以免像年轻人吴洪那样发生一样的事情。

写于2023年2月3日墨西哥新莱昂州首府蒙特雷一个寒冷的晚上，等待着希腊女神珀耳塞福涅回到阳间。

CHINO TRADICIONAL

現在讓我們來把這個故事從中文直接翻譯成西班牙語，原題目為＂嫉妒 Jídù＂，＂嫉妒＂一詞在中文中是一個動詞，意思是：因為另一個人比自己好而在心裡或頭腦中產生的仇恨。對一個人產生羨慕和嫉妒是世界上每個時代、每個時段和每個種族中存在的一種感覺。已經在每個人心中深深地紮根並且發芽。它能激發每個人最黑暗的一面，能夠摧毀家庭、家園、傷害友誼、引發戰爭和衝突。如此深仇大恨，以至於可以帶到墳墓裡，漫長地浸泡在時間的長河裡不朽。因此，在閱讀完這個故事之後，一個善良的讀者會願意同意我以下兩個觀點：首先要注意內心的情感；以免內心的情感對你自己和你所愛的人造成傷害。第二個慎重考慮你想要的東西，以免像年輕人吳洪那樣發生一樣的事情。

寫於2023年2月3日墨西哥新萊昂州首府蒙特雷一個寒冷的晚上，等待著希臘女神珀耳塞福涅回到陽間。

PINYIN

xiàn zài ràng wǒ men lái bǎ zhè gè gù shi cóng Zhōngwén zhí jiē fānyì chéng Xībānyá yǔ, yuán tí mù wèi "Jídù" yì cí zài Zhōngwén zhōng shì yí gè dòng cí, yì si shì: yīn wèi lìng yí gè rén bǐ zì jǐ hǎo ér zài xīn lǐ huò tóu nǎo zhōng chǎn shēng de chóu hèn. duì yí gè rén chǎn shēng xiàn mù hé jí dù shì shì jiè shàng měi gè shí dài, měi gè shí duàn hé měi gè zhǒng zú zhōng cún zài de yì zhǒng gǎn jué. yǐ jīng zài měi gè rén xīn zhōng shēn shēn de zhā gēn bìng qiě fā yá. tā néng jī fā měi gè rén zuì hēi'àn de yí miàn, néng gòu cuī huǐ jiā tíng, jiā yuán, shāng hài yǒu yì, yǐn fā zhàn zhēng hé chōng tú. rú cǐ shēn chóu dà hèn, yǐ zhì yú kě yǐ bèi dài dào fén mù lǐ, màn cháng de jìn pào zài shí jiān de cháng hé lǐ bù xiǔ. yīn cǐ, zài yuè dú wán zhè gè gù shi zhī hòu, yí gè shàn liáng de dú zhě huì yuàn yì tóng yì wǒ yǐ xià liǎng gè guān diǎn: shǒu xiān yào zhù yì nèi xīn de qíng gǎn; yǐ miǎn nèi xīn de qíng gǎn duì nǐ zì jǐ hé nǐ suǒ ài de rén zào chéng shāng hài. dì èr gè shèn chóng kǎo lǜ nǐ xiǎng yào de dōng xi, yǐ miǎn xiàng nián qīng rén Wúhóng nà yàng fā shēng yí yàng de shì qíng.

xiě yú èr líng èr sān nián èr yuè sān rì Mòxīgē Xīnlái'áng zhōu shǒu fǔ Méngtèléi yí gè hán lěng de wǎn shàng, děng dài zhe Xīlà nǚshén Pò ěr sāi fú niè huí dào yáng jiān.

ESPAÑOL

Pasemos ahora con la presente historia traducida directa del chino mandarín a español y que lleva por título originalmente "嫉妒 Jídù" esta palabra en chino es un verbo y significa: un odio que se engendra en el corazón o la mente porque otra persona es mejor que uno mismo. Sentir envidia y celos de otra persona es un sentimiento que en todos los tiempos, eras y razas del mundo; ha echado raíces y brotado profundamente en los corazones de la gente. Saca lo peor de cada uno, es capaz de destruir familias, hogares, apuñalar amistades, desatar guerras y conflictos. Un odio tan inmenso que puede llevarse a la tumba y sumergirse en el incesante flujo del tiempo. Por lo que tras leer esta historia, el amable lector estará dispuesto a convenir conmigo dos cosas: la primera cuídate de las emociones que se albergan en el corazón; no sea que causen tu propia ruina y la de tus seres queridos, y la segunda ten cuidado con lo que deseas, no sea que te pase lo mismo que al joven 吴洪/吳洪 Wúhóng.

Escrito en una gélida noche de Febrero el día 03/02/23 en Monterrey, N.L. México. A la espera de que la diosa Perséfone retorne al mundo de los vivos.

104. 觀點/观点 guān diǎn (Sustantivo. Punto de vista, criterio).
105. 首先 shǒu xiān (Conjunción. En primer lugar, primero).
106. 注意 zhù yì (Verbo. Prestar atención).
107. 以免 yǐ miǎn (Conjunción. Para evitar).
108. 内心 nèi xīn (Sustantivo. En el interior, en el corazón).
109. 情感 qíng gǎn (Sustantivo. Sentimiento, emoción).
110. 所愛的人/所爱的人 suǒ ài de rén (Frase. Toda la gente querida o amada).
111. 造成 zào chéng (Verbo. Causar, crear).
112. 慎重 shèn zhòng (Adjetivo. Cuidadoso, prudente).
113. 考慮/考虑 kǎo lǜ (Verbo. Reflexionar).
114. 年輕人/年轻人 nán qīng rén (Sustantivo. Joven).
115. 發生/发生 fā shēng (Verbo. Ocurrir, suceder).
116. 一樣/一样 yí yàng (Auxiliar. Adicionado al final del verbo o sustantivo para expresar una analogía, metáfora o semejanza).
117. 寫於/写于 xiě yú (Frase. Escrito en).
118. 墨西哥 Mòxīgē (Sustantivo. Monterrey).
119. 新莱昂州 Xīnlái'áng zhōu (Sustantivo. Estado Nuevo León).
120. 首府 shǒu fǔ (Sustantivo. Capital).
121. 蒙特雷 Méngtèléi (Sustantivo. Monterrey).
122. 寒冷 hán lěng (Adjetivo. Frío, gélido).
123. 晚上 wǎn shàng (Sustantivo. Noche).
124. 等待 děng dài (Verbo. Esperar).
125. 希臘女神/希腊女神 Xīlà nǚshén (Frase. Diosa griega).
126. 珀耳塞福涅 Pò ěr sāi fú niè (Sustantivo. Perséfone).

譯者註釋詞汇彙
/译者注释词汇表
yì zhě zhù shì cí huì biǎo
Glosario de la Nota del traductor

1. 對於/对于 duì yú (Preposición. Hacia; en relación a).
2. 此 cǐ (Pronombre. Este, esta, esto, ese, esa, eso, aquí, ahora).
3. 篇 piān (Sustantivo. Composición literaria).
4. 翻譯/翻译 fān yì (Verbo. Traducir).
5. 遵循 zūn xún (Verbo. Atenerse, obedecer).
6. 另一 lìng yī (Frase. El otro, la otra).
7. 筆者/笔者 bǐ zhě (Sustantivo. El escritor, el autor; término utilizado con frecuencia para nombrarse a uno mismo).
8. 發表/发表 fā biǎo (Verbo. Publicar).
9. 名為/名为 míng wèi (Frase. Llamado, conocido como).
10. 使用 shǐ yòng (Verbo. Utilizar, emplear, hacer uso de).
11. 格式 gé shì (Sustantivo. Formato, forma).
12. 一致 yí zhì (Adjetivo. Idéntico, igual).
13. 作品 zuò pǐn (Sustantivo. Obra literaria, escrito, composición).
14. 包含 bāo hán (Verbo. Contener).
15. 简体中文 jiǎn tǐ zhōng wén (Frase. Chino Simplificado).
16. 繁体中文 fán tǐ zhōng wén (Frase. Chino Tradicional).
17. 拼音 pīn yīn (Sustantivo. Alfabeto fonético chino).
18. 詳細/详细 xiáng xì (Adjetivo. Detallado, minucioso).
19. 詞語/词语 cí yǔ (Sustantivo. Palabras, frases).
20. 解釋/解释 jiě shì (Verbo. Explicar).
21. 具體/具体 jù tǐ (Adjetivo. Específico, concreto).
22. 而言 ér yán (Verbo. En relación con).
23. 不同 bù tóng (Adjetivo. Diferente, distinto).
24. 含義/含义 hán yì (Sustantivo. Significado, sentido).
25. 因上下文而異/因上下文而异 yīn shàng xià wén ér yì (Frase. Diferente debido al contexto).
26. 漢語/汉语 Hànyǔ (Sustantivo. Idioma chino).
27. 常用詞/常用词 cháng yòng cí (Frase. Palabra comúnmente utilizada).
28. 被 bèi (Preposición. Utilizado antes del verbo en una estructura pasiva introduce la persona que realiza la acción o también la acción por sí sola).
29. 深入研究 shēn rù yán jiū (Frase. Investigación o estudio profundo).
30. 為了/为了 wèi le (Preposición. Para; con el fin de; por).
31. 便于 biàn yú (Adjetivo. Conveniente para).
32. 本 běn (Clasificador. Para libros).
33. 有興趣/有兴趣 yǒu xìng qù (Verbo. Tener interés, estar interesado en).
34. 讀者/读者 dú zhě (Sustantivo. Lector).
35. 通過/通过 (Preposición. A través de).
36. 電子郵件/电子邮件 diàn zǐ yóu jiàn (Sustantivo. Correo electrónico).
37. 聯繫/联系 lián xì (Verbo. Contactar).
38. 以 yǐ (Conjunción. Para).
39. 獲取/获取 qǔ huò (Verbo. Obtener).
40. 額外/额外 é wài (Adjetivo. Adicional, extra).
41. 學習教材/学习教材 xué xí jiào cái (Frase. Material de estudio).
42. 張/张 zhāng (Clasificador. Para objetos planos).

CHINO SIMPLIFICADO

译者注：

对于此篇翻译，遵循另一个笔者翻译并发表名为"叶限 Yèxiàn"的一个中国故事中使用的格式一致。此作品包含简体、繁体、拼音和非常详细的1597个词语的解释。具体而言，"就 jiù"这个词的不同含义因上下文而异，但在汉语中是一个常用词，现在已经被深入研究。为了便于学习本作品，有兴趣的读者可以通过电子邮件联系以获取额外的学习教材（一张包含着词汇表中每个单词单独发音的闪卡）。总计翻译了一万两千九百四十三个汉字和这个故事是稍后出版的故事集的一部分。

CHINO TRADICIONAL

譯者註：

對於此篇翻譯，遵循另一個筆者翻譯並發表名為"葉限 Yèxiàn"的一個中國故事中使用的格式一致。此作品包含簡體、繁體、拼音和非常詳細的1597個詞語的解釋。具體而言，"就jiù"這個詞的不同含義因上下文而異，但在漢語中是一個常用詞，現在已經被深入研究。為了便於學習本作品，有興趣的讀者可以通過電子郵件聯繫以獲取額外的學習教材（一張包含著詞彙表中每個單詞單獨發音的閃卡）。總計翻譯了一萬兩千九百四十三個漢字和這個故事是稍後出版的故事集的一部分。

PINYIN

yì zhě zhù

duì yú cǐ piān fān yì, zūn xún lìng yí gè bǐ zhě fān yì bìng fā biǎo míng wèi "Yèxiàn" de yí gè zhōngguó gù shi zhōng shǐ yòng de gé shì yí zhì. cǐ zuò pǐn bāo hán jiǎn tǐ, fán tǐ, pīn yīn hé fēi cháng xiáng xì de yì qiān wǔ bǎi jiǔ shí qī gè cí yǔ de jiě shì. jù tǐ ér yán, "jiù" zhè ge cí de bù tóng hán yì yīn shàng xià wén ér yì, dàn zài Hànyǔ zhòng shì yí gè cháng yòng cí, xiàn zài yǐ jīng bèi shēn rù yán jiū. wèi le biàn yú xué xí běn zuò pǐn, yǒu xìng qù de dú zhě kě yǐ tōng guò diàn zǐ yóu jiàn lián xì yǐ huò qǔ é wài de xué xí jiào cái (yī zhāng bāo hán zhe cí huì biǎo zhōng měi gè dān cí dān dú fā yīn de shǎn kǎ). zǒng jì fān yì le yí wàn liǎng qiān jiǔ bǎi sì shí sān gè hàn zì hé zhè ge gù shi shì shāo hòu chū bǎn de gù shi jí de yí bù fèn.

ESPAÑOL

Nota del traductor

Para la presente traducción se respetó el mismo formato que se utilizó en otra historia ya traducida y publicada por un servidor "Cenicienta China Yexian"; la presente obra cuenta también con caracteres simplificados, tradicionales, pinyin y un glosario muy detallado con ¡mil quinientas noventa y siete palabras! Específicamente se profundizó ahora en los diferentes significados de la palabra 就 jiù que varía de acuerdo al contexto y que sin embargo es una palabra frecuentemente utilizada en el idioma chino. A fin de facilitar el estudio de la obra el lector interesado puede ponerse en contacto vía correo electrónico para acceder a material didáctico digital complementario (tarjetas de estudio con la pronunciación individual de cada una de las palabras del glosario). En total se tradujeron doce mil novecientos cuarenta y tres caracteres y esta historia forma parte de una colección de historias que se irán publicando posteriormente.

43. 單詞/单词 dān cí (Sustantivo. Palabra individual).
44. 單獨/单独 dān dú (Adjetivo. Individualmente).
45. 發音/发音 fā yīn (Sustantivo. Pronunciación).
46. 閃卡/闪卡 shǎn kǎ (Sustantivo. Tarjeta de estudio).
47. 總/总计 zǒng jì (Verbo. Sumar en total).
48. 一萬兩千九百四十三/一万两千九百四十三 yí wàn liǎng qiān jiǔ bǎi sì shí sān (Número. Doce mil novecientos cuarenta y tres).
49. 漢字/汉字 Hànzì (Sustantivo. Caracteres chinos).
50. 稍後/稍后 shāo hòu (Sustantivo. Más adelante).
51. 出版 chū bǎn (Verbo. Publicar, editar).
52. 故事集 gù shì jí (Frase. Colección de cuentos).
53. 一部分 yí bù fèn (Frase. Una parte).

嫉妒 詞汇彙/
嫉妒词汇表
cí huì biǎo
Glosario de Una trágica historia sobre celos de ultratumba

1. 嫉妒 jí dù (Verbo. Envidia; celo).
2. 篇 piān (Sustantivo. Composición literaria).
3. 選自/选自 xuǎn zì (Frase. Elegido, a desde).
4. 京本通俗小說/京本通俗小说 (Sustantivo. Jīngběn Tōngsú xiǎoshuō).
5. 作者不詳/作者不详 zuò zhě bù xiáng (Frase. Autor anónimo).
6. 此 cǐ (Pronombre. Este, esta, esto, ese, esa, eso, aquí, ahora).
7. 種/种 zhǒng (Clasificador. Para tipos, especies, variedades).
8. 恐怖 kǒng bù (Sustantivo/adjetivo. Terror; horror; terrorífico).
9. 小說/小说 xiǎo shuō (Sustantivo. Novela).
10. 當/当 dāng (Verbo. Mirando a, dirigiéndose hacia, tener predilección).
11. 為/为 wèi (Verbo. Tomar como, tomar por, servir de).
12. 茶館酒肆所/茶馆酒肆所 chá guǎn jiǔ sì suǒ (Frase. Casas de té y vino; "茶館/茶馆" Sustantivo. Casa de té, salón de té; "酒肆" Sustantivo. Tienda de vinos; "所" Sustantivo. Lugar; sitio).
13. 樂/乐 lè (Verbo. Alegrarse, contentarse).
14. 聞/闻 wén (Sustantivo. Fama, reputación).
15. 故事 (CH Continental) gù shi (TW) gù shì (Sustantivo. Cuento; relato).
16. 中 zhōng (Sustantivo. En).
17. 除 chú (Preposición. Excepto; a excepción de).
18. 塾師/塾师 shú shī (Sustantivo. Maestro de una escuela privada).
19. 所有 suǒ yǒu (Verbo. Poseer).
20. 人物 rén wù (Sustantivo. Personaje).
21. 幾乎/几乎 jī hū (Adverbio. Casi, prácticamente).
22. 无一非 wú yì fēi (Frase. Todos son; "无一" significa ni uno; "非" adverbio de negación. No ser; por lo tanto al tener una doble negación seguida se convierte en afirmación).
23. 鬼 guǐ (Sustantivo. Fantasma; aparición).
24. 如此 rú cǐ (Pronombre. Así; tal; tan, de este modo; tal como; así llamado).
25. 乃 nǎi (Adverbio. Expresa afirmación; equivalente a "就是 jiù shì", "確實/确实" què shí.).
26. 達到/达到 dá dào (Verbo. Lograr; conseguir; obtener).
27. 之極/之极 zhī jí (Sustantivo. El más alto grado de una condición. Normalmente se utiliza después de adjetivos de dos sílabas).
28. 點/点 diǎn (Sustantivo. Aspecto; característica).
29. 另有 lìng yǒu (Frase. Tiene otros, as….).
30. 鬼故事 guǐ gù shi (Sustantivo. Historia de fantasmas).
31. 亦 yì (Adverbio literario. También; equivalente a "也 yě"; "也是 yě shì").
32. 用 yòng (Verbo. Usar, utilizar).
33. 筆法/笔法 bǐ fǎ (Sustantivo. Técnica de escritura).
34. 將/将 jiāng (Preposición. Introduce el objeto del verbo principal; utilizado de la misma forma que "把 bǎ").
35. 全篇 quán piān (Sustantivo. Obra o creación literaria; artística en su totalidad).
36. 角色 (CH Continental) jué sè (TW) jiǎo sè (Sustantivo. Personaje en una novela).
37. 逐一 zhú yī (Adverbio. Uno por uno).

CHINO SIMPLIFICADO

嫉妒

本篇选自《京本通俗小说》，作者不详。此种恐怖小说，当为茶馆酒肆所乐闻。故事中除一塾师，所有人物几乎无一非鬼，如此乃达到恐怖之极点。《京本通俗小说》中另有一鬼故事，亦用此种笔法，将全篇角色逐一揭露，皆系鬼物。

CHINO TRADICIONAL

嫉妒

本篇選自《京本通俗小說》，作者不詳。此種恐怖小說，當為茶館酒肆所樂聞。故事中除一塾師，所有人物幾乎無一非鬼，如此乃達到恐怖之極點。《京本通俗小說》中另有一鬼故事，亦用此種筆法，將全篇角色逐一揭露，皆係鬼物。

PINYIN

jí dù

běn piān xuǎn zì "Jīngběn Tōngsú Xiǎoshuō", zuò zhě bù xiáng. cǐ zhǒng kǒng bù xiǎo shuō, dāng wèi chá guǎn jiǔ sì suǒ lè wén. gù shi zhōng chú yī shú shī, suǒ yǒu rén wù jī hū wú yī fēi guǐ, rú cǐ nǎi dá dào kǒng bù zhī jí diǎn. "Jīngběn Tōngsú Xiǎoshuō" zhōng lìng yǒu yì guǐ gù shi, yì yòng cǐ zhǒng bǐ fǎ, jiāng quán piān jué sè zhú yì jiē lù, jiē xì guǐ wù.

ESPAÑOL

Una trágica historia sobre celos de ultratumba

Este escrito fue seleccionado de la obra Jīngběn Tōngsú Xiǎoshuō, su autor es desconocido. Estas novelas de terror, eran muy conocidas y disfrutadas en casas públicas de té y vino. Dentro de la historia, con excepción del profesor, prácticamente todos los personajes son fantasmas. Siendo este el aspecto más terrorífico que alcanza. Jīngběn Tōngsú Xiǎoshuō tiene otra historia de fantasmas en la que también utiliza este estilo de escritura; durante toda la obra uno por uno, todos los personajes se van relevando como espíritus fantasmagóricos.

38. 揭露 jiē lù (Verbo. Revelar, denunciar, poner al descubierto).
39. 皆 jiē (Adverbio literario. Todos, equivalente a "都 dōu, 都是 dōu shì").
40. 系 xì (Verbo literario. Ser).
41. 鬼物 guǐ wù (Sustantivo. Fantasma; espíritu; aparición).

42. 吳洪/吴洪 Wúhóng (Sustantivo. Nombre completo del profesor).
43. 為人/为人 wéi rén (Verbo. Manera de comportarse; manera de ser)
44. 生性 shēng xìng (Sustantivo. Disposición natural)
45. 疏懶/疏懒 shū lǎn (Adjetivo. Flojo; indolente; perezoso; negligente).
46. 寄居 jì jū (Verbo. Vivir en el extranjero o en casa de otra persona; vivir lejos de casa).
47. 京都 jīng dū (Sustantivo antiguo. Capital de un país).
48. 教 jiāo (Verbo. Enseñar).
49. 私塾 sī shú (Sustantivo. Escuela privada en tiempos antiguos).
50. 放學/放学 fàng xué (Verbo. Cuando los estudiantes terminan clases y regresan a sus casas).
51. 孤獨/孤独 gū dú (Adjetivo. Solo; solitario; aislado).
52. 日子 rì zi (Sustantivo. Día; día de la vida de una persona).
53. 過/过 guò (Verbo. Pasar tiempo).
54. 倒 dào (Adverbio. Utilizado después de la palabra "得 de" para indicar contraste con un tono de crítica o reproche).
55. 愜意/惬意 qiè yì (Adjetivo. Satisfecho; contento; alegre; gozoso).
56. 自己 zì jǐ (Pronombre. Uno mismo).
57. 燒水/烧水 shāo shuǐ (Verbo. Hervir el agua).
58. 沏茶 qī chá (Verbo. Hacer o preparar té).
59. 一點兒/一点儿 yì diǎnr (Sustantivo. Un poco).
60. 覺得/觉得 jué de (Verbo. Pensar; sentir; parecer; considerar).
61. 麻煩/麻烦 (CH Continental) má fan (TW) má fán (Adjetivo. Molesto; incómodo).
62. 一個人/一个人 yí gè rén (Frase. Uno solo; por sí mismo).
63. 慢慢 màn màn (Adjetivo. Muy lento, despacio; cuando se utiliza un adjetivo monosilábico doble, describe que las características de una persona o cosa son de un grado de profundidad mayor).
64. 品茗 pǐn míng (Verbo literario. Degustar el té; también se le llama: 品茶 pǐn chá).
65. 嫌 xián (Verbo. Desagradar; disgustarse; sentir aversión).
66. 寂寞 (CH Continental) jì mò (TW) jí mò (Adjetivo. Solitario; solo).
67. 單身/单身 dān shēn (Sustantivo. Soltero).
68. 住房 zhù fáng (Sustantivo. Casa, vivienda).
69. 裡頭/里头 lǐ tou (Sustantivo coloquial. Interior).
70. 院 yuàn (Sustantivo. Patio).
71. 屋 wū (Sustantivo. Casa).
72. 頗/颇 (CH Continental) pō (TW) pǒ (Adverbio literario. Mucho; muy; bastante).
73. 女兒/女儿 nǚ'ér (Sustantivo. En el texto es: chica, muchacha).
74. 氣息/气息 (CH Continental) qì xī (TW) qì xí (Sustantivo. Olor; puede utilizarse también metafóricamente para el gusto o estilo; significa también al momento en que se inhala y exhala).
75. 對於/对于 duì yú (Preposición. Hacia; en relación a).
76. 倒是 dào shì (Adverbio. Expresa concesión).
77. 有無/有无 yǒu wú (Frase. Tener o no tener).
78. 限 xiàn (Sustantivo. Límite; restricción).
79. 魅力 mèi lì (Sustantivo. Encanto, fascinación, atractivo, fuerza de atracción).
80. 臥室/卧室 wò shì (Sustantivo. Alcoba, dormitorio).
81. 梳妝台/梳妆台 shū zhuāng tái (Sustantivo. Tocador)
82. 舊/旧 jiù (Adjetivo. Viejo, antiguo)
83. 梳妝盒/梳妆盒 shū zhuāng hé (Sustantivo. Caja de maquillaje; cosmetiquera)

CHINO SIMPLIFICADO

吴洪为人生性疏懒，寄居在京都，教一个私塾。学生放学之后，孤独的日子，过得倒也惬意。 自己烧水沏茶，一点儿不觉得麻烦，一个人慢慢品茗，也不嫌寂寞。他那个单身住房在里头院，屋里颇有女儿气息，这对于他，倒是有无限魅力。他的卧室里有一个梳妆台，一个旧梳妆盒，顶上有一个可以收缩的镜子，还有些女人用的各式各样的东西，有的知道用处，有的不知道有什么用处。抽屉里还有针、绦子、簪子，抽屉底儿上粘了一层脂粉。他一进屋，就闻着屋里弥散的幽香。那种永不消失的香味，虽然找不出来源，但他闻得出是浓郁的麝香气味。这些闺阃的气味，正投合他这单身汉的爱好。因为生性富于幻想，他总想象当年住过这屋子的女人，究竟是怎么个样子，是不是亭亭玉立呢？什么样的声音呢？他一心想的不是别的，就是一个活女人，能让他相信自己过的是家庭生活就好了。

CHINO TRADICIONAL

吳洪為人生性疏懶，寄居在京都，教一個私塾。學生放學之後，孤獨的日子，過得倒也惬意。自己燒水沏茶，一點兒不覺得麻煩，一個人慢慢品茗，也不嫌寂寞。他那個單身住房在裡頭院，屋裡頗有女兒氣息，這對於他，倒是有無限魅力。他的卧室裡有一個梳妝台，一個舊梳妝盒，頂上有一個可以收縮的鏡子，還有些女人用的各式各樣的東西，有的知道用處，有的不知道有什麼用處。抽屜裡還有針、絛子、簪子，抽屜底兒上粘了一層脂粉。他一進屋，就聞著屋裡彌散的幽香。那種永不消失的香味，雖然找不出來源，但他聞得出是濃郁的麝香氣味。這些閨閫的氣味，正投合他這單身漢的愛好。因為生性富於幻想，他總想象當年住過這屋子的女人，究竟是怎麼個樣子，是不是亭亭玉立呢？什麼樣的聲音呢？他一心想的不是別的，就是一個活女人，能讓他相信自己過的是家庭生活就好了。

PINYIN

Wúhóng wéi rén shēng xìng shū lǎn, jì jū zài jīng dū, jiāo yí ge sī shú. xué shēng fàng xué zhī hòu, gū dú de rì zi, guò de dào yě qiè yì. zì jǐ shāo shuǐ qī chá, yì diǎnr bù jué dé má fán, yí gè rén màn man pǐn míng, yě bù xián jì mò. tā nà ge dān shēn zhù fáng zài lǐ tou yuàn, wū lǐ pō yǒu nǚ'ér qì xí, zhè duì yú tā, dǎo shì yǒu wú xiàn mèi lì. tā de wò shì lǐ yǒu yí gè shū zhuāng tái, yí gè jiù shū zhuāng hé, dǐng shàng yǒu yí ge kě yǐ shōu suō de jìng zi, hái yǒu xiē nǚ rén yòng de gè gè shì gè yàng de dōng xī, yǒu de zhī dào yòng chù, yǒu de bù zhī dào yǒu shén me yòng chù. chōu ti lǐ hái yǒu zhēn, tāo zi, zān zi, chōu ti dǐr shàng zhān le yì céng zhī fěn. tā yí jìn wū, jiù wén zhe wū lǐ mí sàn de yōu xiāng. nà zhǒng yǒng bù xiāo shī de xiāng wèi, suī rán zhǎo bù chū lái yuán, dàn tā wén de chū shì nóng yù de shè xiāng qì wèi. zhè xiē guī kǔn de qì wèi, zhèng tóu hé tā zhè dān shēn hàn de ài hào. yīn wéi shēng xìng fù yú huàn xiǎng, tā zǒng xiǎng xiàng dāng nián zhù guò zhè wū zi de nǚ rén, jiù jìng shì zěn me gè yàng zi, shì bú shì tíng tíng yù lì ne? shén me yàng de shēng yīn ne? tā yì xīn xiǎng de bú shì bié de, jiù shì yí gè huó nǚ rén, néng ràng tā xiāng xìn zì jǐ guò de shì jiā tíng shēng huó jiù hǎo le.

ESPAÑOL

La disposición natural y forma de comportarse de Wúhóng era del tipo indolente, se alojaba lejos de casa en la capital y enseñaba en una escuela privada. Después de que los alumnos salían de clases, su día a día era solitario, lo que lo hacía experimentar una extraña satisfacción. Él mismo hervía el agua para prepararse su té; lo cual no lo molestaba siquiera un poco. Desgustabalo lentamente en completa soledad, sin sentir tampoco desagrado alguno por ello. La casa de aquel soltero estaba en el patio interior, y dentro de ella había una fragancia a muchacha, que lo fascinaba ilimitadamente. En su dormitorio había un tocador con una vieja cosmetiquera y un espejo retráctil en la parte de arriba. También había múltiples objetos femeninos de todas las variedades, algunos de función sabida y otros de función desconocida. Dentro del cajón había además: agujas, cintas de seda, palillos para el cabello y en el fondo tenía una capa de maquillaje en polvo. En cuanto entraba a la habitación olía la delicada fragancia esparcida en el interior. Aquel aroma que nunca se desvanecía; aunque no podía encontrar de donde se originaba, podía, sin embargo, percibir una intensa fragancia con olor a almizcle. El aroma de estos aposentos femeninos se ajustaba precisamente con el interés y gustos de este joven soltero. Debido a que era del tipo de persona propensa a tener abundantes fantasías, siempre se imaginaba que una muchacha en la flor de la edad había vivido en esta casa. Preguntábase cómo era su apariencia, si era o no hermosa y de grácil figura. Por último preguntábase también como sería su voz. Con todas fuerzas pensaba que no podía ser de otra manera, solo necesitaba una mujer viva; real, que lo convenciera que era una vida familiar propia lo experimentaba.

84. 頂上/顶上 dǐng shàng (Frase. En la parte de arriba).
85. 收縮/收缩 shōu suō (Verbo. contraible; retráctil)
86. 鏡子/镜子 jìng zi (Sustantivo. espejo).
87. 各式各樣/各式各样 gè shì gè yàng (Frase idiomática. todo tipo de; una variedad de).
88. 有的 yǒu de (Pronombre. Alguno,a; algunos, as).
89. 用處/用处 yòng chù (Sustantivo. Utilidad; uso).
90. 抽屉/抽屉 (CH Continental) chōu ti (TW) chōu tì (Sustantivo. Cajón).
91. 針/针 zhēn (Sustantivo. Aguja; alfiler).
92. 絛子/绦子 tāo zi (Sustantivo. Cinta redonda o plana tejida con hilo de seda para atar o adornar la ropa).
93. 簪子 zān zi (Sustantivo. Palillo para sujetar el cabello elaborado normalmente de metal, jade y otros materiales).
94. 底兒/底儿 dǐr (Sustantivo. Fondo).
95. 粘 zhān (Verbo. Pegar; adherir).
96. 層/层 céng (Clasificador. para capas).
97. 脂粉 zhī fěn (Sustantivo. colorete y polvo; cosméticos; también puede ser utilizado metafóricamente para referirse a una mujer).
98. 進屋/进屋 jìn wū (Frase. Entrar a una casa o habitación).
99. 就 jiù (Adverbio. En seguida; tan pronto como).
100. 聞/闻 wén (Significado diferente a la palabra del glosario 14) (Verbo. Oler).
101. 著/着 zhe (Auxiliar. Utilizado con el verbo o el adjetivo para indicar la continuación de un estado; usualmente se utiliza también "呢 ne" al final de la oración).
102. 彌散/弥散 mí sàn (Verbo. Esparcir; difundir en todas direcciones).
103. 幽香 yōu xiāng (Sustantivo. Fragancia delicada o tenue).
104. 永不 yǒng bù (Adverbio. Nunca).
105. 消失 xiāo shī (Verbo. Desaparecer; disiparse; desvanecerse).
106. 香味 xiāng wèi (Sustantivo. Aroma; fragancia; perfume).
107. 雖然/虽然 suī rán (Conjunción. Aunque; no obstante; a pesar de que; aun cuando).
108. 找 zhǎo (Verbo. Buscar).
109. 出來/出来 chū lái (Verbo. Aparecer; emerger).
110. 源 yuán (Sustantivo. Origen; procedencia).
111. 濃郁/浓郁 nóng yù (Adjetivo. Aroma, fragancia intensa o profunda).
112. 麝香 shè xiāng (Sustantivo. Almizcle).
113. 气味 qì wèi (Sustantivo. Olor; aroma).
114. 閨閫/闺阃 guī kǔn (Sustantivo antiguo. Habitación de dama).
115. 正 zhèng (Adverbio. Justamente; adecuadamente).
116. 投合 tóu hé (Adjetivo. Avenirse; congeniar; llevarse bien).
117. 單身漢/单身汉 dān shēn hàn (Sustantivo. Soltero).
118. 愛好/爱好 ài hào (Sustantivo. Interés, gustos).
119. 富於/富于 fù yú (Verbo. Estar lleno de, ser rico en).
120. 幻想 huàn xiǎng (Sustantivo. Ilusión; fantasía).
121. 總/总 zǒng (Adverbio. Siempre).
122. 想象 xiǎng xiàng (Verbo. Imaginar).
123. 當年/当年 dāng nián (Verbo. Estar en el esplendor de la vida).
124. 住過/住过 zhù guò (Frase. Haber vivido).
125. 究竟 (CH Continental) jiū jìng (TW) jiù jìng (Adverbio. Utilizado en una oración interrogativa para expresar indagación, equivalente a "到底 dào dǐ" a fin de cuentas).
126. 怎麼/怎么 zěn me (Pronombre. Cómo).
127. 樣子/样子 yàng zi (Sustantivo. Apariencia; forma).

128. 亭亭玉立 tíng tíng yù lì (Frase. Describe a una mujer hermosa de grácil figura: alta y delgada; puede utilizarse también para describir plantas y flores erguidas).
129. 呢 ne (Auxiliar. Utilizado al final de una pregunta como énfasis).
130. 聲音/声音 shēng yīn (Sustantivo. Ruido; sonido; voz).
131. 一心 yì xīn (Adverbio. Con todo el pensamiento; con todas las fuerzas).
132. 別的 bié de (Sustantivo. Otro, a).
133. 就是 jiù shì (Adverbio. Expresa determinación, afirmación o énfasis; de hecho, precisamente, justo es; solo).
134. 活 huó (Adjetivo. Vivo, a).
135. 能 néng (Verbo. Poder).
136. 讓/让 ràng (Verbo. Dejar; hacer; ceder; invitar; ofrecer).
137. 相信 xiāng xìn (Verbo. Creen en; confiar en; tener confianza; estar convencido, a).
138. 自己 zì jǐ (Pronombre. Uno mismo).
139. 過/过 guò (Verbo. Pasar; vivir).
140. 家庭生活 jiā tíng shēng huó (Frase. Vida hogareña; vida familiar).
141. 就好了 jiù hǎo le (Frase. Indica de inmediato, algo que ya está hecho o que el resultado de algo es favorable).

142. 像 xiàng (Verbo. Tal como; como).

143. 杭州 Hángzhōu (Nombre propio. Capital y ciudad más grande de la provincia de 浙江 Zhèjiāng).

144. 這麼/这么 zhè me (Pronombre. Así; tal; tanto; tan).

145. 大城市 dà chéng shì (Frase. Ciudad grande).

146. 心想 xīn xiǎng (Verbo. Pensar para sus adentros).

147. 那麼/那么 nà me (Pronombre. Así; tal; tan; de este modo).

148. 神秘 shén mì (Adjetivo. Misterioso; místico).

149. 美人 měi rén (Sustantivo. Hermosas mujeres; bellezas).

150. 甜蜜蜜 tián mì mì (Frase. Muy dulces, encantadoras).

151. 迷人 mí rén (Adjetivo. Describe algo extremadamente hermoso que hace que las personas queden perdidamente enamorados; fascinador,a; encantador, a).

152. 博學鴻詞科/博学鸿词科 bó xué hóng cí kē (Frase. Convocatoria de erudición y bellas letras. Establecida en el año XIX del emperador Táng Kāiyuán (731) para seleccionar a los mejores eruditos y hombres de letras. Se llevó a cabo durante las dinastías Sòng y Qíng en periodos irregulares).

153. 落第 luò dì (Verbo. Reprobar un examen).

154. 不肯 bù kěn (Verbo. Rechazar; no estar dispuesto).

155. 福州 Fúzhōu (Sustantivo. Ciudad-prefectura capital de la provincia de 福建 Fújiàn al este de China).

156. 仍然 réng rán (Adverbio literario. Expresa que una situación aún persiste sin variar; aún).

157. 緣故/缘故 yuán gù (Sustantivo. Razón).

158. 算計/算计 suàn jì (Verbo. Calcular; hacer cuentas; contar).

159. 清楚 (CH Continental) qīng chu (TW) qīng chǔ (Adjetivo. Claro; despejado; lúcido).

160. 旅途迢迢 lǚ tú tiáo tiáo (Frase. Viaje remoto).

161. 盤費/盘费 pán fèi (Sustantivo. Gastos de viaje).

162. 莫如 mò rú (Conjunción literaria. Utilizado al inicio de una oración para comparar pros y contras para tomar una elección positiva más adelante; más valiera; sería mejor).

163. 考試/考试 kǎo shì (Sustantivo. Tomar o presentar un examen).

164. 功名 gōng míng (Sustantivo. Honor escolar; rango oficial; fama; gloria).

165. 不遂 bú suì (Verbo literario. Fracasar; no materializarse; no cumplir o realizar los deseos propios).

166. 艷福/艳福 yàn fú (Sustantivo. Indica la bendición de un hombre de ser acompañado y cuidado por una bella mujer; un hombre que tiene buena fortuna en el amor).

167. 卻/却 què (Adverbio. Sin embargo).

168. 不淺/不浅 bù qiǎn (Frase. "淺/浅" Adjetivo. Significa superficial; somero, al agregarle negación se convierte en lo opuesto: "深 shēn" Adjetivo. Profundo).

169. 正是 zhèng shì (Verbo. Enfatiza que algo es exactamente como se dice; justo como se dice).

170. 少年 shào nián (Sustantivo. Joven de entre diez y diecisiete años de edad).

171. 翩翩 piān piān (Adjetivo. Describe un movimiento ágil con gracia; soltura en el comportamiento y porte espontáneo; gallardo).

172. 應當/应当 yīng dāng (Verbo auxiliar. Debería).

173. 結婚/结婚 jié hūn (Verbo. Casarse).

174. 年齡/年龄 nián líng (Sustantivo. Edad).

175. 不然 bù rán (Conjunción. De lo contrario; de otra manera).

176. 虧負/亏负 kuī fù (Verbo. Hacer sufrir a alguien; decepcionar a alguien).

CHINO SIMPLIFICADO

像杭州这么个大城市，他心想，有那么多神秘的美人，甜蜜蜜的，那么迷人。这就是他在京都考博学鸿词科落第后，不肯回福州，而仍然留在杭州的缘故。他心里算计得很清楚，旅途迢迢，盘费很大，莫如等到下年考试。谁知他虽然功名不遂，艳福却不浅。正是少年翩翩，应当结婚的年龄，不然杭州真有点儿亏负他呢。其实只要能找到个意中人，他立刻就结婚，只要中意，是鬼怪精灵，也得之甘心。

"哎，要能找到一个女人，又标致，又有钱，孤身一人，无牵无挂，那该多好！"

CHINO TRADICIONAL

像杭州這麼個大城市，他心想，有那麼多神秘的美人，甜蜜蜜的，那麼迷人。這就是他在京都考博學鴻詞科落第後，不肯回福州，而仍然留在杭州的緣故。他心裡算計得很清楚，旅途迢迢，盤費很大，莫如等到下年考試。誰知他雖然功名不遂，艷福卻不淺。正是少年翩翩，應當結婚的年齡，不然杭州真有點兒虧負他呢。其實只要能找到個意中人，他立刻就結婚，只要中意，是鬼怪精靈，也得之甘心。

"哎，要能找到一個女人，又標致，又有錢，孤身一人，無牽無掛，那該多好！"

PINYIN

xiàng Hángzhōu zhè me gè dà chéng shì, tā xīn xiǎng, yǒu nà me duō shén mì de měi rén, tián mì mì de, nà me mí rén. zhè jiù shì tā zài jīng dū kǎo bó xué hóng cí kē luò dì hòu, bù kěn huí Fúzhōu, ér réng rán liú zài Hángzhōu de yuán gù. tā xīn lǐ suàn jì de hěn qīng chu, lǚ tú tiáo tiáo, pán fei hěn dà, mò rú děng dào xià nián kǎo shì. shéi zhī tā suī rán gōng míng bù suí, yàn fú què bù qiǎn. zhèng shì shào nián piān piān, yīng dāng jié hūn de nián líng, bù rán Hángzhōu zhēn yǒu diǎnr kuī fù tā ne. qí shí zhǐ yào néng zhǎo dào gè yì zhōng rén, tā lì kè jiù jié hūn, zhǐ yào zhòng yì, shì guǐ guài jīng líng, yě děi zhī gān xīn.

"āi, yào néng zhǎo dào yí ge nǚ rén, yòu biāo zhì, yòu yǒu qián, gū shēn yì rén, wú qiān wú guà, nà gāi duō hǎo!"

ESPAÑOL

Pensaba para sí mismo que en una ciudad tan grande como Hángzhōu tenía tantas bellezas misteriosas, encantadoras y fascinantes. Esta era la razón por la cual, aún después de haber fallado la convocatoria de erudición y bellas letras, se mantenía todavía en la capital, rehusándose a volver a Fúzhōu. Calculaba con claridad que era mejor, (por la lejanía más los elevados costos del viaje), esperar hasta el próximo año para presentar de nuevo. Inesperadamente a pesar de que no había alcanzado los honores académicos; su fortuna en el amor era profunda. Esto era precisamente por ser un joven gallardo y en edad para casarse. Que de no ser así, Hángzhōu habría de decepcionarlo realmente. En realidad solo tenía que encontrar a una querida, para inmediatamente casarse. Lo único que requería es que fuera de su agrado; espectro o espíritu, estaría también satisfecho.

"¡Ay! Se lamentaba, con que pudiera encontrar a una mujer, hermosa y además adinerada. Solitaria e independiente, sin preocupaciones, ¡Sería lo mejor!

177. 其實/其实 qí shí (Adverbio. En realidad; de hecho; realmente).
178. 意中人 yì zhōng rén (Sustantivo. Persona amada).
179. 立刻 lì kè (Adverbio. En seguida; inmediatamente).
180. 中意 zhōng yì (Verbo. Sentirse satisfecho; de acuerdo al gusto).
181. 鬼怪 guǐ guài (Sustantivo. Espectro; monstruo; fuerzas siniestras).
182. 精靈/精灵 jīng líng (Sustantivo. Espíritu; demonio).
183. 得 děi (Verbo. Seguramente; de seguro; tiene que; es necesario).
184. 之 zhī (Pronombre. Él; ella, ello; ese; esa; eso).
185. 甘心 gān xīn (Verbo. Satisfecho; a gusto).
186. 哎 ài (Interjección. Expresa un profundo lamento).
187. 標緻/标致 biāo zhì (Adjetivo. Hermoso,a; bello,a; utilizado comúnmente en mujeres).
188. 有錢/有钱 yǒu qián (Adjetivo. Rico, a).
189. 孤身一人 gū shēn yì rén (Frase. Independiente; solitario,a; por cuenta de uno; que no necesita ayuda de los demás).
190. 無牽無掛/无牵无挂 wú qiān wú guà (Frase. No tener ningún tipo de preocupación).
191. 該/该 gāi (Verbo. Deber; tener que).

192. 所 suǒ (Clasificador. Para casas, escuelas, hospitales, etc.).
193. 就 jiù (Adverbio. Precisamente; justamente).
194. 頭腦/头脑 tóu nǎo (Sustantivo. Cerebro; cabeza; mente).
195. 灰磚砌/灰砖砌 huī zhuān qì (Frase. Construido con ladrillos grises. "灰" Adjetivo. Gris, "磚/砖" Sustantivo. Ladrillo"; "砌" Verbo. Construir con ladrillos o piedras en capas).
196. 牆垣/墙垣 qiáng yuán (Sustantivo literario. Pared).
197. 粉刷 fěn shuā (Verbo. Enyesar).
198. 裝飾/装饰 zhuāng shì (Verbo. Adornar; engalanar).
199. 以 yǐ (Verbo. Usar; emplear; utilizar).
200. 極低極低/极低极低 jí dī jí dī (Frase. En un nivel muy bajo).
201. 價錢/价钱 jià qián (Sustantivo. Precio).
202. 租 zū (Verbo. Rentar, alquilar).
203. 到 dào (Verbo complementario. Expresa el resultado de una acción).
204. 裡頭/里头 lǐ tou (Sustantivo coloquial. Interior).
205. 美妙得出奇 měi miào de chū qí (Frase. De una belleza o hermosura extraordinaria; "美妙" Adjetivo. Magnífico, maravilloso, hermoso; "得" Auxiliar. que conecta un adjetivo con su complemento para expresar un grado; "出奇" Adjetivo. Extraordinario, inusual).
206. 坐落 zuò luò (Verbo. Estar localizado en; situarse; hallarse).
207. 地方 (CH Continental) dì fang (TW) dì fāng (Sustantivo. Lugar; parte).
208. 偏僻 piān pì (Adjetivo. Apartado; retirado; alejado; lejos de la ciudad).
209. 市中心 shì zhōng xīn (Sustantivo. Centro de una ciudad).
210. 租價/租价 zū jià (Sustantivo. Renta; precio de renta).
211. 當然/当然 dāng rán (Adverbio. Desde luego; por su puesto).
212. 不過/不过 bú guò (Conjunción. Pero; sin embargo).
213. 原因 yuán yīn (Sustantivo. Motivo; razón; causa).

CHINO SIMPLIFICADO

他自己找到的这所房子，就跟他的头脑一样，外面是灰砖砌的墙垣，并没有粉刷装饰（他以极低极低价钱租到），可是里头美妙出奇！因为坐落的地方非常偏僻，离市中心太远，租价当然低。不过租价低还另有原因。

CHINO TRADICIONAL

他自己找到的這所房子，就跟他的頭腦一樣，外面是灰磚砌的牆垣，並沒有粉刷裝飾（他以極低極低的價錢租到），可是裡頭美妙出奇！因為坐落的地方非常偏僻，離市中心太遠，租價當然低。不過租價低還另有原因。

PINYIN

tā zì jǐ zhǎo dào de zhè suǒ fáng zi, jiù gēn tā de tóu nǎo yí yàng, wài miàn shì huī zhuān qì de qiáng yuán, bìng méi yǒu fěn shuā zhuāng shì (tā yǐ jí dī jí dī de jià qián zū dào), kě shì lǐ tou měi miào de chū qí! yīn wèi zuò luò de dì fang fēi cháng piān pì, lí shì zhōng xīn tài yuǎn, zū jià dāng rán dī. bú guò zū jià dī hái lìng yǒu yuán yīn.

ESPAÑOL

Él por su propia cuenta había encontrado esta casa, la cual encajaba con lo que tenía en mente. Por fuera estaba construida con ladrillos grises sin acabados de yeso. (La rentaba a un precio muy bajo.) Pero en su interior: ¡Era de una belleza extraordinaria! Debido a que su ubicación estaba en un lugar demasiado remoto y muy lejos del centro de la ciudad, el precio de la renta era por supuesto muy bajo. Sin embargo había otros motivos por los cuales era barata...

214. 書生/书生 shū shēng (Sustantivo. Intelectual; letrado).
215. 萬籟無聲/万籁无声 wàn lài wú shēng (Frase idiomática. Estar todo quieto; reinar un silencio completo).
216. 書齋/书斋 shū zhāi (Sustantivo. Cuarto de estudio).
217. 静坐 jìng zuò (Verbo. Sentarse calmadamente).
218. 獨自/独自 dú zì (Adverbio. Solo; por sí mismo).
219. 冷冷清清 lěng lěng qīng qīng (Adjetivo. Describe un escenario o atmósfera desolado y tranquilo).
220. 猛 měng (Adverbio. Súbitamente; abruptamente; repentinamente).
221. 抬頭/抬头 tái tóu (Verbo. Levantar la cabeza).
222. 忽見/忽见 hū jiàn (Frase. De pronto ver).
223. 女子 nǚ zǐ (Sustantivo. Mujer).
224. 絕色/绝色 jué sè (Adjetivo literario. Describe a una mujer de aspecto extremadamente bello).
225. 立 lì (Verbo. Pararse; ponerse en pie).
226. 燈影/灯影 dēng yǐng (Sustantivo. Proyección de un objeto bajo la luz).
227. 之下 zhī xià (Sustantivo. Debajo de).
228. 正向 zhèng xiàng (Frase. Dirección de avance; hacia).
229. 微笑 wéi xiào (Verbo. Sonreír).
230. 與/与 yǔ (Preposición. Con).
231. 同居 tóng jū (Verbo. Vivir juntos; cohabitar).
232. 一處/一处 yí chù (Adverbio. Juntos; equivalente a 一起 yì qǐ，一同 yì tóng).
233. 絕/绝 jué (Adverbio. Utilizado antes de una negación significa en absoluto, de ninguna manera).
234. 無/无 wú (Verbo. No haber).
235. 外人 wài rén (Sustantivo. Ajeno; extraño; extranjero).
236. 過日子/过日子 guò rì zi (Verbo. Vivir; continuar viviendo; pasar el día).
237. 為/为 wèi (significado diferente a palabra del glosario 11) (Preposición. A fin de; para; por).
238. 節省/节省 jié shěng (Verbo. Economizar; ahorrar).
239. 花用 huā yòng (Verbo. Gastar dinero).
240. 有病 yǒu bìng (Verbo. Estar enfermo).
241. 看顧/看顾 kàn gù (Verbo. Cuidar; atender).
242. 簡直/简直 jiǎn zhí (Adverbio. Expresa que es por completo de ese modo; equivalente a 完全 wán quán [en tono exagerado]; también significa directamente; simplemente).
243. 煩囂/烦嚣 fán xiāo (Adjetivo. Ruidoso y molesto).
244. 塵世/尘世 chén shì (Sustantivo. El mundo mortal).
245. 出現/出现 chū xiàn (Verbo. Aparecer; surgir).
246. 美夢/美梦 měi mèng (Sustantivo. Bellas ilusiones; fantasías).
247. 所以 suǒ yǐ (Conjunción. Entonces; por lo tanto).
248. 常常 cháng cháng (Adverbio. A menudo; frecuentemente; de vez en cuando).
249. 自言自語/自言自语 zì yán zì yǔ (Frase. Decirse a sí mismo; soliloquio).
250. 鬼魂 guǐ hún (Sustantivo. El espíritu de una persona después de morir).
251. 交談/交谈 jiāo tán (Verbo. Conversar mutuamente).
把 bǎ (Preposición. Utilizado antes de un sustantivo muestra la influencia; manejo sobre alguien o algo).
252. 作死人 zuò sǐ rén (Sustantivo. Muerto; "作死" Verbo. Buscar la destrucción propia; cometer suicidio; cortejar la muerte).
253. 就 jiù (Adverbio. Traza un límite, equivalente a "只 zhǐ" "僅/仅 jǐn; solo; solamente").
254. 盼望 pàn wàng (Verbo. Esperar; desear fervientemente).

CHINO SIMPLIFICADO

一个书生知道这样的故事，比如，夜里万籁无声，一个书生在书斋里静坐，独自冷冷清清的。猛抬头，忽见一个绝色女子，立在前面，在灯影之下正向他微笑。她每天夜里来，与书生同居一处，绝无外人知道。跟他过日子，为他节省花用，有病看顾他。这简直是烦嚣的尘世上出现的一个美梦。吴洪所以常常自言自语，说愿跟这屋里住过的女人的鬼魂交谈。他把这屋里住过的女人想作死人，就因为他盼望那些女人是死的才好，没有别的原因。他想自己在夜里能听见女人的声音。可是仔细一听，却原来是邻近的猫。真是叫人失望！他为什么不娶个真正的活女人呢？

CHINO TRADICIONAL

一個書生知道這樣的故事，比如，夜裡萬籟無聲，一個書生在書齋裡靜坐，獨自冷冷清清的。猛抬頭，忽見一個絕色女子，立在前面，在燈影之下正向他微笑。她每天夜裡來，與書生同居一處，絕無外人知道。跟他過日子，為他節省花用，有病看顧他。這簡直是煩嚣的塵世上出現的一個美夢。吳洪所以常常自言自語，說願跟這屋裡住過的女人的鬼魂交談。他把這屋裡住過的女人想作死人，就因為他盼望那些女人是死的才好，沒有別的原因。他想自己在夜裡能聽見女人的聲音。可是仔細一聽，卻原來是鄰近的貓。真是叫人失望！他為什麼不娶個真正的活女人呢？

PINYIN

yí gè shū shēng zhī dào zhè yàng de gù shi, bǐ rú, yè lǐ wàn lài wú shēng, yí gè shū shēng zài shū zhāi lǐ jìng zuò, dú zì lěng lěng qīng qīng de. měng tái tóu, hū jiàn yí gè jué sè nǚ zǐ, lì zài qián miàn, zài dēng yǐng zhī xià zhèng xiàng tā wéi xiào. tā měi tiān yè lǐ lái, yǔ shū shēng tóng jū yí chù, jué wú wài rén zhī dào. gēn tā guò ri zi, wèi tā jié shěng huā yòng, yǒu bìng kàn gù tā. zhè jiǎn zhí shì fán xiāo de chén shì shàng chū xiàn de yí gè měi mèng. Wúhóng suǒ yǐ cháng cháng zì yán zì yǔ, shuō yuàn gēn zhè wū lǐ zhù guò de nǚ rén de guǐ hún jiao tán. tā bǎ zhè wū lǐ zhù guò de nǚ rén xiǎng zuò sǐ rén, jiù yīn wèi tā pàn wàng nà xiē nǚ rén shì sǐ de cái hǎo, méi yǒu bié de yuán yīn. tā xiǎng zì jǐ zài yè lǐ néng tīng jiàn nǚ rén de shēng yīn. kě shì zǐ xì yì tīng, què yuán lái shì lín jìn de māo. zhēn shì jiào rén shī wàng! tā wèi shé me bù qǔ gè zhēn zhèng de huó nǚ rén ne?

ESPAÑOL

Un erudito sabía este tipo de historias, por ejemplo: en el total silencio de la noche, el escolar sentado calmosamente dentro de su estudio, en la soledad gélida y sombría; súbitamente levanta su cabeza y ve de pronto a una hermosísima mujer parada frente a él, dirigiéndole una sonrisa bajo la luz de la lámpara. Todos los días durante la noche ella viene a cohabitar junto con el escolar, sin que nadie de fuera lo sepa en lo absoluto. Pasa sus días con él, cuidándolo cuando se enferma para economizar gastos. Esto es simplemente una bella fantasía surgida en el ruidoso y agobiante mundo mortal. Wúhóng entonces a menudo se decía así mismo que deseaba conversar con los espíritus de las mujeres que habían vivido en esta casa. Deseaba fervientemente también que las mujeres que habían vivido en ella fueran muertos vivientes. Pensaba que solo así sería mejor, no habiendo otro motivo. Además, deseaba poder escuchar claramente sus voces durante la noche. No obstante, a pesar de que escuchaba con mucha atención, resultaba siempre al final que era solo un gato de los alrededores. ¡En verdad que era decepcionante para los demás! ¿Por qué no se casaba con una mujer viva y real?

255. 才 cái (Adverbio. [Colocado después de una condición o razón] a menos que; no hasta; entonces y solo entonces).

256. 別的/别的 bié de (Sustantivo. Otro;otra; algo más; algún otro).

257. 聽見/听见 tīng jiàn (Verbo. Escuchar claramente).

258. 仔細/仔细 zǐ xì (Adjetivo/Verbo. Cuidadosamente; con cuidado).

259. 一聽/一听 yì tīng (Frase. Escuchar brevemente o una vez; "一" antes de un verbo o en medio de dos verbos indica que la acción ocurre una sola vez o por corto tiempo).

260. 原來/原来 yuán lái (Adverbio. Indica que la situación real es revelada; resulta que).

261. 鄰近/邻近 lín jìn (Verbo/Sustantivo. Cerca de; inmediaciones).

262. 失望 shī wàng (Verbo/Adjetivo. Perder la esperanza; desesperar; desilusionado, desconcertado; descorazonado).

263. 叫 jiào (Preposición. Utilizado en una oración pasiva para introducir la persona que realiza la acción, equivale a "被 bèi" "讓/让 ràng").

264. 娶 qǔ (Verbo. Tomar una esposa, casarse con una mujer; contrario a 嫁 jià cuando una mujer se casa).

265. 真正 zhēn zhèng (Adjetivo. Verdadero; auténtico).

266. 活女人 huó nǚ rén (Frase. Mujer viva).

267. 孤身 gū shēn (Adjetivo. Solitario).
268. 未婚 wèi hūn (Verbo. No estar casado).
269. 作客 zuò kè (Verbo. Vivir lejos de casa en tierras extrañas).
270. 異鄉/异乡 yì xiāng (Sustantivo. Tierras extranjeras; extrañas).
271. 確/确 què (Adverbio. Efectivamente; realmente).
272. 益處/益处 yì chù (Sustantivo. Beneficio; ventaja).
273. 父母 fù mǔ (Sustantivo. Padres).
274. 家里 jiā lǐ (Sustantivo. En una familia).
275. 人口結構/人口结构 rén kǒu jié gòu (Frase. Estructura poblacional; resultado de dividir la población de acuerdo a diferentes estándares. Refleja una porción cuantitativa de diferentes cualidades de la población en un área y tiempo determinados. Sus factores son principalmente: edad, género, raza, nacionalidad, religión, educación, ocupación, ingresos, tamaño de la familia, etc.).
276. 簡單/简单 jiǎn dān (Adjetivo. Sencillo; simple).
277. 男人 nán rén (Sustantivo coloquial. Marido).
278. 王婆 Wángpó (Sustantivo. Nombre de la casamentera).
279. 遷到/迁到 qiān dào (Frase. Moverse a).
280. 錢唐門/钱唐门 Qiántáng mén (Sustantivo. Puerta Qiántáng).
281. 認得/认得 rèn dé (Verbo. Conocer; reconocer).
282. 就 jiù (Adverbio. Enfatiza confirmación o afirmación).
283. 指著/指着 zhǐ zhe (Verbo. Indicar; apuntar; señalar).
284. 說媒/说媒 shuō méi (Verbo. Fungir o actuar como casamentero, a).
285. 提過/提过 tí guò (Frase. Haber mencionado).
286. 親/亲 qīn (Sustantivo. Matrimonio).
287. 一則/一则 yì zé (Frase. Por un lado).
288. 忙於考試/忙于考试 máng yú kǎo shì (Frase. Ocupado por el examen).
289. 二則 èr zé (Frase. Por el otro o segundo aspecto).
290. 剛剛/刚刚 gāng gāng (Adverbio. Justo; justo ahora).
291. 新鮮/新鲜 xīn xiān (Adjetivo. Fresco; reciente; nuevo).
292. 好玩 hǎo wán (Adjetivo. Interesante; entretenido; divertido).
293. 事情正多 shì qíng zhèng duō (Frase. muchos sucesos o cosas; "事情" Sustantivo. Asunto; suceso; cosa; evento; "正" Adverbio. Enfatiza el tono afirmativo; "多" Adjetivo. Mucho, muchos).
294. 已經/已经 yǐ jīng (Adverbio. Ya).
295. 住定 zhù dìng (Frase. Bien establecido).
296. 動人/动人 dòng rén (Adjetivo. Conmover, conmocionar a otra persona; atraer la atención de otra persona).
297. 姿勢/姿势 zī shì (Sustantivo. Posición; postura).
298. 湊到 còu dào (Verbo. Acercarse a).
299. 小聲/小声 xiǎo shēng (Frase. En voz baja; susurrar).
300. 位 wèi (Clasificador. Para personas con respeto y estimación).
301. 要緊/要紧 yào jǐn (Adjetivo. Importante; grave).
302. 示意 shì yì (Verbo. Advertir; sugerir o manifestar algo con una señal, gestos o alusión; hacer señas).
303. 隨/随 suí (Preposición. Seguir; con).
304. 裡屋 /里屋 lǐ wū (Sustantivo. Habitación interior).
305. 稀疏 xī shū (Adjetivo. Ralo; poco tupido; claro; separado; esparcido).
306. 灰白 huī bái (Adjetivo. Grisáceo).
307. 頭髮/头发 (CH Continental) tóu fa (TW) tóu fǎ (Sustantivo. Cabello; pelo).

CHINO SIMPLIFICADO

孤身未婚，作客异乡，也确有一种益处。很多父母愿把女儿嫁给家里人口结构简单的男人。有一天，王婆来了。吴洪没迁到这里来，还住在钱唐门的时候，王婆就认得他。王婆是指着说媒过日子的，给他提过亲。不过那时他一则忙于考试，二则刚刚到京部，新鲜好玩的事情正多。现在呢，在这里已经住定了。王婆做了个很动人的姿势，凑到他耳边小声说，有要紧的事跟他提，示意叫这位塾师随她到里屋去。她那点儿稀疏的灰白头发，在脖子后头梳成个小髻儿。吴洪看见她拿一块红头巾高围着脖子，其实那时正是四月，天气已经够暖了。他想王婆一定是脖子受了凉。

CHINO TRADICIONAL

孤身未婚，作客異鄉，也確有一種益處。很多父母願把女兒嫁給家裡人口結構簡單的男人。有一天，王婆來了。吳洪沒遷到這裡來，還住在錢唐門的時候，王婆就認得他。王婆是指著說媒過日子的，給他提過親。不過那時他一則忙於考試，二則剛剛到京部，新鮮好玩的事情正多。現在呢，在這裡已經住定了。王婆做了個很動人的姿勢，湊到他耳邊小聲說，有要緊的事跟他提，示意叫這位塾師隨她到里屋去。她那點兒稀疏的灰白頭髮，在脖子後頭梳成個小髻兒。吳洪看見她拿一塊紅頭巾高圍著脖子，其實那時正是四月，天氣已經夠暖了。他想王婆一定是脖子受了涼。

PINYIN

gū shēn wèi hūn, zuò kè yì xiāng, yě què yǒu yì zhǒng yì chù. hěn duō fù mǔ yuàn bǎ nǚ'ér jià gěi jiā lǐ rén kǒu jié gòu jiǎn dān de nán rén. yǒu yì tiān, Wángpó lái le. Wúhóng méi qiān dào zhè lǐ lái, hái zhù zài qián táng mén de shí hòu, Wángpó jiù rèn dé tā. Wángpó shì zhǐ zhe shuō méi guò rì zi de, gěi tā tí guò qīn. bú guò nà shí tā yī zé máng yú kǎo shì, èr zé gāng gāng dào jīng bù, xīn xiān hǎo wán de shì qíng zhèng duō. xiàn zài ne, zài zhè lǐ yǐ jīng zhù dìng le. Wángpó zuò le gè hěn dòng rén de zī shì, còu dào tā ěr biān xiǎo shēng shuō, yǒu yào jǐn de shì gēn tā tí, shì yì jiào zhè wèi shú shī suí tā dào lǐ wū qù. tā nà diǎnr xī shū de huī bái tóu fa, zài bó zi hòu tou shū chéng gè xiǎo jìr. Wúhóng kàn jiàn tā ná yí kuài hóng tóu jīn gāo wéi zhe bó zi, qí shí nà shí zhèng shì sì yuè, tiān qì yǐ jīng gòu nuǎn le. tā xiǎng Wángpó yí dìng shì bó zi shòu le liáng.

ESPAÑOL

Solitario y sin haberse casado aún, habitando en tierras ajenas y lejanas, tenía por otro lado también una verdadera ventaja. Muchos padres estaban dispuestos a casar a sus hijas con maridos de familias simples. Hubo un día en que Wángpó vino. Ella lo había conocido en el tiempo en que todavía vivía en la Puerta Qiántáng y aún no se había trasladado aquí. Wángpó siendo una casamentera señalada, le había mencionado el tema del matrimonio. Sin embargo, en ese momento; por un lado estaba ocupado por el examen, y por el otro acababa de llegar a la capital, teniendo una múltiple variedad de novedosas diversiones. En este momento ya estaba bien establecido. Wángpó hizo un gesto para atraer su atención y acercándose a su oído le susurro en voz baja que tenía que hablarle de un asunto importante. Indicándole con señas que la siguiera a la habitación interior. Ella llevaba aquel cabello ralo grisáceo recogido en un pequeño rodete detrás de su cuello. Wúhóng observó que llevaba puesto también un largo pañuelo rojo alrededor de su cuello. En ese momento era exactamente el mes de abril, que ya para entonces el clima estaba lo suficientemente cálido. Por lo que penso que muy seguramente padecía de una irritación en la garganta.

308. 脖子 bó zi (Sustantivo. Parte del cuerpo que une la cabeza y el torso; cuello y/o garganta).
309. 梳成 shū chéng (Frase. Peinar en; "梳 shū" peinarse; "成 chéng" convertirse en).
310. 小髻兒/小髻儿 xiǎo jìr (Frase. Cabello recogido en un moño o horquilla pequeña; "小" adjetivo. pequeño; "髻兒/髻儿" sustantivo. Pelo recogido con un moño o horquilla).
311. 紅頭巾高/红头巾高 hóng tóu jīn gāo (Frase. Pañuelo rojo largo).
312. 圍著/围着 wéi zhe (Frase. Rodeando).
313. 正是 zhèng shì (Verbo. Precisamente).
314. 够/夠 gòu (Verbo/adjetivo/adverbio. Suficiente; alcanzar, llegar a; suficientemente).
315. 暖 nuǎn (Adjetivo/verbo. Templado; caliente; calentar).
316. 受 shòu (Verbo. Padecer; sufrir).
317. 凉 liáng (Sustantivo. Catarro; gripe; resfriado).

318. 一副 yí fù (Frase. Describe una expresión facial).

319. 風流/风流 fēng liú (Adjetivo. Romántico,a; licenciosa; disoluta).

320. 門子/门子 mén zi (Clasificador. Para matrimonios, parientes; etc.).

321. 親事/亲事 qīn shì (Sustantivo. Matrimonio).

322. 提 tí (Verbo. Mencionar; hablar de).

323. 話說/话说 huà shuō (Verbo. Hablar de; discutir).

324. 討人喜歡/讨人喜欢 tǎo rén xǐ huān (Frase. Atraer el cariño de la gente; encantador,a).

325. 行當兒/行当儿 háng dàngr (Sustantivo. Oficio; profesión).

326. 不可 bù kě (Verbo. No deber; no poder; no haber que; no tener que)

327. 缺 quē (Verbo. Faltar; carecer).

328. 長處/长处 cháng chù (Sustantivo. Cualidades; punto fuerte; méritos).

329. 湊近/凑近 còu jìn (Verbo. Acercarse; aproximarse; estar cerca).

330. 近來/近来 jìn lái (Sustantivo. Últimamente; desde hace poco).

331. 差不多 (CH Continental) chà bu duō (TW) chà bù duō (Adverbio. Mas o menos; aproximadamente).

332. 拉 lā (Verbo. Jalar; tirar).

333. 好像 hǎo xiàng (Adverbio. Expresa cierta incertidumbre, equivalente a "parece que; ser como si").

334. 傷/伤 shāng (Sustantivo. Herida; lesión).

335. 似的 (CH Continental) shì de (TW) sì de (Auxiliar. Utilizado después de sustantivo, verbo o pronombre, expresa una similitud entre alguna cosa o condición).

336. 也許/也许 yě xǔ (Adverbio. Quizá; tal vez).

337. 光滑 guāng huá (Adjetivo. Liso; lubricado; resbaladizo).

338. 皮枕頭/皮枕头 pí zhěn tou (Frase. Almohada de piel; cuero).

339. 滑落 huá luò (Verbo. Resbalar; deslizarse; caerse).

340. 一下 yí xià (Frase. Utilizado después del verbo indica intento o ligeramente, un poco o algo).

341. 就是 jiù shì (Adverbio. Expresa determinación, afirmación o énfasis; de hecho, precisamente, justo es).

342. 姑娘 (CH Continental) gū niang (TW) gū niáng (Sustantivo. muchacha soltera, hija).

CHINO SIMPLIFICADO

王婆一副老风流的样子跟他说："有一门子好亲事跟你提呢。" 她笑得动人，话说得讨人喜欢，这全是她们个行当儿不可缺的长处。

吴洪请她坐下。她坐下了，把椅子凑近吴洪。吴洪问她近来的日子过得怎么样，两个人差不多一年没见了。

"不用说这个。我记得你是二十二岁。她也是二十二岁。" 她拉了拉她的红头巾，好像脖子受了伤似的。吴洪心里想，也许她睡着的时候，从那光滑的皮枕头上滑落了一下。

"她是谁呀？"

"就是我要说的那个姑娘。"

CHINO TRADICIONAL

王婆一副老風流的樣子跟他說："有一門子好親事跟你提呢。" 她笑得動人，話說得討人喜歡，這全是她們個行當兒不可缺的長處。

吳洪請她坐下。她坐下了，把椅子湊近吳洪。吳洪問她近來的日子過得怎麼樣，兩個人差不多一年沒見了。

"不用說這個。我記得你是二十二歲。她也是二十二歲。" 她拉了拉她的紅頭巾，好像脖子受了傷似的。吳洪心裡想，也許她睡著的時候，從那光滑的皮枕頭上滑落了一下。

"她是誰呀？"

"就是我要說的那個姑娘。"

PINYIN

Wáng pó yí fù lǎo fēng liú de yàng zi gēn tā shuō: "yǒu yì mén zi hǎo qīn shì gēn nǐ tí ne." tā xiào de dòng rén, huà shuō de tǎo rén xǐ huān, zhè quán shì tā men gè háng dàng bù kě quē de cháng chù.

Wúhóng qǐng tā zuò xià. tā zuò xià le, bǎ yǐ zi còu jìn Wúhóng. Wúhóng xiàng tā jìn lái de rì zi guò de zěn me yàng, liǎng gè rén chà bu duō yì nián méi jiàn le.

"bú yòng shuō zhè ge. wǒ jì dé nǐ shì èr shí'èr suì. tā yě shì èr shí'èr suì." tā lā le lā tā de hóng tóu jīn, hǎo xiàng bó zi shòu le shāng shì de. Wúhóng xīn lǐ xiǎng, yě xǔ tā shuì jiào de shí hòu, cóng nà guāng huá de pí zhěn tou shàng huá luò le yí xià.

"tā shì shéi yā?"

"jiù shì wǒ yào shuō de nà ge gū niang."

ESPAÑOL

Wángpó con un gesto licencioso de vetusta apariencia le dijo: —Tengo un matrimonio favorable del cual hablarte. —Ella sabía sonreír y hablar del tal manera que pudiera conmover a la gente ganándose su cariño. Cualidades que en lo absoluto podían carecer la gente de su oficio.

Wúhóng la invitó a que tomara asiento. Al sentarse, acercó su silla. Él le preguntó cómo era su vida últimamente; puesto que ambos tenían casi un año sin verse.

—No es necesario hablar de esto, recuerdo que tienes veintidós años al igual que ella. —Wángpó tiraba de su pañuelo rojo como si aparentemente hubiera sufrido algún daño en la garganta. Wúhóng para sus adentros pensó que probablemente se había lastimado mientras dormía, al deslizarse una de esas almohadas de cuero escurridizas.

—¿Quién es ella?

—Es la muchacha de la que quiero hablarte.

343. 輕蔑/轻蔑 qīng miè (Adjetivo. Desdeñoso; despreciativo).
344. 地 de (Sufijo. -mente. 輕蔑地/轻蔑地 qīng miè de "despreciativamente").
345. 並且/并且 bìng qiě (Conjunción. Y; además).
346. 忙著/忙着 máng zhe (Frase. Estar apurado).
347. 成家 chéng jiā (Verbo. Formar una familia; casarse [apunta normalmente a un hombre]).
348. 除非 chú fēi (Conjunción. Utilizado frecuentemente en correlación con "才 cái", "否则/否则 fǒu zé" significa: a menos que; a no ser que).
349. 神秘 shén mì (Adjetivo. misterioso; místico).
350. 打聽/打听 dǎ tīng (Verbo. preguntar; inquirir; averiguar; indagar).
351. 平平常常 píng píng cháng cháng (Frase. nada fuera de lo ordinario).
352. 天花亂墜/天花乱坠 tiān huā luàn zhuì (Frase idiomática. Según las leyendas budistas, cuando Dharmacarya expuso los sutras conmovió al cielo, por lo que fragantes flores cayeron del firmamento una tras otra. Hoy en día se utiliza para describir el discurso bellamente pronunciado pero poco realista y exagerado).
353. 月牙儿 yuè yár (Sustantivo. Luna creciente).
354. 一輪明月/一轮明月 yì lún míng yuè (Frase. Luna brillante).
355. 職業/职业 zhí yè (Sustantivo. Oficio; ocupación).
356. 成雙/成双 chéng shuāng (Verbo. Formar una pareja).
357. 全城 quán chéng (Frase. Toda la ciudad).
358. 美滿/美满 měi mǎn (Adjetivo. Bueno; feliz).
359. 姻緣/姻缘 yīn yuán (Sustantivo. Matrimonio predestinado, en el que la buena fortuna une a una pareja).
360. 總算/总算 zǒng suàn (Adverbio. Finalmente, por fin).
361. 男婚女嫁 nán hūn nǚ jià (Frase. Cuando un hombre y una mujer se casan).
362. 心目中 xīn mù zhōng (Frase. Desde la propia visión; perspectiva; estimación).
363. 老天爺/老天爷 lǎo tiān yé (Sustantivo. Forma respetuosa de referirse al Dios que gobierna sobre todas las cosas).
364. 看起來/看起来 kàn qǐ lái (Verbo. Parecer; parecerse).
365. 樁/桩 zhuāng (Clasificador. Para eventos, asuntos, tratos, etc; equivalente a 件 jiàn).
366. 罪過/罪过 zuì guò (Sustantivo. Delito, crimen, error, falta).

CHINO SIMPLIFICADO

"你说的姑娘都是二十二岁，我知道。" 吴洪很轻蔑地说，并且告诉她，"我现在也不忙着成家，除非你能给我找到一个像杭州城里那些神秘的美人一样的才行。" 王婆给他提过几门子亲，他一打听，都是些平平常常的。"你们说媒的话都说得天花乱坠。一个月牙儿也说成是一轮明月。"

王婆的职业，可以说，就是使全城可以结婚的男女都成双，虽然不一定都是美满的姻缘，但总算是已经男婚女嫁。在她心目中，一个二十二岁还没成家的男子，在老天爷看起来也是一桩罪过。

"你要什么样的女人呢？"

CHINO TRADICIONAL

"你說的姑娘都是二十二歲，我知道。" 吴洪很輕蔑地說，並且告訴她，"我現在也不忙著成家，除非你能給我找到一個像杭州城裡那些神秘的美人一樣的才行。" 王婆給他提過幾門子親，他一打聽，都是些平平常常的。"你們說媒的話都說得天花亂墜。一個月牙儿也說成是一輪明月。"

王婆的職業，可以說，就是使全城可以結婚的男女都成雙，雖然不一定都是美滿的姻緣，但總算是已經男婚女嫁。在她心目中，一個二十二歲還沒成家的男子，在老天爺看起來也是一樁罪過。

"你要什麼樣的女人呢？"

PINYIN

"nǐ shuō de gū niang dōu shì èr shí èr suì, wǒ zhī dào." Wúhóng hěn qīng miè de shuō, bìng qiě gào su tā, "wǒ xiàn zài yě bù máng zhe chéng jiā, chú fēi nǐ néng gěi wǒ zhǎo dào yí gè xiàng Hángzhōu chéng lǐ nà xiē shén mì de měi rén yí yàng de cái xíng." Wángpó gěi tā tí guò jǐ mén zi qīn, tā yì dá tīng, dōu shì xiē píng píng cháng cháng de. "nǐ men shuō méi de huà dōu shuō de tiān huā luàn zhuì. yí gè yuè yár yě shuō chéng shì yì lún míng yuè."

Wángpó de zhí yè, kě yǐ shuō, jiù shì shǐ quán chéng kě yǐ jié hūn de nán nǚ dōu chéng shuāng, suī rán bù yí dìng dōu shì měi mǎn de yīn yuán, dàn zǒng suàn shì yǐ jīng nán hūn nǚ jià. zài tā xīn mù zhōng, yí gè èr shí èr suì hái méi chéng jiā de nán zi, zài lǎo tiān yé kàn qǐ lái yě shì yì zhuāng zuì guò.

"nǐ yào shén me yàng de nǚ rén ne?"

ESPAÑOL

—Yo sé que dices que todas son de veintidós años —le dijo hablando muy despreciativamente, y además agregó—: Ahorita tampoco estoy apresurado por casarme, a menos que me encuentres una muchacha de Hángzhōu que sea de mística belleza; solo hasta entonces estaré dispuesto. —Wángpó le mencionó varias esposas potenciales, y él al inquirir mayores detalles consideraba que todas eran ordinarias; nada fuera de lo común—. El discurso de ustedes las casamenteras siempre promete el cielo y las estrellas. Dicen también que una luna creciente se convierte en luna llena brillante. Pero siempre alejado de la realidad".

Del oficio de Wángpó se podría decir que era capaz de hacer que todas las parejas de la ciudad se casaran, aunque no necesariamente fueran todos matrimonios predestinados y felices, pero al final eran ya un hombre y una mujer casados. De acuerdo a su perspectiva, un hombre de veintidós años que aún no se había casado y formado una familia, seguro a los ojos del gobernante del cielo era visto como una atrocidad.

—¿Qué tipo de mujer quieres?

367. 年輕/年轻 nián qīng (Adjetivo. Joven).
368. 而且 ér qiě (Conjunción. Y, además).
369. 貫/贯 guàn (Clasificador. Utilizado para contar monedas de cobre. En la antigüedad se utilizaba una cuerda que atravesaba las monedas por el medio para juntarlas. Un 貫/贯 guàn equivalía a un amarre de mil monedas).
370. 丫鬟 (CH Continental) yā huan (TW) yā huán (Sustantivo. Esclava sirviente; en la antigüedad las familias ricas las compraban para que sirvieran a sus amos con múltiples tareas de bajo grado).
371. 得意 dé yì (Adjetivo. Satisfecho,a; ufano,a; orgulloso, a).
372. 彷彿/仿佛 fǎng fú (Adverbio. Parecer que, ser como si; equivalente a "似乎 sì hū", " 好像 hǎo xiàng").
373. 回 huí (Clasificador. Ocasión, vez).
374. 逃 táo (Verbo. Huir; escapar; fugarse).
375. 不了 bù liǎo (Verbo. No ser capaz de; no poder).
376. 一樣/一样 yí yàng (Auxiliar. Adicionado al final del verbo o sustantivo para expresar una analogía, metáfora o semejanza).
377. 三親六故/三亲六故 sān qīn liù gù (Frase idiomática. Se refiere a tener numerosos parientes y viejas amistades).
378. 屋裡/屋里 wū lǐ (Frase. Dentro de la casa o habitación).
379. 再 zài (Adverbio. [Para una acción que aún no ha ocurrido o contemplada] de nuevo, una vez más).
380. 耳朵根兒/耳朵根儿 ěr duǒ gēnr (Frase. La base del oído).
381. 底下 dǐ xià (Sustantivo. Debajo; por debajo).
382. 小聲說話/小声说话 xiǎo shēng shuō huà (Frase. Hablar en voz baja).
383. 聚精會神/聚精会神 jù jīng huì shén (Frase. Estar absorto; estar entregado; estar sumido).

CHINO SIMPLIFICADO

"我要一个年轻的女人，当然得漂亮、聪明，而且还得孤身一人才行。"

"也许她还要带十万贯钱来，带个丫鬟来，是不是？" 王婆笑得很得意，仿佛知道他这回是逃不了的一样，"她就是一个人，也没有三亲六故的。"

虽然屋里没有别人，王婆却把椅子拉得再近点儿，在他耳朵根儿底下小声说话。吴洪聚精会神地听。

CHINO TRADICIONAL

"我要一個年輕的女人，當然得漂亮、聰明，而且還得孤身一人才行。"

"也許她還要帶十萬貫錢來，帶個丫鬟來，是不是？" 王婆笑得很得意，彷彿知道他這回是逃不了的一樣，"她就是一個人，也沒有三親六故的。"

雖然屋裡沒有別人，王婆卻把椅子拉得再近點兒，在他耳朵根兒底下小聲說話。吳洪聚精會神地聽。

PINYIN

"wǒ yào yí gè nián qīng de nǚ rén, dāng rán děi piào liang, cōng míng, ér qiě hái děi gū shēn yì rén cái xíng."

"yě xǔ tā hái yào dài shí wàn guàn qián lái, dài gè yā huan lái, shì bú shì?" Wángpó xiào de hěn dé yì, fǎng fú zhī dào tā zhè huí shì táo bù liǎo de yí yàng, "tā jiù shì yí gè rén, yě méi yǒu sān qīn liù gù de."

suī rán wū lǐ méi yǒu bié rén, Wángpó què bǎ yǐ zi lā dé zài jìn diǎnr, zài tā ěr duǒ gēnr dǐ xià xiǎo shēng shuō huà. Wúhóng jù jīng huì shén de tīng.

ESPAÑOL

—Quiero una mujer joven, que desde luego sea hermosa e inteligente y que además sea totalmente independiente. Solo así sería la indicada.

—Supongo que también debe traer consigo diez mil guàn y sirvientas, ¿no es así? —Sonrió muy complacida de sí misma Wángpó, como si ya supiera de antemano que esta vez no tenía escapatoria. "Ella" es precisamente esa persona y tampoco tiene parientes ni amistades cercanas.

A pesar de que no había alguien más en la habitación, Wángpó acercó un poco más la silla de nuevo, y le habló en voz baja al oído. Wúhóng completamente absorto escuchaba.

384. 提起 tí qǐ (Verbo. Mencionar; hablar de).
385. 求之不得 qiú zhī bù dé (Frase idiomática. Cuando un deseo que difícilmente se podía cumplir inesperadamente se cumple; ser exactamente lo que uno ha estado buscando).
386. 吹簫/吹箫 chuī xiāo (Verbo. Tocar la flauta de bambú vertical: "吹" Verbo. soplar; tocar instrumentos de viento; "簫/箫" Sustantivo. Flauta de bambú que se toca verticalmente).
387. 女藝人/女艺人 nǚ yì rén (Sustantivo. Músico, intérprete, artista femenino).
388. 新近 xīn jìn (Adverbio. Recientemente; últimamente).
389. 才 cái (Adverbio. Indica que la acción acaba de ocurrir hace poco tiempo, equivalente a "刚刚 gāng gang"; justo apenas).
390. 離開/离开 lí kāi (Verbo. Irse; partir).
391. 雇主 gù zhǔ (Sustantivo. Empleador).
392. 并非 bìng fēi (Adverbio. Definitivamente no; en realidad no).
393. 權傾一時/权倾一时 quán qīng yì shí (Frase. En un periodo de tiempo específico alcanzar la cúspide del poder).
394. 金太傅的三公子 Jīn tài fù de sān gōng zǐ (Frase. Tutor imperial Jīn).
395. 府第 fǔ dì (Sustantivo. Residencia de nobles, aristócratas, burócratas y cualquier otro miembro de la élite social).
396. 養/养 yǎng (Verbo. Proteger; mantener).
397. 有成 yǒu chéng (Verbo. Alcanzar el éxito; triunfar).
398. 班 bān (Sustantivo. Equipo; grupo).
399. 女伶 nǚ líng (Sustantivo antiguo. Actriz).
400. 女樂/女乐 nǚ yuè (Sustantivo. Cantante).
401. 因為以吹簫為業/因为以吹箫为业 yīn wèi yǐ chuī xiāo wéi yè (Frase. Debido a su ocupación como flautista; "因為/因为" Conjunción. Debido a; "以" preposición. introduce las herramientas, los medios, etc. Que se utilizan para realizar la acción, equivale a "用" y "拿"; 吹簫/吹箫" Verbo. Tocar la flauta; "為/为" Verbo. Hacer; " 業/业" Sustantivo. Ocupación).
402. 稱/称 chēng (Verbo. Llamar; nombrar).
403. 李樂娘/李乐娘 Lǐ Yuèniáng (Nombre propio. Li Yueniang).
404. 自由 zì yóu (Sustantivo/adjetivo. Libertad; libre).
405. 養母/养母 yǎng mǔ (Sustantivo. Madre adoptiva).
406. 養活/养活 yǎng huó (Verbo coloquial. Alimentar; mantener; criar).
407. 并不 bìng bù (Frase. Para nada; absolutamente no).
408. 聽起來/听起来 tīng qǐ lái (Frase. Sonar).
409. 倒 dào (Adverbio. Por el contrario; en cambio).
410. 幹什麼/干什么 gàn shén me (Pronombre. Por qué).
411. 願意/愿意 yuàn yì (Verbo. Desear; estar dispuesto, a).
412. 窮書生/穷书生 qióng shū shēng (Frase. Escolar; intelectual; letrado pobre).
413. 就 jiù (Adverbio. Traza un límite, equivalente a "只 zhǐ" "僅/仅 jǐn; solo; solamente").
414. 公婆 gōng pó (Sustantivo. Padres del esposo).
415. 成全 chéng quán (Verbo. Ayudar a las personas a cumplir sus deseos o alcanzar sus metas).
416. 原先 yuán xiān (Adverbio. Antes; originalmente; al principio).
417. 富商 fù shāng (Sustantivo. Comerciante; mercader; hombre de negocios rico).
418. 商人 shāng rén (Sustantivo. Comerciante; mercader; hombre de negocios).
419. 極力/极力 jí lì (Adverbio. Con todas su fuerzas; por todos los medios).
420. 勸/劝 quàn (Verbo. Persuadir; convencer; aconsejar).
421. 還是/还是 (CH Continental) hái shi (TW) hái shì (Adverbio. Aún).

CHINO SIMPLIFICADO

她提起了一个年轻的女人，真是求之不得的。那是一个有名的吹箫的女艺人，新近才离开了雇主。她的雇主并非别人，就是权倾一时的金太傅的三公子。这样富家的府第，常养有成班的女伶和女乐。现在提到的这位女人，因为以吹箫为业，人称她李乐娘。她就是孤身一人，很自由，有个养母，并不用她养活。她有十万贯钱，自己还带着个丫鬟。

吴洪说："这门子亲事听起来倒不错，可是干什么她愿意嫁给一个穷书生呢？"

"我刚说过，她自己有钱，就愿嫁给读书人，要单身一人，没有公婆的。我告诉你，吴先生，我这一回真成全你了。原先有个富商愿意娶她，她不愿意嫁给商人。我极力劝她，她还是执意不肯，她说：'我要嫁个读书人，没有兄弟姊妹，没有父母。'很多人都不合适。所以我想到你，老远地来告诉你。你真是有福气！你知道不？"

CHINO TRADICIONAL

她提起了一個年輕的女人，真是求之不得的。那是一個有名的吹簫的女藝人，新近才離開了雇主。她的雇主並非別人，就是權傾一時的金太傅的三公子。這樣富家的府第，常養有成班的女伶和女樂。現在提到的這位女人，因為以吹簫為業，人稱她李樂娘。她就是孤身一人，很自由，有個養母，並不用她養活。她有十萬貫錢，自己還帶著個丫鬟。

吳洪說："這門子親事聽起來倒不錯，可是乾什麼她願意嫁給一個窮書生呢？"

"我剛說過，她自己有錢，就願嫁給讀書人，要單身一人，沒有公婆的。我告訴你，吳先生，我這一回真成全你了。原先有個富商願意娶她，她不願意嫁給商人。我極力勸她，她還是執意不肯，她說：'我要嫁個讀書人，沒有兄弟姊妹，沒有父母。'很多人都不合適。所以我想到你，老遠地來告訴你。你真是有福氣！你知道不？"

PINYIN

tā tí qǐ le yí gè nián qīng de nǚ rén, zhēn shì qiú zhī bù dé de. nà shì yí gè yǒu míng de chuī xiāo de nǚ yì rén, xīn jìn cái lí kāi le gù zhǔ. tā de gù zhǔ bìng fēi bié rén, jiù shì quán qīng yì shí de Jīn tài fù de sān gōng zǐ. zhè yàng fù jiā de fǔ dì, cháng yǎng yǒu chéng bān de nǚ líng hé nǚ yuè. xiàn zài tí dào de zhè wèi nǚ rén, yīn wèi yǐ chuī xiāo wéi yè, rén chēng tā Lǐ Yuèniáng. Tā jiù shì gū shēn yì rén, hěn zì yóu, yǒu gè yǎng mǔ, bìng bú yòng tā yǎng huó. tā yǒu shí wàn guàn qián, zì jǐ hái dài zhe gè yā huan.

Wúhóng shuō: "zhè mén zi qīn shì tīng qǐ lái dǎo bú cuò, kě shì gàn shén me tā yuàn yì jià gěi yí gè qióng shū shēng ne?"

"wǒ gāng shuō guò, tā zì jǐ yǒu qián, jiù yuàn jià gěi dú shū rén, yào dān shēn yì rén, méi yǒu gōng pó de. wǒ gào su nǐ, Wú xiān sheng, wǒ zhè yì huí zhēn chéng quán nǐ le. yuán xiān yǒu gè fù shāng yuàn yì qǔ tā, tā bú yuàn yì jià gěi shāng rén. wǒ jí lì quàn tā, tā hái shì zhí yì bù kěn, tā shuō: 'wǒ yào jià gè dú shū rén, méi yǒu xiōng dì zǐ mèi, méi yǒu fù mǔ.' hěn duō rén dōu bù hé shì. suǒ yǐ wǒ xiǎng dào nǐ, lǎo yuǎn de lái gào su nǐ. nǐ zhēn shì yǒu fú qì! nǐ zhī dào bù?"

ESPAÑOL

Le habló de una mujer joven, que realmente cumplía con todo lo que había estado buscando. Era una flautista profesional famosa, que recientemente acababa de separarse de su empleador. El cual no era otro que el mismísimo tutor imperial Jīn en la cúspide del poder. En este tipo de residencias opulentas con frecuencia mantenían grupos de actrices y músicos. Esta mujer ahora mencionada, debido a su ocupación como flautista, las personas la llamaban Yuèniáng. Completamente por su cuenta y libre; tenía una madre adoptiva de la cual no necesitaba para nada de su manutención. Poseía los diez mil guàn y además llevaba consigo a su sirvienta personal. Wúhóng dijo:

—Este matrimonio por el contrario no suena mal, pero ¿por qué estaría dispuesta a casarse con un hombre de letras pobre?

—"Lo acabo de decir, ella tiene su propio dinero, y solo está dispuesta a casarse con un escolar, que sea soltero y sin padres. Te digo señor Wú, que esta vez realmente te he ayudado a cumplir tus deseos. Hubo antes un mercader rico que quería casarse con ella; pero no consintió en casarse con un comerciante. Por todos los medios trate de persuadirla, pero se mantuvo firme en no aceptar diciendo: 'Quiero casarme con un hombre de letras, que no tenga hermanos ni padres'. Muchas personas no son apropiadas. Por lo tanto pensé en ti y vine tan lejos a decirte. ¡Realmente tienes tanta suerte! ¿Si lo sabes no?"

422. 執意/执意 zhí yì (Adverbio. Insistir; estar decidido a; persistir).
423. 兄弟 xiōng dì (Sustantivo. Hermanos mayores y menores).
424. 姊妹 (CH Continental) zǐ mèi (TW) jiě mèi (Sustantivo. Hermanas mayores y menores).
425. 父母 fù mǔ (Sustantivo. Padres; padre y madre).
426. 合適/合适 hé shì (Adjetivo. Conveniente; justo).
427. 想到 xiǎng dào (Verbo. Pensar en; recordar).
428. 老遠/老远 lǎo yuǎn (Adjetivo. Muy lejos).
429. 福氣/福气 (CH Continental) fú qi (TW) fú qì (Sustantivo. Buena fortuna; hado; dicha).

430. 白鶴塘/白鹤塘 Báihè táng (Frase. Malecón de la grulla blanca).
431. 要是 (CH Continental) yào shi (TW) yào shì (Conjunción coloquial. Si; en el caso; suponiendo).
432. 相 (CH Continental) xiàng (TW) xiāng (Verbo. Observar o examinar personalmente para determinar si es lo que se ajusta a los propios deseos).
433. 辦法/办法 bàn fǎ (Sustantivo. Medio; manera; forma de hacer algo; método).
434. 了 le (Auxiliar. Se utiliza en la mitad o final de la oración para expresar admiración o exclamación).
435. 按照 àn zhào (Preposición. Según; de acuerdo con; conforme a).
436. 約定/约定 yuē dìng (Sustantivo/verbo. Acuerdo; ponerse de acuerdo).
437. 家 jiā (Clasificador. Para establecimientos comerciales).
438. 飯店/饭店 fàn diàn (Sustantivo. Se refiere a hoteles más grandes que ofrecen hospedaje y alimentos; en algunas ocasiones alude a un restaurante).
439. 介紹/介绍 jiè shào (Verbo. Presentar; introducir; dar a conocer).
440. 陳太太/陈太太 Chén tài tai (Sustantivo. Señora Chen).
441. 當時/当时 dāng shí (Sustantivo. En aquel entonces; en aquella época; en ese tiempo).
442. 晴朗 qíng lǎng (Adjetivo. Sereno y despejado).
443. 濕淋淋/湿淋淋 shī lín lín (Adjetivo. Describe la apariencia de un objeto o cuerpo muy mojado que gotea agua).
444. 裙子 qún zi (Sustantivo. Falda; vestido).
445. 滴水 (CH Continental) dī shui (TW) dī shuǐ (Verbo. Gotear).
446. 原諒/原谅 yuán liàng (Verbo. Perdonar; excusar).
447. 失禮/失礼 shī lǐ (Verbo/expresión cortés. Ser descortés; disculpa mi falta de modales).
448. 剛才/刚才 gāng cái (Sustantivo. Un momento antes).
449. 不幸 bú xìng (Adjetivo. Expresa que algo en extremo indeseable ocurre inesperadamente; infortunio que causa sufrimiento).
450. 碰 pèng (Verbo. Chocar; pegar contra; encontrar).
451. 一個挑水的挑水/一个挑水的 yí gè tiāo shuǐ de (Frase. Cargador de agua; "一個/一个" Clasificador para personas; "的" en esta frase alude de forma pasiva a una persona; "挑水" se refiere a la acción de transportar agua sobre los hombros sosteniendo dos envases por los extremos de un bastón).

CHINO SIMPLIFICADO

"她现在住在哪儿？"

"她跟养母住在白鹤塘，你要是愿意相一下，我可以想办法。"

真是再没有这么好的事情了！

几天之后，吴洪按照约定，到了一家饭店。王婆介绍他见养母陈太太。虽然当时天气晴朗，她的头发却湿淋淋的，裙子真滴水。陈太太说："请吴先生原谅我这么失礼，刚才在路上，不幸碰着了一个挑水的。"

吴洪问："小姐在哪儿呢？"

CHINO TRADICIONAL

"她現在住在哪兒？"

"她跟養母住在白鶴塘，你要是願意相一下，我可以想辦法。"

真是再沒有這麼好的事情了！

幾天之後，吳洪按照約定，到了一家飯店。王婆介紹他見養母陳太太。雖然當時天氣晴朗，她的頭髮卻濕淋淋的，裙子真滴水。陳太太說："請吳先生原諒我這麼失禮，剛才在路上，不幸碰著了一個挑水的。"

吳洪問："小姐在哪兒呢？"

PINYIN

"tā xiàn zài zhù zài nǎr?"

"tā gēn yǎng mǔ zhù zài Báihè táng, nǐ yào shì yuàn yì xiāng yí xià, wǒ kě yǐ xiǎng bàn fǎ."

zhēn shì zài méi yǒu zhè me hǎo de shì qíng le!
jǐ tiān zhī hòu, Wúhóng àn zhào yuē dìng, dào le yì jiā fàn diàn. Wángpó jiè shào tā jiàn yǎng mǔ Chén tài tai.

suī rán dāng shí tiān qì qíng lǎng, tā de tóu fa què shī lín lín de, qún zi zhēn dī shuǐ. Chén tài tai shuō: "qǐng Wú xiān sheng yuán liàng wǒ zhè me shī lǐ, gāng cái zài lù shàng, bú xìng pèng zhe le yí gè tiāo shuǐ de."

Wúhóng wèn:"xiǎo jiě zài nǎr ne?"

ESPAÑOL

—¿Ella ahorita en donde se está alojando?

—Vive con su madre adoptiva en el malecón de la Grulla Blanca, puedo pensar en una manera, si quieres ir personalmente a examinarla.

—¡En verdad que no habrá otra oportunidad tan buena!

Varios días después, Wúhóng conforme a lo acordado, llegó a un restaurante. Wángpó le presentó a la madre adoptiva, la señora Chén. A pesar de que el día estaba sereno y despejado en aquel entonces, su cabello estaba sin embargo muy mojado y de su vestido escurrían varias gotas. La señora Chén dijo: —Por favor señor Wú disculpeme por ser tan descortés y carente de modales, hace rato en el camino inesperadamente choqué con un cargador de agua.

—Wúhóng preguntó: —¿Dónde está la señorita?

452. 隔壁 gé bì (Sustantivo. Vecino; vecindad).

453. 一塊兒/一块儿 yí kuàir (Sustantivo/adverbio. En el mismo lugar; juntamente).

454. 青兒/青儿 Qīngr (Sustantivo. Nombre de la sirvienta personal de Lǐ Yuèniáng).

455. 會做菜、做飯/会做菜、做饭 huì zuò cài, zuò fàn (Ambas frases tienen el mismo significado "poder hacer la comida"; aparecen en el texto repetidas para enfatizar la capacidad de la sirvienta).

456. 活兒/活儿 huór (Sustantivo. Trabajo).

457. 件件 jiàn jiàn ("件" Es un clasificador para ropa y asuntos; cuando el clasificador se pone doble, significa "cada uno", enfatizando una característica específica que comparten cada uno de los miembros de un grupo; usualmente se agrega la palabra "都" en seguida).

458. 拿得起來/拿得起来 ná de qǐ lái (Verbo coloquial. Poder hacer; manejar).

459. 告別 gào bié (Verbo. Irse; partir; salir).

460. 回到 huí dào (Verbo. Volver a).

461. 地上 dì shàng (Sustantivo. Piso).

462. 留下 liú xià (Verbo. Dejar atrás, quedar).

463. 潮濕/潮湿 cháo shī (Adjetivo. Húmedo).

464. 怪腳印兒/怪脚印儿 guài jiǎo yìnr (Frase. Extrañas o curiosas pisadas).

465. 手指头 shǒu zhǐ tou (Sustantivo coloquial. Dedo de la mano).

466. 嘴上 zuǐ shàng (Frase. En la boca).

467. 沾濕/沾湿 zhān shī (Verbo. Humedecer).

468. 隔扇 (CH Continental) gé shan (TW) gé shàn (Sustantivo. Muro de madera divisorio hecho con papel o vidrio en la parte superior; panel divisorio).

469. 紙/纸 zhǐ (Sustantivo. Papel).

470. 弄 nòng (Verbo. Manejar; manipular; hacer; hacer que algo adquiera cierta condición).

471. 小窟窿 xiǎo kū lóng (Sustantivo. Agujero; cavidad).

472. 往 wǎng (Preposición. En dirección a; hacia).

473. 偷看 tōu kàn (Verbo. Mirar a hurtadillas o secretamente).

474. 低著頭/低着头 dī zhe tóu (Frase. Inclinando la cabeza).

475. 喁喁私語/喁喁私语 yóng yóng sī yǔ (Frase. Hablar en voz baja o murmurando).

476. 筆直/笔直 bǐ zhí (Adjetivo. Tan derecho como una pluma; perfectamente derecho, recto).

477. 鼻尖兒/鼻尖儿 bí jiānr (Sustantivo. Punta de la nariz).

478. 忽然 hū rán (Adverbio. De repente; súbitamente).

479. 抬起 tái qǐ (Verbo. Levantar).

480. 微微一笑 wéi wéi yí xiào (Frase. Sonreír levemente).

481. 臉變得緋紅/脸变得绯红 liǎn biàn dé fēi hóng (Frase. Enrojecer el rostro).

482. 漆黑 qī hēi (Adjetivo. Tan oscuro como la tinta; negro azabache).

483. 深眼睛 (CH Continental) shēn yǎn jing (TW) shēn yǎn jīng (Frase. Ojos profundos).

484. 襯著/衬着 chèn zhe (Frase. Contrastando).

485. 雪白 xuě bái (Adjetivo. Blanco como la nieve; níveo).

486. 圍鑲著/围镶着 wéi xiāng zhe (Frase. Rodeando, acompañando "圍/围" Verbo. Rodear"; "鑲/镶" Verbo. Incrustar; "著/着" Auxiliar. Acción en progreso: rodeando; acompañando).

487. 烏雲/乌云 wū yún (Sustantivo. Nubes negras; en sentido figurado: cabello oscuro, hermoso y elegante de mujer).

CHINO SIMPLIFICADO

"在隔壁屋里呢。跟她一块儿的那个姑娘叫青儿，是她的丫鬟。真是个挺好的丫鬟。会做菜、做饭、做衣裳、家里的活儿件件都拿得起来。"

陈太太向吴洪告别，回到隔壁屋里去了。地上留下了些潮湿的怪脚印儿。王婆仍然跟吴洪在这个屋子里，他把手指头在嘴上沾湿，把隔扇的纸弄了个小窟窿往隔壁偷看。吴洪一看，看见陈太太低着头，跟一个标致的年轻女人正喁喁私语，他看见那个女人笔直的鼻尖儿。她忽然抬起头来，微微一笑，脸变得绯红。他看见她那漆黑的深眼睛，衬着雪白的脸，围镶着乌云似的浓发。一个年轻的姑娘，十五六岁，对正在进行中的事情好像觉得很有趣。吴洪看了大惊："会有这种事？"

CHINO TRADICIONAL

"在隔壁屋裡呢。跟她一塊兒的那個姑娘叫青兒，是她的丫鬟。真是個挺好的丫鬟。會做菜、做飯、做衣裳、家裡的活兒件件都拿得起來。"

陳太太向吳洪告別，回到隔壁屋裡去了。地上留下了些潮濕的怪腳印兒。王婆仍然跟吳洪在這個屋子裡，他把手指頭在嘴上沾濕，把隔扇的紙弄了個小窟窿往隔壁偷看。吳洪一看，看見陳太太低著頭，跟一個標致的年輕女人正喁喁私語，他看見那個女人筆直的鼻尖兒。她忽然抬起頭來，微微一笑，臉變得緋紅。他看見她那漆黑的深眼睛，襯著雪白的臉，圍鑲著烏雲似的濃髮。一個年輕的姑娘，十五六歲，對正在進行中的事情好像覺得很有趣。吳洪看了大驚："會有這種事？"

PINYIN

"zài gé bì wū lǐ ne. gēn tā yī kuàir de nà gè gū niang jiào Qīngr, shì tā de yā huan. zhēn shì gè tǐng hǎo de yā huan. huì zuò cài, zuò fàn, zuò yī shang, jiā lǐ de huór jiàn jiàn dōu ná de qǐ lái."

Chén tài tai xiàng Wúhóng gào bié, huí dào gé bì wū lǐ qù le. dì shàng liú xià le xiē cháo shī de guài jiǎo yìnr. Wángpó réng rán gēn Wúhóng zài zhè gè wū zi lǐ, tā bǎ shǒu zhǐ tou zài zuǐ shàng zhān shī, bǎ gé shàn de zhǐ nòng le gè xiǎo kū lóng wǎng gé bì tōu kàn. Wúhóng yí kàn, kàn jiàn Chén tài tai dī zhe tóu, gēn yí gè biāo zhì de nián qīng nǚ rén zhèng yóng yóng sī yǔ, tā kàn jiàn nà gè nǚ rén bǐ zhí de bí jiānr. tā hū rán tái qǐ tóu lái, wēi wēi yí xiào, liǎn biàn de fēi hóng. tā kàn jiàn tā nà qī hēi de shēn yǎn jīng, chèn zhe xuě bái de liǎn, wéi xiāng zhe wū yún shì de nóng fā. yí gè nián qīng de gū niang, shí wǔ liù suì, duì zhèng zài jìn xíng zhōng de shì qíng hǎo xiàng jué de hěn yǒu qù. Wúhóng kàn le dà jīng: "huì yǒu zhè zhǒng shì?"

ESPAÑOL

—Está en la habitación contigua. Aquella señorita que está junto con ella se llama Qīngr. Es realmente una sirvienta muy buena. Sabe cocinar muy bien, confeccionar ropa y en general cada uno de los labores del hogar puede manejarlos.

La señora partió de donde estaba Wúhóng y regresó a la otra habitación. Dejando en el piso unas curiosas pisadas. Wángpó aún permanecía en el cuarto con Wúhóng; y este humedeció sus dedos en su boca para hacer un pequeño agujero en el panel divisorio de papel, mirando a hurtadillas hacía la habitación contigua. Al fijarse, observó a la señora Chén con la cabeza inclinada hablando en susurro con una joven hermosa. Notó que aquella muchacha tenía la punta de la nariz perfectamente derecha y al levantar súbitamente su cabeza esbozó una sonrisa tenue, con el rostro enrojecido. Lo que le permitió vislumbrar unos ojos profundos color negro azabache que contrastaban con su rostro níveo rodeado de una abundante cabellera hermosa, oscura y elegante. Una muchacha joven de entre quince y dieciséis años parecía estar muy interesada ante la situación que se desarrollaba a cabo. Wúhóng al ver todo esto, exclamó sobresaltado: —¿Será esto posible?

488. 似的 (CH Continental) shì de (TW) sì de (Auxiliar. Utilizado después de sustantivos, verbos o pronombres para indicar similitud en alguna circunstancia o cosa; como si).
489. 濃發/浓发 nóng fā (Sustantivo. Cabello grueso; abundante).
490. 十五六歲/十五六岁 shí wǔ liù suì (Frase. Entre quince y dieciséis años).
491. 正在 zhèng zài (Adverbio. En el proceso de; en el curso de).
492. 進行/进行 jìn xíng (Verbo. Llevar a cabo, efectuar: algún tipo actividad continua).
493. 有趣 yǒu qù (Adjetivo. Interesante; fascinante; divertido).
494. 大驚/大惊 dà jīng (Frase. Con gran alarma o sobresalto).
495. 這種/这种 zhè zhǒng (Frase. Este, a tipo; clase).

496. 怎麼/怎么 zěn me (Pronombre. Utilizado al inicio de una oración para expresar sorpresa; ¿¡Qué!?).
497. 若是 ruò shì (Conjunción literaria. Si; equivalente a "如果 rú guǒ").
498. 肯 kěn (Verbo. Aceptar; consentir).
499. 算是 suàn shì (Verbo. Ser considerado como; contar como).
500. 笑語聲/笑语声 xiào yǔ shēng (Frase. El sonido de voces y risas; "笑語/笑语" hablar y reír, charla alegre; "聲/声" voz, sonido).
501. 顯然/显然 xiǎn rán (Adjetivo. Evidente; claro; notable).
502. 快樂/快乐 kuài lè (Adjetivo. Describe un estado de ánimo muy gratificante y satisfactorio: alegre; contento).
503. 後頭/后头 hòu tóu (Sustantivo coloquial. Detrás de).
504. 縮/缩 (CH Continental) sù (TW) suō (Verbo. Retirar; retroceder; retirarse).
505. 隨後/随后 suí hòu (Adverbio. Después; luego; en seguida).
506. 地板 dì bǎn (Sustantivo. Pisos hechos de madera u otros materiales; se refiere en forma general al suelo de una construcción).
507. 碎步 suì bù (Sustantivo. Pasos cortos y rápidos).
508. 咯咯 gē gē (Onomatopeya. Sonido de risa; risita; gorjeo).
509. 約會/约会 yuē huì (Sustantivo/verbo. Cita; hacer una cita).
510. 女方 nǚ fāng (Sustantivo. El lado de la novia).
511. 不願不相一下/不愿不相一下 bú yuàn bù xiāng yí xià (Frase. No estar dispuesto a no verse una vez; "不願/不愿" Verbo. No estar dispuesto; "不相" Verbo. No examinar en persona para saber si es del agrado; "一下" Sustantivo. Una vez).
512. 就 jiù (Adverbio. En seguida, de inmediato).
513. 分文 fēn wén (Sustantivo. Se utiliza para referirse a una cantidad muy pequeña de dinero; en la antigüedad a una moneda de cobre se le llamaba "一文" un centavo).

CHINO SIMPLIFICADO

怎么？吴先生。"

"她若是肯嫁给我，我可以算是杭州最有福气的人了。
"

他坐下吃饭，听见隔壁女人的笑语声，她们显然很快乐。有一次他抬头一看，看见那隔扇上纸窟窿后头有一个眼睛。他一看，那个眼睛立刻缩了回去，随后听见地板上女人的碎步声，咯咯的笑声，他想必是丫鬟笑的。

王婆微笑说："我这次定这个约会，女方也是要看看你，跟你想看看她一样。她也不愿不相一下就嫁给你的。她给你带过来十万贯钱，你分文不费就娶过她来了。"

CHINO TRADICIONAL

"怎麼？吴先生。"

"她若是肯嫁給我，我可以算是杭州最有福氣的人了。"

他坐下吃飯，聽見隔壁女人的笑語聲，她們顯然很快樂。有一次他抬頭一看，看見那隔扇上紙窟窿後頭有一個眼睛。他一看，那個眼睛立刻縮了回去，隨後聽見地板上女人的碎步聲，咯咯的笑聲，他想必是丫鬟笑的。

王婆微笑說："我這次定這個約會，女方也是要看看你，跟你想看看她一樣。她也不願不相一下就嫁給你的。她給你帶過來十萬貫錢，你分文不費就娶過她來了。"

PINYIN

"zěn me? Wú xiān sheng."

"tā ruò shì kěn jià gěi wǒ, wǒ kě yǐ suàn shì Hángzhōu zuì yǒu fú qì de rén le."

tā zuò xià chī fàn, tīng jiàn gé bì nǚ rén de xiào yǔ shēng, tā men xiǎn rán hěn kuài lè. yǒu yí cì tā tái tóu yí kàn, kàn jiàn nà gé shàn shàng zhǐ kū lóng hòu tou yǒu yí gè yǎn jīng. tā yí kàn, nà gè yǎn jīng lì kè suō le huí qù, suí hòu tīng jiàn dì bǎn shàng nǚ rén de suì bù shēng, gē gē de xiào shēng, tā xiǎng bì shì yā huan xiào de.

Wáng pó wéi xiào shuō: "wǒ zhè cì dìng zhè gè yuē huì, nǚ fāng yě shì yào kàn kan nǐ, gēn nǐ xiǎng kàn kan tā yí yàng. tā yě bú yuàn bù xiāng yí xià jiù jià gěi nǐ de. tā gěi nǐ dài guò lái shí wàn guàn qián, nǐ fēn wén bú fèi jiù qǔ guò tā lái le."

ESPAÑOL

—¿Qué sucéde señor Wú ?

—Si ella acepta casarse conmigo, podré ser considerado como la persona más afortunada de Hángzhōu.

Sentándose a comer, escuchó las risas de las mujeres de la habitación vecina, que evidenciaban su alegría. En una ocasión levantó su cabeza para ver detrás del agujero del panel y se topó con una mirada; que al cruzarse con la suya de inmediato se apartó, escuchando en seguida el sonido de unos pasitos rápidos sobre el piso junto con una risita gorgojeante. Pensó que necesariamente tenía que ser la risa de la sirvienta.

Wángpó sonriendo dijo: —Esta vez, acordé esta cita porque del lado de la novia también querían verte. Ella al igual que tú desea verte. Tampoco está dispuesta a casarse contigo sin primero examinarte personalmente, puesto que te va dar diez mil guàn, mientras tú no vas a gastar ni un centavo si te casas con ella.

514. 一切 yí qiè (Pronombre. Todo).
515. 料理 liào lǐ (Verbo. Arreglar; disponer).
516. 妥當/妥当 (CH Continental) tuǒ dang (TW) tuǒ dàng (Adjetivo. Conveniente; apropiado; adecuado).
517. 預定/预定 yù dìng (Verbo. Definir, fijar, determinar o ponerse de acuerdo sobre algo por anticipado).
518. 半月後/半月后 bàn yuè hòu (Frase. Medio mes después).
519. 李小姐 Lǐ xiǎo jiě (Frase. Señorita Li).
520. 過門/过门 guò mén (Verbo. Visitar a alguien en su residencia).
521. 雙方/双方 shuāng fāng (Sustantivo. Las dos partes; ambas partes).
522. 商議好/商议好 shāng yì hǎo (Frase. Discutir cuidadosamente "商議/商议" Verbo. Consultar, discutir, deliberar; "好" diligente o cuidadosamente).
523. 作客他鄉/作客他乡 zuò kè tā xiāng (Frase. Vivir en tierra extraña; permanecer en un lugar extranjero).
524. 親友/亲友 qīn yǒu (Sustantivo. Parientes y amigos).
525. 新朗 xīn láng (Sustantivo. Hombre recién casado).
526. 婚禮/婚礼 hūn lǐ (Sustantivo. Boda).
527. 無須/无须 wú xū (Adverbio. Innecesario).
528. 鋪張/铺张 pū zhāng (Adjetivo/verbo literario. Extravagante, ostentoso; exagerado).
529. 只要 zhǐ yào (Conjunción. Siempre; con tal que).
530. 就 jiù (Adverbio. Expresa que un resultado ocurre naturalmente bajo ciertas condiciones, se utiliza a menudo en conjunto con "如果 rú guǒ" "只要 zhǐ yào" "既然" jì rán; en ese caso).
531. 快活 kuài huó (Adjetivo. Contento, a; alegre).
532. 從來/从来 cóng lái (Adverbio. En oraciones negativas significa: nunca).
533. 想到 xiǎng dào (Verbo. Pensar en; recordar).
534. 問問/问问 wèn wen (Verbo. Preguntar; al duplicar el verbo indica un modo casual y relajado: corto tiempo, cantidad pequeña, un grado ligero o un intento).
535. 太傅府 tài fù fǔ (Frase. Residencia del tutor imperial).
536. 簡直/简直 jiǎn zhí (Adverbio. Expresa que algo es por completo así o casi igual en un tono exagerado; equivale a la palabra "完全 wán quán").
537. 急得等不及了 jí de děng bù jí le (Frase. Tan impaciente que no podía esperar más).
538. 禍/祸 huò (Sustantivo. Desgracia; infortunio; desastre; adversidad).
539. 單/单 dān (Adverbio. uno; solo).
540. 婦人/妇人 fù rén (Sustantivo. En la antigüedad se utilizaba para referirse a una mujer mayor normalmente ya casada).
541. 為了/为了 wèi le (Preposición. Para; con el fin de; por).
542. 省得 shěng de (Conjunción. Para que no; para evitar que).
543. 麻煩/麻烦 (CH Continental) má fan (TW) má fán (Sustantivo. Molestia; incomodidad; inconveniencia).
544. 訂婚/订婚 dìng hūn (Verbo. Comprometerse).
545. 執意/执意 zhí yì (Adverbio. Insistir; estar decidido a; persistir).

CHINO SIMPLIFICADO

一切料理妥当，预定半月后李小姐过门。双方商议好，因为新朗作客他乡，没有什么亲友，婚礼无须铺张。李小姐只要带着丫鬟过来，跟吴洪住在一块儿，也就很快活了。

吴洪从来没想到问问，李小姐为什么离开太傅府。

吴洪简直急得等不及了。可是福和祸一样，都不单来。过了几天，又来了个妇人说媒。为了省得麻烦，吴洪说已经订婚了，可是那个女人还执意要说。

CHINO TRADICIONAL

一切料理妥當，預定半月後李小姐過門。雙方商議好，因為新朗作客他鄉，沒有什麼親友，婚禮無須鋪張。李小姐只要帶著丫鬟過來，跟吳洪住在一塊兒，也就很快活了。

吳洪從來沒想到問問，李小姐為什麼離開太傅府。

吳洪簡直急得等不及了。可是福和禍一樣，都不單來。過了幾天，又來了個婦人說媒。為了省得麻煩，吳洪說已經訂婚了，可是那個女人還執意要說。

PINYIN

yí qiè liào lǐ tuǒ dàng, yù dìng bàn yuè hòu Lǐ xiǎo jiě guò mén. shuāng fāng shāng yì hǎo, yīn wèi xīn láng zuò kè tā xiāng, méi yǒu shén me qīn yǒu, hūn lǐ wú xū pū zhāng. Lǐ xiǎo jiě zhǐ yào dài zhe yā huan guò lái, gēn Wúhóng zhù zài yí kuàir, yě jiù hěn kuài huó le.

Wúhóng cóng lái méi xiǎng dào wèn wen, Lǐ xiǎo jiě wèi shé me lí kāi tài fù fǔ.

Wúhóng jiǎn zhí jí dé děng bù jí le. kě shì fú hé huò yí yàng, dōu bù dān lái. guò le jǐ tiān, yòu lái le gè fù rén shuō méi. wèi le shěng de má fán, Wúhóng shuō yǐ jīng dìng hūn le, kě shì nà gè nǚ rén hái zhí yì yào shuō.

ESPAÑOL

Quedó todo diligentemente arreglado; estableciéndose que en quince días la señorita Lǐ iría a visitarlo a su residencia. Ambas partes acordaron que debido a que el novio foráneo no tenía parientes ni amigos, hacer una boda ostentosa era innecesaria. Con tal de que la señorita Lǐ trajera a su sirvienta y se fuera a vivir en el mismo lugar con Wúhóng se sentiría también muy feliz.

Él nunca preguntó porque la señorita Lǐ se había ido de la casa del tutor imperial.

Wúhóng estaba tan impaciente que no podía esperar más. Sin embargo, la fortuna y la adversidad son iguales, nunca vienen solas. Transcurridos unos días, vino otra casamentera. Para ahorrarse las molestias le dijo que ya estaba comprometido, pero aquella mujer insistió en que como quiera tenía que hablarle.

546. 未婚妻 wèi hūn qī (Sustantivo. Prometida; novia).
547. 自稱/自称 zì chēng (Verbo. Llamarse a si mismo, a).
548. 莊寡婦/庄寡妇 Zhuāng (CH Continental) guǎ fu (TW) guǎ fù (Frase. La viuda Zhuang).
549. 顯得/显得 xiǎn de (Verbo. Mostrarse; manifestarse; parecer).
550. 吃了一驚/吃了一惊 chī le yì jīng (Frase. Sorprendido,a; asombrado, a)
551. 贊成/赞成 zàn chéng (Verbo. Estar de acuerdo, aprobar, apoyar la opinión o conducta de otras personas).
552. 怎麼了/怎么了 zěn me le (Frase. ¿Qué sucede? ¿Qué pasa?).
553. 沒什麼/没什么 méi shén me (Frase. No importa; no es nada; está todo bien).
554. 既然 jì rán (Conjunción. Ya que; puesto que).
555. 用不著/用不着 yòng bù zháo (Verbo coloquial. No necesitar; no hacer falta).
556. 什麼/什么 shén me (Pronombre. En texto es: algo; cualquier cosa).
557. 反倒 fǎn dào (Adverbio. Por el contrario).
558. 引起 yǐn qǐ (Verbo. Dar lugar a; conducir a; activar; provocar; causar).
559. 疑心 yí xīn (Sustantivo/verbo. Sospecha, duda; sospechar; dudar).

CHINO SIMPLIFICADO

"请问你这位未婚妻是谁呀？" 那个女人问（她自称是庄寡妇）。

吴洪告诉了她未婚妻的名字，庄寡妇显得吃了一惊，好像很不赞成。

吴洪问她："怎么了？"

"没什么。既然已经订婚，我就用不着再说什么了。"

这反倒引起了吴洪的疑心。他问："你认得李乐娘吗？

CHINO TRADICIONAL

"請問你這位未婚妻是誰呀？" 那個女人問（她自稱是莊寡婦）。

吳洪告訴了她未婚妻的名字，莊寡婦顯得吃了一驚，好像很不贊成。

吳洪問她："怎麼了？"

"沒什麼。既然已經訂婚，我就用不著再說什麼了。"

這反倒引起了吳洪的疑心。他問："你認得李樂娘嗎？

PINYIN

"qǐng wèn nǐ zhè wèi wèi hūn qī shì shéi yā?" nà gè nǚ rén wèn (tā zì chēng shì Zhuāng guǎ fù).

Wúhóng gào su le tā wèi hūn qī de míng zì, Zhuāng guǎ fù xiǎn de chī le yì jīng, hǎo xiàng hěn bù zàn chéng.

Wúhóng wèn tā: "zěn me le?"

"méi shén me. jì rán yǐ jīng dìng hūn, wǒ jiù yòng bù zháo zài shuō shén me le."

zhè fǎn dào yǐn qǐ le Wúhóng de yí xīn. tā wèn: "nǐ rèn de Lǐ Yuèniáng ma?

ESPAÑOL

—Puedo preguntar ¿Quién es la prometida? —preguntó aquella mujer. (Llamabase a sí misma la viuda Zhuāng.)

Al decirle el nombre de la prometida, la viuda Zhuāng se mostró sorprendida y parecía estar muy contrariada. Wúhóng le preguntó:

—¿Qué sucede?

—No es nada. Puesto que ya están comprometidos, no hace falta que diga algo más.

—Esto por el contrario despertó la sospecha de Wúhóng. Por lo que él preguntó: —¿Conoces a la señorita Lǐ Yuè?

560. 哼 (CH Continental) hèng (TW) hēng (Interjección. Expresa disgusto, desdén, indignación).
561. 停了一下又說/停了一下又说 tíng le yí xià yòu shuō (Frase. Detenerse un momento y hablar de nuevo; "停了" Frase. Se detuvo "一下" adverbio. un momento "又" adverbio. de nuevo "說/说" verbo. hablar).
562. 心目 xīn mù (Sustantivo. Parecer; juicio; criterio; opinión).
563. 賽過/赛过 sài guò (Verbo. Sobrepasar; superar; exceder).
564. 一朵花 yì duǒ huā (Frase. Una flor; "一" uno "朵" Clasificador. Para flores, nubes, etc. "花" Sustantivo. Flor).
565. 百依百順/百依百顺 bǎi yì bǎi shùn (Frase idiomática. Obedecer en todo).
566. 刻苦耐勞/刻苦耐劳 kè kǔ nài láo (Frase idiomática. Trabajar duro y soportar dificultades; también se puede decir: 吃苦耐勞/吃苦耐劳 chī kǔ nài láo).
567. 手工 shǒu gōng (Sustantivo/verbo. Manualidad; a mano).
568. 針線活計/针线活计 zhēn xiàn huó jì (Sustantivo. costura; bordado).
569. 全都 quán dōu (Adverbio. Todo; por completo).
570. 能手 néng shǒu (Sustantivo. Experto, a).
571. 小兩口兒/小两口儿 xiǎo liǎng kǒur (Sustantivo coloquial. Una joven pareja casada).
572. 不妨 bù fáng (Adverbio. Expresa que no hay impedimento por lo que es posible hacerlo; no hay inconveniente; nada lo impide).
573. 破壞/破坏 pò huài (Verbo. Destruir; sabotear; socavar; perjudicar).
574. 貧/贫 pín (Adjetivo. Pobre; carente de fortuna).
575. 倒是 dào shì (Adverbio. Expresa contraste).
576. 別信/别信 bié xìn (Frase. No confiar o creer).
577. 起來/起来 qǐ lái (Verbo. Utilizado después de un verbo indica el inicio y continuación de una acción o estado).
578. 親眼/亲眼 qīn yǎn (Adverbio. con los propios ojos).
579. 遺憾/遗憾 yí hàn (Verbo. En el lenguaje diplomático expresa: descontento, protesta o lamento).
580. 領/领 lǐng (Verbo. Dirigir; guiar).
581. 出門/出门 chū mén (Verbo. Salir; salir de la casa).
582. 客客氣氣/客客气气 kè kè qì qì (Frase. Hace alusión a que en el trato con la gente es refinado y cortés).
583. 分手 fēn shǒu (Verbo. Decir adiós; separarse; apartarse).
584. 麻煩/麻烦 (CH Continental) má fan (TW) má fán (Verbo. Molestar; incomodar).
585. 就 jiù (Adverbio. Traza un límite, equivalente a "只 zhǐ"; "僅/仅 jǐn; sólo; solamente").
586. 何苦 hé kǔ (Adverbio. Utilizado en tono de pregunta retórica expresa que no vale la pena; ¿Por qué molestarse?).
587. 得罪 dé zuì (Verbo. Ofender).

CHINO SIMPLIFICADO

"我认得她吗？哼！"她停了一下又说，"我想再给你说一门子亲。我心目里的这个姑娘，真是男人们求之不得的。美得赛过一朵花，百依百顺，刻苦耐劳，做饭做菜，手工针线活计，全都是能手。像先生这样的人，娶了她过来，你们小两口儿，真是再好也没有了。其实，我告诉你也不妨，我说的这个姑娘，就是我的女儿，我当然不是破坏别人的亲事。不过一个贫家之女给先生做妻子，倒是更合适。别信媒人的话呀。"

吴洪简直烦起来了。"我亲眼看见过那位小姐。我已经订婚，真是遗憾。"他把庄寡妇领出门，客客气气地分手了。他这么不怕麻烦，就因为这是最后的面见，何苦失礼得罪人？

CHINO TRADICIONAL

"我認得她嗎？哼！"她停了一下又說，"我想再給你說一門子親。我心目裡的這個姑娘，真是男人們求之不得的。美得賽過一朵花，百依百順，刻苦耐勞，做飯做菜，手工針線活計，全都是能手。像先生這樣的人，娶了她過來，你們小兩口兒，真是再好也沒有了。其實，我告訴你也不妨，我說的這個姑娘，就是我的女兒，我當然不是破壞別人的親事。不過一個貧家之女給先生做妻子，倒是更合適。別信媒人的話呀。"

吴洪簡直煩起來了。"我親眼看見過那位小姐。我已經訂婚，真是遺憾。"他把莊寡婦領出門，客客氣氣地分手了。他這麼不怕麻煩，就因為這是最後的面見，何苦失禮得罪人？

PINYIN

"wǒ rèn de tā ma? hēng!" tā tíng le yí xià yòu shuō, "wǒ xiǎng zài gěi nǐ shuō yì mén zi qīn. wǒ xīn mù lǐ de zhè gè gū niang, zhēn shì nán rén men qiú zhī bù dé de. měi de sài guò yì duǒ huā, bǎi yī bǎi shùn, kè kǔ nài láo, zuò fàn zuò cài, shǒu gōng zhēn xiàn huó jì, quán dōu shì néng shǒu. xiàng xiān sheng zhè yàng de rén, qǔ le tā guò lái, nǐ men xiǎo liǎng kǒur, zhēn shì zài hǎo yě méi yǒu le. qí shí, wǒ gào su nǐ yě bù fáng, wǒ shuō de zhè gè gū niang, jiù shì wǒ de nǚ'ér, wǒ dāng rán bú shì pò huài bié rén de qīn shì. bú guò yí gè pín jiā zhī nǚ gěi xiān sheng zuò qī zi, dǎo shì gèng hé shì. bié xìn méi rén de huà yā. "

Wúhóng jiǎn zhí fán qǐ lái le. "wǒ qīn yǎn kàn jiàn guò nà wèi xiǎo jiě. wǒ yǐ jīng dìng hūn, zhēn shì yí hàn." tā bǎ zhuāng guǎ fù lǐng chū mén, kè kè qì qì de fēn shǒu le. tā zhè me bú pà má fán, jiù yīn wèi zhè shì zuì hòu de miàn jiàn, hé kǔ shī lǐ dé zuì rén?

ESPAÑOL

—¿Qué si la conozco? ¡Hum! —Se detuvo un momento y habló de nuevo—: Deseo hablarte otra vez sobre un matrimonio. Desde mi punto de vista esta muchacha es en verdad lo que todos los hombres desean. Su belleza sobrepasa a una flor, es obediente y sumisa a todo lo que se le pida, trabajadora e infatigable, sabe cocinar, coser y bordar; siendo en todo una experta. En verdad que no habría algo mejor si ustedes dos se casaran y formaran una pareja joven. De hecho, no veo inconveniente en decirte que esta muchacha de la que estoy hablando es precisamente mi hija. Por supuesto que no quiero sabotear los matrimonios de otras personas. Pero en realidad es más favorable que una muchacha de familia humilde se convierta en tu esposa. No confíes en el discurso de una casamentera.

Wúhóng comenzó a fastidiarse casi por completo. —He visto con mis propios ojos a aquella señorita. Ya estoy comprometido, en verdad lo lamento. —Acompañó a la viuda Zhāng a la salida, despidiéndola refinadamente. Si él no temía en que pudiera llegar a molestarla, era porque esta sería la última vez que se verían. ¿Importaba entonces si era descortés y la ofendía?

588. 傍晚 bàng wǎn (Sustantivo. Atardecer; anochecer).
589. 轎/轿 jiào (Sustantivo. Palanquín).
590. 一齊/一齐 yì qí (Frase. Al mismo tiempo; simultáneamente).
591. 轎夫/轿夫 jiào fū (Sustantivo antiguo. Mozo que carga un palanquín).
592. 站住 zhàn zhù (Verbo. Detener el avance).
593. 平常 píng cháng (Adjetivo. Ordinario, común).
594. 賞錢/赏钱 shǎng qián (Sustantivo antiguo. Propina).
595. 要面吃 yào miàn chī (Frase. Pedir fideos para comer).
596. 新人 xīn rén (Sustantivo. Novia; recién casada).
597. 就 jiù (Adverbio. En seguida, de inmediato).
598. 等 děng (Preposición. Cuando; hasta).
599. 走遠/走远 zǒu yuǎn (Frase. Marcharse lejos).
600. 黑黝黝 hēi yǒu yǒu (Adjetivo. Describe una oscuridad profunda en la que no se puede ver con claridad).
601. 夜里 yè lǐ (Sustantivo. Durante o en la noche).
602. 打開/打开 dǎ kāi (Verbo. Abrir; destapar; desatar).
603. 新娘 xīn niáng (Sustantivo. Recién casada; novia).
604. 衣箱 yī xiāng (Sustantivo. Baúl; cofre; maleta).
605. 整套 zhěng tào (Sustantivo. Una serie de).
606. 樂器/乐器 yuè qì (Sustantivo. Instrumento musical).
607. 小心翼翼 xiǎo xīn yì yì (Frase idiomática. Antiguamente significaba solemne y respetuoso; hoy se utiliza para describir cuidado y prudencia, sin permitirse el más mínimo descuido).
608. 一件一件 yí jiàn yí jiàn (Frase. uno por uno).
609. 擺/摆 bǎi (Verbo. Colocar, poner en orden).
610. 孩子氣/孩子气 hái zi qì (Sustantivo/adjetivo. Que tiene temperamento o aires infantiles; describe un temperamento, modo de comportarse, etc… iguales a las de un niño: cándido, inmaduro y carente de inteligencia).
611. 了解 liǎo jiě (Verbo. Conocer, saber, entender con claridad).
612. 夫人 fū rén (Sustantivo antiguo. Esposa; señora).
613. 脾氣/脾气 pí qì (Sustantivo. Temperamento; carácter).
614. 不用吩咐 bú yòng fēn fù (Frase. No es necesario darle órdenes; "不用" no se necesita; "吩咐" mandar, ordenar.).
615. 就 jiù (Adverbio. Expresa determinación y la imposibilidad de cambio).
616. 倆/俩 liǎ (Numeral coloquial. Fusión de 兩/两 liǎng y 個/个 gè; dos).
617. 似乎 sì hū (Adverbio. parecer que; ser como si).
618. 除了 chú le (Preposición. Además de).
619. 安閒/安闲 ān xián (Adjetivo. Tranquilo y ocioso).
620. 享受 xiǎng shòu (Verbo. Gozar de; disfrutar de; disfrute; gozo; placer).
621. 全無/全无 quán wú (Frase. Por completo ninguno; en lo absoluto ninguno).

CHINO SIMPLIFICADO

一个下雨的傍晚，乐娘坐着轿和养母、丫鬟、王婆，一齐来了。轿夫也没站住像平常的轿夫那样要赏钱，要面吃，新人下轿就走了。等新朗想到，他们已经走远，消失在黑黝黝的夜里。丫鬟青儿打开新娘的衣箱，烧水沏茶，什么事都做。新娘带来了一整套的乐器，青儿小心翼翼地一件一件地摆在桌子上。青儿还是孩子气，就像个小猫，很了解夫人的脾气，不用吩咐，就知道要做的事。她俩似乎前住过这房子。现在吴洪除了安闲享受，全无事做。

CHINO TRADICIONAL

一個下雨的傍晚，樂娘坐著轎和養母、丫鬟、王婆，一齊來了。轎夫也沒站住像平常的轎夫那樣要賞錢，要面吃，新人下轎就走了。等新朗想到，他們已經走遠，消失在黑黝黝的夜裡。丫鬟青兒打開新娘的衣箱，燒水沏茶，什麼事都做。新娘帶來了一整套的樂器，青兒小心翼翼地一件一件地擺在桌子上。青兒還是孩子氣，就像個小貓，很了解夫人的脾氣，不用吩咐，就知道要做的事。她倆似乎前住過這房子。現在吳洪除了安閒享受，全無事做。

PINYIN

yí gè xià yǔ de bàng wǎn, Yuèniáng zuò zhe jiào hé yǎng mǔ, yā huan, Wángpó, yì qí lái le. jiào fū yě méi zhàn zhù xiàng píng cháng de jiào fū nà yàng yào shǎng qián, yào miàn chī, xīn rén xià jiào jiù zǒu le. děng xīn láng xiǎng dào, tā men yǐ jīng zǒu yuǎn, xiāo shī zài hēi yǒu yǒu de yè lǐ. yā huan Qīngr dǎ kāi xīn niáng de yī xiāng, shāo shuǐ qī chá, shén me shì dōu zuò. xīn niáng dài lái le yì zhěng tào de yuè qì, Qīngr xiǎo xīn yì yì de yí jiàn yí jiàn de bǎi zài zhuō zi shàng. Qīngr hái shì hái zi qì, jiù xiàng gè xiǎo māo, hěn liǎo jiě fū rén de pí qì, bú yòng fēn fù, jiù zhī dào yào zuò de shì. tā liǎ sì hū qián zhù guò zhè fáng zi. xiàn zài Wúhóng chú le ān xián xiǎng shòu, quán wú shì zuò.

ESPAÑOL

En el ocaso de un día lluvioso: Yuèniáng, con su madre adoptiva, la sirvienta y Wángpó vinieron en un palanquín al mismo tiempo. Los mozos del palanquín tampoco detuvieron su marcha; como usualmente lo hacen los de su clase para exigir propinas y fideos para comer. En cuanto bajó la novia simplemente se marcharon. Para cuando cayó en cuenta el novio, ya se habían marchado lejos, desapareciendo entre la profunda oscuridad de la noche. La sirvienta Qīngr se encargó de hacer todo: abrió los cofres de la novia y calentó agua para el té. La novia trajo también una serie de instrumentos musicales que con mucha cautela acomodó Qīngr uno por uno sobre la mesa. Qīngr se comportaba todavía muy infantil y traviesa como un pequeño gatito. Sin embargo entendía con claridad el temperamento de su señora, no necesitaba que le dieran órdenes, porque sabía perfectamente que era lo que tenía que hacer. Parecía como si ambas hubiesen vivido antes en esta casa. Wúhóng además de gozar de un ocio tranquilo, carecía de ocupaciones en lo absoluto

622. 隨隨便便/ 随随便便 suí suí biàn biàn (Frase. Sin restricciones; despreocupado; no prestar importancia a las apariencias).
623. 席 xí (Sustantivo. Tapete).
624. 飲酒/饮酒 yǐn jiǔ (Verbo.Tomar vino o licor).
625. 足怪 zú guài (Frase. No es lo suficientemente inusual; "足" Adverbio. Suficientemente; "怪" Adjetivo. Extraño; raro).
626. 浮萍 fú píng (Sustantivo. Hierba acuática "lentejas de agua").
627. 主座 zhǔ zuò (Frase. Lugar del anfitrión; dueño; principal o importante).
628. 大妹 dà mèi (Sustantivo coloquial. Casamentera).
629. 潮熱/潮热 cháo rè (Frase. Húmedo y caluroso).
630. 悶/闷 mèn (Adjetivo/verbo. Asfixiante, sofocante; asfixiar).
631. 起誓 qǐ shì (Verbo. Jurar; tomar juramento; declarar bajo juramento).
632. 除去 chú qù (Preposición. Además de).
633. 决不 jué bù (Adverbio. Definitivamente no).
634. 答應/答应 (CH Continental) dā ying (TW) dā yìng (Verbo. Aceptar; prometer).
635. 新娘之夜 xīn niáng zhī yè (Frase. Noche de bodas).
636. 難處/难处 (CH Continental) nán chu (TW) nán chù (Sustantivo. Dificultad; problema).
637. 情不由己 qíng bù yóu jǐ (Frase. No poder contenerse, ser llevado por la emoción; equivalente a "情不自禁 qíng bú zì jīn").
638. 打算 dǎ suàn (Verbo. Planear; pensar).
639. 做成 zuò chéng (Frase. Hacer o convertir en).
640. 愛情/爱情 ài qíng (Sustantivo. Amor).
641. 若 ruò (Abreviación de: 若是 ruò shì ; conjunción literaria. si; equivalente a "如果 rú guǒ").
642. 不專/不专 bù zhuān (Frase. No prestar la atención completa).
643. 的话 de huà (Auxiliar. Después de una cláusula condicional; significa: si, en este caso).
644. 夢裡/梦里 mèng lǐ (Frase. En sueños).
645. 要 yào (Conjunción. Si; "如果 rú guǒ").
646. 戀愛/恋爱 liàn'ài (Verbo. Enamorarse).

CHINO SIMPLIFICADO

吴洪和陈太太、王婆、新娘、青儿随随便便地坐席饮酒。陈太太的头发还是湿淋淋的，因为下雨得很大，也不足怪。吴洪仿佛闻着她有浮萍的气味。主座让给王婆坐，因为她是大妹。虽然四月的晚上潮热闷人，她脖子上还是围着那条红围巾。

那天夜里，乐娘跟吴洪说："你对我起誓，除去我你决不再爱别的女人。" 新娘之夜答应这种话，当然没有什么难处。

"你很嫉妒吗？"

"是啊，我很嫉妒。我是情不由己。我打算把这里做成我爱情的家，可是，你若对我用情不专的话——"

"我要在梦里跟一个女人恋爱，你也嫉妒？"

"当然！"

CHINO TRADICIONAL

吳洪和陳太太、王婆、新娘、青兒隨隨便便地坐席飲酒。陳太太的頭髮還是濕淋淋的，因為下雨得很大，也不足怪。吳洪彷彿聞著她有浮萍的氣味。主座讓給王婆坐，因為她是大妹。雖然四月的晚上潮熱悶人，她脖子上還是圍著那條紅圍巾。

那天夜裡，樂娘跟吳洪說："你對我起誓，除去我你決不再愛別的女人。" 新娘之夜答應這種話，當然沒有什麼難處。

"你很嫉妒嗎？"

"是啊，我很嫉妒。我是情不由己。我打算把這裡做成我愛情的家，可是，你若對我用情不專的話——"

"我要在夢裡跟一個女人戀愛，你也嫉妒？"

"當然！"

PINYIN

Wúhóng hé Chén tài tai, Wángpó, xīn niáng, Qīngr suí suí pián pián de zuò xí yǐn jiǔ. Chén tài tai de tóu fa hái shì shī lín lín de, yīn wèi xià yǔ de hěn dà, yě bù zú guài. Wúhóng fǎng fú wén zhe tā yǒu fú píng de qì wèi. zhǔ zuò ràng gěi Wángpó zuò, yīn wèi tā shì dà mèi. suī rán sì yuè de wǎn shàng cháo rè mèn rén, tā bó zi shàng hái shì wéi zhe nà tiáo hóng wéi jīn.

nà tiān yè lǐ, Yuèniáng gēn Wúhóng shuō: "nǐ duì wǒ qǐ shì, chú qù wǒ nǐ jué bù zài ài bié de nǚ rén." xīn niáng zhī yè dā yìng zhè zhǒng huà, dāng rán méi yǒu shén me nán chù.

"nǐ hěn jí dù ma?"

"shì ā, wǒ hěn jí dù. wǒ shì qíng bù yóu jǐ. wǒ dǎ suàn bǎ zhè lǐ zuò chéng wǒ ài qíng de jiā, kě shì, nǐ ruò duì wǒ yòng qíng bù zhuān de huà——"

"wǒ yào zài mèng lǐ gēn yí gè nǚ rén liàn'ài, nǐ yě jí dù?"

"dāng rán!"

ESPAÑOL

Wúhóng, la señora Chén, Wángpó, la novia y Qīngr sentados en un tapete bebían licor despreocupadamente. Del cabello de la señora Chén aún escurrían gotas de agua, lo cual no era del todo inusual, debido a que había llovido muy fuerte. Wúhóng percibía un aroma a "lentejas de agua" en ella. El lugar de honor fue otorgado a Wángpó, por ser ella la casamentera. Aunque el bochorno de las noches de abril eran asfixiantes para todas las personas; su cuello aún estaba rodeado por un pañuelo.

Aquella noche Yuèniáng, dijo a Wúhóng: —Quiero que me prometas, que además de mí no amarás a otra mujer. —Indudablemente prometer esto en la noche de bodas no tenía ninguna dificultad.

—¿Eres muy celosa?

—Sí, mucho, no puedo controlarlo. Planeo hacer de este lugar mi aposento del amor, pero, si no me llegaras a amar y ser fiel en lo absoluto...

—Si me enamorara de una mujer en mis sueños, ¿también estarías celosa?

—¡Por supuesto!

647. 出人意料 chū rén yì liào (Frase idiomática. Sobrepasar todas las expectativas).

648. 天天 tiān tiān (Pronombre. Cada día; todos los días).

649. 撒謊/撒谎 sā huǎng (Verbo. Mentir; decir mentiras).

650. 真話/真话 zhēn huà (Sustantivo. Verdad).

651. 多才多藝/多才多艺 duō cái duō yì (Frase idiomática. Poseer una variedad de talentos; dominar una variedad de habilidades).

652. 不愧 bú kuì (Adverbio. Ser digno; merecer ser llamado; utilizado normalmente en conjunto con 為/为 wèi o 是 shì).

653. 藝人/艺人 yì rén (Sustantivo. Artista; artesano).

654. 玩牌 wán pái (Verbo. Jugar a las cartas o al 麻將/麻将 má jiàng "mahjong").

655. 無一不能/无一不能 wú yí bù néng (Frase. No hay nada que no pueda).

656. 黃昏/黄昏 huáng hūn (Sustantivo. Atardecer; crepúsculo).

657. 蕩氣迴腸/荡气回肠 dàng qì huí cháng (Frase idiomática. Hacer que el espíritu se estremezca y las entrañas se revuelvan; describe a la música, poesía, etc…suave, agradable y conmovedora).

658. 唱 chàng (Verbo. Cantar; entonar).

659. 纏綿/缠绵 chán mián (Adjetivo. Sonido o voz dulce y conmovedor).

660. 情歌 qíng gē (Sustantivo. Canción de amor).

661. 聰明伶俐/聪明伶俐 cōng míng líng lì (Frase. Inteligente y de rápido ingenio).

662. 不斷/不断 bú duàn (Verbo. Sin cesar; ininterrumpidamente; continuamente; constantemente).

663. 鬼頭鬼腦/鬼头鬼脑 guǐ tóu guǐ nǎo (Frase idiomática. Describe el tener malas o siniestras intenciones; comportamiento de apariencia furtiva).

664. 字眼兒/字眼儿 zì yǎnr (Sustantivo. Dicción; término; expresión).

665. 那么 nà me (Conjunción. Pues, entonces; utilizado como conector de oraciones y cláusulas para extraer el resultado de una hipótesis o juicio determinado, a menudo se utiliza con "既然 jì rán", "如果 rú guǒ", etc.).

666. 像話/像话 xiàng huà (Adjetivo. Palabras y acciones razonables, utilizado con mucha frecuencia en preguntas retóricas o respuestas negativas).

667. 改正 gǎi zhèng (Verbo. Corregir; rectificar).

668. 十來次/十来次 shí lái cì (Frase. Unas diez veces; "來/来" utilizado entre un número y un clasificador expresa un número aproximado).

669. 不許/不许 bù xǔ (Verbo. No permitir; no dejar).

670. 鬼東西/鬼东西 guǐ dōng xi (Frase. Maldecir; blasfemar).

671. 鬼鬼祟祟 guǐ guǐ suì suì (Frase idiomática. Describe una acción furtiva y deshonesta; "escabullirse como un fantasma").

672. 親密/亲密 qīn mì (Adjetivo. Íntimo; cercano).

CHINO SIMPLIFICADO

妻子和丫鬟把这个家弄得非常美满，美满得出人意料。媒人天天撒谎，这次却是真话，吴洪觉得好像在梦里一样。乐娘多才多艺，跟王婆以前说的一样，真不愧是一个艺人，她能读能写，饮酒玩牌，无一不能。在黄昏时候，她吹箫吹得人荡气回肠，给丈夫唱缠绵的情歌。他聪明伶俐，跟青儿不断喁喁私语。

吴洪问她俩说："你们俩鬼头鬼脑的干什么呀？

乐娘劝他说："一个读书人怎么用这种字眼儿？

"那么你们干什么呀？"

"这么说还像话。" 乐娘给他改正过十来次，不许他说 "鬼东西" "鬼鬼祟祟"。一说这话，好像得罪了她。

CHINO TRADICIONAL

妻子和丫鬟把這個家弄得非常美滿，美滿得出人意料。媒人天天撒謊，這次卻是真話，吳洪覺得好像在夢裡一樣。樂娘多才多藝，跟王婆以前說的一樣，真不愧是一個藝人，她能讀能寫，飲酒玩牌，無一不能。在黃昏時候，她吹簫吹得人蕩氣迴腸，給丈夫唱纏綿的情歌。他聰明伶俐，跟青兒不斷喁喁私語。

吳洪問她倆說："你們倆鬼頭鬼腦的干什麼呀？

樂娘勸他說："一個讀書人怎麼用這種字眼兒？

"那麼你們幹什麼呀？"

"這麼說還像話。" 樂娘給他改正過十來次，不許他說 "鬼東西" "鬼鬼祟祟"。一說這話，好像得罪了她。

PINYIN

qī zi hé yā huan bǎ zhè gè jiā nòng de fēi cháng měi mǎn, měi mǎn de chū rén yì liào. méi rén tiān tiān sā huǎng, zhè cì què shì zhēn huà, Wúhóng jué de hǎo xiàng zài mèng lǐ yí yàng. Yuèniáng duō cái duō yì, gēn Wángpó yǐ qián shuō de yí yàng, zhēn bú kuì shì yí gè yì rén, tā néng dú néng xiě, yǐn jiǔ wán pái, wú yī bù néng. zài huáng hūn shí hòu, tā chuī xiāo chuī de rén dàng qì huí cháng, gěi zhàng fu chàng chán mián de qíng gē. tā cōng míng líng lì, gēn Qīngr bú duàn yóng yóng sī yǔ.

Wúhóng wèn tā liǎ shuō: "nǐ men liǎ guǐ tóu guǐ nǎo de gàn shén me yā?

Yuèniáng quàn tā shuō: "yí gè dú shū rén zěn me yòng zhè zhǒng zì yǎnr?"

"nà me nǐ men gàn shén me yā?"

"zhè me shuō hái xiàng huà." Yuèniáng gěi tā gǎi zhèng guò shí lái cì, bù xǔ tā shuō "guǐ dōng xī" "guǐ guǐ suì suì". yì shuō zhè huà, hǎo xiàng de zuì le tā.

ESPAÑOL

La esposa y sirvienta hicieron de este lugar un hogar perfecto, sobrepasando cualquier expectativa. La casamentera mentía todos los días, sin embargo, esta vez resultó verdadero lo que dijo. Wúhóng se sentía igual a como si estuviese en un sueño. Yuèniáng poseía una multitud de talentos, acorde a como había dicho previamente Wángpó, merecía en verdad ser llamada una artista. Podía leer y escribir al igual que beber y jugar a las cartas. No habiendo nada que no fuera capaz de hacer. A la hora del crepúsculo, tocaba la flauta de tal forma que hacía estremecer el espíritu, entonando una conmovedora canción de amor a su esposo. Inteligente y de rápido ingenio, no cesaba por otro lado de hablar en susurros con Qīngr.

Wúhóng le preguntó a ambas: —¿De qué diablos están hablando ustedes?

—Yuèniáng escarmentándolo dijo: ¿Cómo es que un hombre de letras utiliza esas expresiones?

—¿Entonces qué es lo que hacen?

—Es más razonable decirlo así. —Yuèniáng lo había corregido más de diez veces, no le permitía blasfemar, ni decir frases como "escabullirse como un fantasma". Si decía algo así, era evidente que la ofendía.

673. 起初 qǐ chū (Sustantivo. Al principio; al comienzo).

674. 疑心 yí xīn (Sustantivo. Sospecha; duda).

675. 老 lǎo (Adverbio. Siempre; todo el tiempo).

676. 不住 bú zhù (Frase. Repetidamente; continuamente; constantemente).

677. 發現/发现 fā xiàn (Verbo. Descubrir; encontrar).

678. 暗中 àn zhōng (Adverbio. en la oscuridad; secretamente).

679. 商量 (CH Continental) shāng liang (TW) shāng liáng (Verbo. Debatir mutuamente para compartir puntos de vista; consultar; discutir).

680. 好處/好处 hǎo chù (Sustantivo. Beneficio; provecho; ventaja).

681. 都 dōu (Adverbio. Expresa aún más,en mayor grado; equivalente a "甚至 shèn zhì" incluso; hasta).

682. 新鮮花樣的菜/新鲜花样的菜 xīn xiān huā yàng de cài (Frase. Variedad de platillos;" 新鮮/新鲜" adjetivo. nuevo, novedoso; "花樣/花样" Sustantivo. variedad forma; "菜" Sustantivo. Platillo de comida).

683. 清蒸精白的包子 qīng zhēng jīng bái de bāo zi (Frase. Bollos blancos al vapor; "清蒸" Verbo culinario. Un tipo de técnica de cocina en la que se cuece los alimentos al vapor en un caldo, "精白" Adjetivo. Blanco puro, "包子" bollo de harina relleno al vapor).

684. 羊肉 yáng ròu (Sustantivo. Carne de cordero).

685. 蔥/葱 cōng (Sustantivo. Cebollín).

686. 餡兒/馅儿 xiànr (Sustantivo. Relleno).

687. 點心/点心 diǎn xīn (Sustantivo. Dim sum; bocadillos de repostería como bollos al vapor, wontons, bolas de arroz, etc.).

688. 早晨 (CH Continental) zǎo chen (TW zǎo) chén (Sustantivo. período de tiempo anterior a la salida del sol; en meteorología se refiere en particular al horario entre las cuatro y ocho de la mañana).

689. 稀奇 xī qí (Adjetivo. Raro; extraño; curioso).

690. 才能 cái néng (Sustantivo. Talento; habilidad; capacidad).

691. 奇妙 qí miào (Adjetivo. Misterioso y profundo; maravilloso; extraordinario; admirable).

692. 不可思議/不可思议 bù kě sī yì (Frase idiomatica. En el budismo se refiere al reino que no puede ser alcanzado por el pensamiento y las palabras. En la actualidad significa algo que es inimaginable o incomprensible).

693. 預知/预知 yù zhī (Verbo. Saber algo con anticipación).

694. 就 jiù (Adverbio. Ya; antes de ahora).

695. 停停噹噹/停停当当 tíng tíng dāng dāng (Frase. Dejar todo dispuesto o terminado).

696. 一想到 yì xiǎng dào (Frase. Cada vez que recordaba o pensaba en; "一" en este contexto indica cada vez; "想到" recordar).

697. 提著/提着 tí zhe (Frase. Estar levantando o cargando; "提" cargar o levantar; "着" indica acción en progreso).

698. 籃子/篮子 lán zi (Sustantivo. Canasta).

699. 光景 guāng jǐng (Sustantivo. Circunstancia, condición).

700. 不由得 bù yóu dé (Verbo. No poder contenerse; no poder dejar de; no poder más que).

701. 大概 dà gài (Adverbio. Más o menos; aproximadamente).

702. 城裡/城里 chéng lǐ (Sustantivo. Originalmente se refería al área confinada dentro de la muralla de una ciudad; hoy en día se refiere al área urbana; en la ciudad).

CHINO SIMPLIFICADO

夫人和丫鬟非常亲密。起初，丈夫都有点儿生气，起了疑心，直想听一听她俩老不住说些什么，可是每次都发现她俩暗中商量的全是对他有好处的事。比如，想做什么新鲜花样的菜，清蒸精白的包子，羊肉太葱馅儿，早晨给他做点心。乐娘还有一种更稀奇的才能，简直奇妙得不可思议，就是能预知丈夫的意思，不等吩咐，就早已经把事情做得停停当当。吴洪一想到从前单身的时候，提着篮子去买菜的光景，不由得笑了。

有一天，结婚后大概一个月的样子，他从城里回来，看见乐娘正哭呢，于是极力安慰她，问她怎么回事，自己怎么惹她生气了。

乐娘说："这与你没关系。"

"是别人？"

既然什么话也问不出来，他改问青儿。青儿似乎知道，可是不肯说。

CHINO TRADICIONAL

夫人和丫鬟非常親密。起初，丈夫都有點兒生氣，起了疑心，直想聽一聽她倆老不住說些什麼，可是每次都發現她倆暗中商量的全是對他有好處的事。比如，想做什麼新鮮花樣的菜，清蒸精白的包子，羊肉太蔥餡兒，早晨給他做點心。樂娘還有一種更稀奇的才能，簡直奇妙得不可思議，就是能預知丈夫的意思，不等吩咐，就早已經把事情做得停停噹噹。吳洪一想到從前單身的時候，提著籃子去買菜的光景，不由得笑了。

有一天，結婚後大概一個月的樣子，他從城裡回來，看見樂娘正哭呢，於是極力安慰她，問她怎麼回事，自己怎麼惹她生氣了。

樂娘說："這與你沒關係。"

"是別人？"

既然什麼話也問不出來，他改問青兒。青兒似乎知道，可是不肯說。

PINYIN

fū rén hé yā huan fēi cháng qīn mì. qǐ chū, zhàng fu dōu yǒu diǎnr shēng qì, qǐ le yí xīn, zhí xiǎng tīng yi tīng tā liǎ lǎo bú zhù shuō xiē shén me, kě shì měi cì dōu fā xiàn tā liǎ àn zhōng shāng liáng de quán shì duì tā yǒu hǎo chǔ de shì. bǐ rú, xiǎng zuò shén me xīn xiān huā yàng de cài, qīng zhēng jīng bái de bāo zi, yáng ròu tài cōng xiànr, zǎo chén gěi tā zuò diǎn xīn. Yuèniáng hái yǒu yì zhǒng gèng xī qí de cái néng, jiǎn zhí qí miào de bù kě sī yì, jiù shì néng yù zhī zhàng fu de yì si, bù děng fēn fù, jiù zǎo yǐ jīng bǎ shì qíng zuò de tíng tíng dāng dāng. Wúhóng yì xiǎng dào cóng qián dān shēn de shí hòu, tí zhe lán zi qù mǎi cài de guāng jǐng, bù yóu de xiào le.

yǒu yì tiān, jié hūn hòu dà gài yí gè yuè de yàng zi, tā cóng chéng lǐ huí lái, kàn jiàn Yuèniáng zhèng kū ne, yú shì jí lì ān wèi tā, wèn tā zěn me huí shì, zì jǐ zěn me rě tā shēng qì le.

Yuèniáng shuō: "zhè yǔ nǐ méi guān xì."

"shì bié rén?"

jì rán shén me huà yě wèn bù chū lái, tā gǎi wèn Qīngr. Qīngr sì hū zhī dào, kě shì bù kěn shuō.

ESPAÑOL

La señora y su sirvienta eran muy íntimas. Al principio el esposo inclusive se molestaba un poco, despertando su recelo. Deseaba escuchar directamente que era lo que siempre decían; pero en cada ocasión descubría que lo que discutían en secreto era siempre algo bueno para él. Por ejemplo, pensaban en hacer cualquier variedad de platillos novedosos, desde bollos blancos rellenos de carne de cordero y cebolla; le servían todos estos platillos dim sum antes del amanecer. Yuèniáng tenía todavía otro talento aún más inusual, algo que era por completo misterioso e incomprensible; podía saber con anticipación que era lo que su marido quería, no esperaba sus órdenes, desde antes ya tenía todo dispuesto y preparado. Cada vez que Wúhóng se acordaba de aquellos tiempos en que era soltero, y las circunstancias lo obligaban a tener que ir cargando una canasta para comprar comida; no podía más que reírse de aquello.

Hubo un día, aproximadamente un mes después de haberse casado, en que regresando de la ciudad, vio a Yuèniáng llorando, por lo que recurrió a todos los medios para consolarla. Preguntóle qué era lo que había sucedido, que era lo que había hecho para hacerla enojar. Yuèniáng dijo:

—Esto no está relacionado contigo.

—¿Es otra persona?

Puesto que no obtenía ninguna respuesta a lo que le inquiría, optó por preguntarle a Qīngr, sin embargo esta se rehusó a hablar.

703. 正哭呢 zhèng kū ne (Frase. Llorando; "正" adverbio. expresa que la acción está en progreso o la situación continúa; "哭" verbo. llorar; "呢" auxiliar. indica también acción en progreso).

704. 於是/于是 yú shì (Conjunción. entonces; por consiguiente).

705. 安慰 ān wèi (Verbo. Consolar)

706. 怎麼回事/怎么回事 zěn me huí shì (Frase. ¿Qué pasa? ¿Qué sucede?)

707. 惹 rě (Verbo. Causar; ocasionar; provocar).

708. 沒關係/没关系 méi guān xi (Frase. No tener relación; "沒/没" Adverbio. negación; 關係/关系 sustantivo. relación, vínculo).

709. 既然 jì rán (Conjunción. Ya que; puesto que).

710. 不出來/不出来 bù chū lái (Frase. No haber respuesta; "不" Adverbio. no; "出來/出来" Verbo. Utilizado después de otro verbo expresa que la acción se completó o que se obtuvo algún tipo de resultado).

711. 改問/改问 gǎi wèn (Frase. Optar por preguntar; "改" Verbo. Cambiar; "問/问" preguntar).

712. 打 dǎ (Preposición coloquial. Desde; equivalente a "從/从 cóng").
713. 街上 jiē shàng (Sustantivo. En la calle).
714. 尖聲號叫/尖声号叫 jiān shēng háo jiào (Frase. Grito estridente; "尖声" sonido estridente, "号叫" Verbo. Gritar).
715. 滚出去/滚出去 gǔn chū qù (Frase. Vete de aquí).
716. 給我滚/给我滚 gěi wǒ gǔn (Frase. Aléjate de mí).
717. 衝進/冲进 chōng jìn (Verbo. Apresurarse; irrumpir).
718. 氣得直喘/气得直喘 qì dé zhí chuǎn (Frase. Jadear; bufar).
719. 披散 (CH continental) pī san (TW) pī sǎn (Verbo. Del cabello, melena, etc. que cuelgan sueltos).
720. 前额 qián é (Sustantivo. Frente).
721. 輕輕/轻轻 qīng qīng (Frase. Ligeramente; suavemente).
722. 抓傷/抓伤 zhuā shāng (Sustantivo. Herida por rascarse o arañarse).
723. 身邊/身边 shēn biān (Sustantivo. Alrededor de uno; al lado de uno).
724. 氣喘吁吁/气喘吁吁 qì chuǎn xū xū (Frase. Jadear; corto de aire; respiración agitada).
725. —— 破折號/破折号 pò zhé hào (Sustantivo. Signo de puntuación llamado "guión" que ocupa el lugar de dos caracteres. Indica una oración que conduce a una explicación en el texto; un cambio repentino de tema; una extensión de voz o una lista de asuntos ramificados).
726. 找麻煩/找麻烦 (CH Continental) zhǎo má fan (TW) zhǎo má fán (Verbo. Buscar o causar problemas).
727. 勉強/勉强 miǎn qiǎng (Verbo. Forzar a alguien a hacer algo de mala gana y sin tener otra opción).
728. 連/连 lián (Preposición. Hasta, incluso; utilizado en conjunto con "也 yě" y "都 dōu").
729. 影兒/影儿 yǐngr (Sustantivo. Sombra).
730. 小巷 xiǎo xiàng (Sustantivo. Callejón).
731. 由 yóu (Preposición. Desde; de).
732. 院子 yuàn zi (Sustantivo. patio).
733. 通到 tōng dào (Verbo. Conducir a).
734. 大笑起來/大笑起来 dà xiào qǐ lái (Frase. Comenzar a reír muy fuerte).
735. 可笑 kě xiào (Adjetivo. Ridículo; gracioso; cómico).

CHINO SIMPLIFICADO

两天之后，他打街上回来，正是晚饭以前，他听见妻子尖声号叫："滚出去！给我滚！"他冲进去一看，乐娘正气得直喘，头发披散在前额上，脸上有轻轻的抓伤。青儿站在乐娘的身边，跟乐娘一样，也气喘吁吁的。

他问："谁来这儿了？"

"有个人——有个人来跟我找麻烦。"乐娘勉强说出来。

丈夫看见屋里没有别人，连个影儿都没有。有个小巷由院子通到街上，那儿也听不见什么。

吴洪说："你大概看见什么东西了吧？"

"我看见了什么东西？"乐娘忽然大笑起来。丈夫觉得没有什么可笑的。

CHINO TRADICIONAL

兩天之後，他打街上回來，正是晚飯以前，他聽見妻子尖聲號叫："滾出去！給我滾！"他衝進去一看，樂娘正氣得直喘，頭髮披散在前額上，臉上有輕輕的抓傷。青兒站在樂娘的身邊，跟樂娘一樣，也氣喘吁吁的。

他問："誰來這兒了？"

"有個人——有個人來跟我找麻煩。"樂娘勉強說出來。

丈夫看見屋裡沒有別人，連個影兒都沒有。有個小巷由院子通到街上，那兒也聽不見什麼。

吳洪說："你大概看見什麼東西了吧？"

"我看見了什麼東西？"樂娘忽然大笑起來。丈夫覺得沒有什麼可笑的。

PINYIN

liǎng tiān zhī hòu, tā dǎ jiē shàng huí lái, zhèng shì wǎn fàn yǐ qián, tā tīng jiàn qī zi jiān shēng háo jiào:"gǔn chū qù! gěi wǒ gǔn!" tā chōng jìn qù yí kàn, Yuèniáng zhèng qì de zhí chuǎn, tóu fa pī san zài qián é shàng, liǎn shàng yǒu qīng qīng de zhuā shāng. Qīngr zhàn zài Yuèniáng de shēn biān, gēn Yuèniáng yí yàng, yě qì chuǎn xū xū de.

tā wèn: "shéi lái zhèr le?"

"yǒu gè rén——yǒu gè rén lái gēn wǒ zhǎo má fán." Yuèniáng miǎn qiáng shuō chū lái.

zhàng fu kàn jiàn wū lǐ méi yǒu bié rén, lián gè Yǐngr dōu méi yǒu. yǒu gè xiǎo xiàng yóu yuàn zi tōng dào jiē shàng, nàr yě tīng bú jiàn shén me.

Wúhóng shuō:"nǐ dà gài kàn jiàn shén me dōng xī le ba?"

"wǒ kàn jiàn le shén me dōng xī?" Yuèniáng hū rán dà xiào qǐ lái. zhàng fu jué de méi yǒu shén me kě xiào de.

ESPAÑOL

Dos días después, mientras regresaba de la calle, justo antes de la cena, escuchó unos gritos estridentes de su esposa: "¡Vete de aquí!" "¡Aléjate de mí!" Por lo que de inmediato se apresuró para ir a ver; encontrando a Yuèniáng bufando de furia, con el cabello enmarañado y su rostro ligeramente arañado. Qīngr estaba parada a un lado de Yuèniáng y al igual que su ama, estaba también jadeando. Él preguntó:

—¿Quién vino aquí?

—Hubo una persona....una persona que ha venido a molestarme —dijo Yuèniáng compelida por la situación.

El esposo notó que no había nadie en la casa, ni siquiera una sombra. Había un callejón que desde el patio conducía a la calle y allí tampoco se escuchaba nada.

Wúhóng dijo: —¿Qué fue lo que aparentemente viste?

—¿Qué fue lo que "vi"? —Yuèniáng comenzó a reírse estrepitosamente. El esposo pensó que no tenía ninguna gracia.

736. 非……不可 fēi...bù kě (Estructura gramatical. Indica que algo debe hacerse, es necesario o definitivo).
737. 到底 dào dǐ (Adverbio. Utilizado en preguntas para dar énfasis; al final de cuentas).
738. 追問/追问 zhuī wèn (Verbo. Examinar minuciosamente; preguntar detalladamente).
739. 半天 bàn tiān (Sustantivo. Medio día; un largo rato).
740. 從前/从前 cóng qián (Sustantivo. Antes; en el pasado).
741. 女朋友 nǚ péng yǒu (Sustantivo. En texto es: amiga de sexo femenino).
742. 一驚而起/一惊而起 yì jīng ér qǐ (Frase. Alarmarse de súbito y levantarse; "一" adverbio. antes de un adjetivo o verbo indica que algo ocurre repentinamente; "惊" verbo. alarmarse, espantarse; "而" conjunción. y; "起" levantarse).

CHINO SIMPLIFICADO

那天夜里在床上，他又问："你非告诉我不可，到底是什么人来跟你找麻烦？

"有人嫉妒我，没有别的。"

"什么人？"

追问了半天，乐娘才最后说："是我从前的一个女朋友。"

"她究竟是谁呢？"

"一个庄小姐，你不认得她。"

"是庄寡妇的女儿吗？"

"你认得她？" 乐娘一惊而起。

CHINO TRADICIONAL

那天夜裡在床上，他又問："你非告訴我不可，到底是什麼人來跟你找麻煩？

"有人嫉妒我，沒有別的。"

"什麼人？"

追問了半天，樂娘才最後說："是我從前的一個女朋友。"

"她究竟是誰呢？"

"一個莊小姐，你不認得她。"

"是莊寡婦的女兒嗎？"

"你認得她？" 樂娘一驚而起。

PINYIN

nà tiān yè lǐ zài chuáng shàng, tā yòu wèn: "nǐ fēi gào su wǒ bù kě, dào dǐ shì shén me rén lái gēn nǐ zhǎo má fán?

"yǒu rén jí dù wǒ, méi yǒu bié de."

"shén me rén?"

zhuī wèn le bàn tiān, Yuèniáng cái zuì hòu shuō:"shì wǒ cóng qián de yí gè nǚ péng yǒu."

"tā jiū jìng shì shéi ne?"

"yí gè Zhuāng xiǎo jiě, nǐ bú rèn de tā."

"shì Zhuāng guǎ fù de nǚ'ér ma?"

"nǐ rèn de tā?" Yuèniáng yì jīng ér qǐ.

ESPAÑOL

Esa misma noche mientras estaban acostados en su cama, él volvió a preguntar: —Tienes que decirme a final de cuentas, ¿quién fue la persona que vino a molestarte?

—Es una persona que me tiene envidia, no es nadie más.

—¿Cuál persona?

—Tras haberla inquirido por largo tiempo, por fin Yuèniáng dijo: —Es una amiga del pasado.

—¿Y quién es ella exactamente?

—Una señorita apellidada Zhuāng, no la conoces.

—¿Es la hija de la viuda Zhuāng?

—¿La conoces? —Yuèniáng se levantó súbitamente alarmada.

743. 之內 zhī nèi (Sustantivo. En el interior; dentro).
744. 據說/据说 jù shuō (Verbo. Según se dice; según se informa; se dice que).
745. 老虎 lǎo hǔ (Sustantivo. Tigre).
746. 還可怕/还可怕 hái kě pà (Frase. Aún más terrible).
747. 一連串/一连串 yì lián chuàn (Adjetivo. Una serie o sucesión de).
748. 髒字眼兒/脏字眼儿 zāng zì yǎnr (Sustantivo. Palabra obscena).
749. 咒罵/咒骂 zhòu mà (Verbo. Maldecir; injuriar).
750. 想不到 xiǎng bú dào (Verbo. Inesperado; difícil de imaginar; contrario a lo que uno pensaba).
751. 兩片朱唇/两片朱唇 liǎng piàn zhū chún (Frase. dos labios de color rojo bermellón; "兩" dos; "片" clasificador. para cosas de superficie plana; "朱" sustantivo. bermellón; "唇" sustantivo. labios).
752. 竟 jìng (Adverbio. Para expresar que algo sobrepasa las expectativas; equivalente a "居然 jū rán").
753. 難聽/难听 nán tīng (Adjetivo. Desagradable al oído; grosero; indecoroso; vulgar).
754. 可愁 kě chóu (Verbo. Preocuparse).
755. 夫婦/夫妇 fū fù (Sustantivo. Pareja casada; marido y mujer).
756. 權利/权利 quán lì (Sustantivo. Derecho).
757. 當/当 dāng (preposición. Justo en).
758. 面 miàn (Adverbio. En persona; en presencia).
759. 痛揍 tòng zòu (Frase. Golpear severamente).
760. 一頓 yí dùn (Sustantivo. Una vez; equivalente a: "一次 yí cì", "一回 yì huí").
761. 比起來/比起来 bǐ qǐ lái (Frase. Comparar con).
762. 傻話/傻话 shǎ huà (Sustantivo. Sandeces, incoherencias, tonterías).
763. 向來/向来 xiàng lái (Adverbio. Siempre; hasta ahora).
764. 就 jiù (Adverbio. Reconoce o admite un hecho).
765. 煩惱/烦恼 fán nǎo (Adjetivo. Preocupado; afligido).
766. 秘密 mì mì (Sustantivo. Secreto).

CHINO SIMPLIFICADO

吴洪告诉她，庄寡妇来给她女儿说过亲，那是他们订婚后几天之内的事，其实是来破坏他们的亲事。据说女人嫉妒上来比老虎还可怕呢。乐娘听了，用一连串脏字眼儿咒骂起来，真想不到她的两片朱唇竟会说出那么难听的话来。

吴洪说："你没有什么可愁的，我们是结婚的夫妇，她没有权利来找你麻烦。下一次她来了，你叫我，我当你面痛揍她一顿。

"我们俩比起来，你还更爱我，是不是？"

吴洪说："乐娘，你怎么说傻话？我向来就没有见过这个庄小姐，只看见过她妈妈一次。"

他情不由己，真觉得有点儿烦恼。心里想，妻子一定有什么秘密，不肯告诉他。

CHINO TRADICIONAL

吳洪告訴她，莊寡婦來給她女兒說過親，那是他們訂婚後幾天之內的事，其實是來破壞他們的親事。據說女人嫉妒上來比老虎還可怕呢。樂娘聽了，用一連串髒字眼兒咒罵起來，真想不到她的兩片朱唇竟會說出那麼難聽的話來。

吳洪說："你沒有什麼可愁的，我們是結婚的夫婦，她沒有權利來找你麻煩。下一次她來了，你叫我，我當你面痛揍她一頓。

"我們倆比起來，你還更愛我，是不是？"

吳洪說："樂娘，你怎麼說傻話？我向來就沒有見過這個莊小姐，只看見過她媽媽一次。"

他情不由己，真覺得有點兒煩惱。心裡想，妻子一定有什麼秘密，不肯告訴他。

PINYIN

Wúhóng gào su tā, Zhuāng guǎ fù lái gěi tā nǚ'ér shuō guò qīn, nà shì tā men dìng hūn hòu jǐ tiān zhī nèi de shì, qí shí shì lái pò huài tā men de qīn shì. jù shuō nǚ rén jí dù shàng lái bǐ lǎo hǔ hái kě pà ne. Yuèniáng tīng le, yòng yì lián chuàn zāng zì yǎnr zhòu mà qǐ lái, zhēn xiǎng bú dào tā de liǎng piàn zhū chún jìng huì shuō chū nà me nán tīng de huà lái.

Wúhóng shuō:"nǐ méi yǒu shén me kě chóu de, wǒ men shì jié hūn de fū fù, tā méi yǒu quán lì lái zhǎo nǐ má fán. xià yí cì tā lái le, nǐ jiào wǒ, wǒ dāng nǐ miàn tòng zòu tā yí dùn.

"wǒ men liǎ bǐ qǐ lái, nǐ hái gèng ài wǒ, shì bú shì?"

Wúhóng shuō:"Yuèniáng, nǐ zěn me shuō shǎ huà? wǒ xiàng lái jiù méi yǒu jiàn guò zhè gè Zhuāng xiǎo jiě, zhǐ kàn jiàn guò tā mā ma yí cì."

tā qíng bù yóu jǐ, zhēn jué dé yǒu diǎnr fán nǎo. xīn lǐ xiǎng, qī zi yí dìng yǒu shén me mì mì, bù kěn gào su tā.

ESPAÑOL

Wúhóng le dijo, que la viuda Zhuāng había venido a ofrecerle la mano de su hija; ocurriendo esto dentro de los días posteriores en que habían hecho su compromiso. Viniendo en realidad a sabotear su matrimonio… Se dice que una mujer celosa es más terrorífica que un tigre. Por lo que cuando Yuèniáng escuchó esto, comenzó a maldecir con una serie de obscenidades, que jamás se creería que pudieran salir de ese par de labios bermellones, palabras tan indecorosas.

Wúhóng dijo: —No tienes de que preocuparte, nosotros somos una pareja casada, ella no tiene ningún derecho de venir a molestarte. La próxima vez que venga, llámame y enfrente de ti te daré una tunda.

—Entre nosotras dos, aún me amas más a mí, ¿verdad? —Wúhóng dijo:

—Yuèniáng, ¿por qué dices sandeces? Hasta ahora jamás he visto a la señorita Zhuāng, solo he visto una vez a su mamá.

Movido por las emociones, sentíase algo preocupado. Para sus adentros, estaba seguro que su esposa tenía algún secreto que se rehusaba a decirle.

767. 還好/还好 hái hǎo (Adjetivo. Afortunadamente).
768. 幸福 xìng fú (Sustantivo/adjetivo. Dicha; felicidad; dichoso; feliz).
769. 美妙 měi miào (Adjetivo. Glorioso; perfecto).
770. 都市 dū shì (Sustantivo. Gran ciudad; metrópoli).
771. 虛幻/虚幻 xū huàn (Adjetivo. Ilusión; irreal).
772. 天地 tiān dì (Sustantivo. El cielo y la tierra; mundo).
773. 五月節/五月节 wǔ yuè jié (Sustantivo. Festival del bote de dragón; llamado también: 端午節/端午节 Duānwǔ jié).
774. 照例 zhào lì (Adverbio. Por costumbre; por regla general; acorde a lo convencional).
775. 放學生一天假/放学生一天假 fàng xué shēng yì tiān jià (Frase. Dar a los alumnos un día de asueto).
776. 提議/提议 tí yì (Verbo. Proponer; sugerir).
777. 進城/进城 jìn chéng (Verbo. Ir a la ciudad).
778. 逛 guàng (Verbo. Pasear; viajar).
779. 就 jiù (Adverbio. Traza un límite, equivalente a "只 zhǐ" "僅/仅 jǐn; solo; solamente").
780. 附近 fù jìn (Sustantivo. Cercanía; alrededores).
781. 趕廟/赶庙 gǎn miào (Verbo. Ir al templo).
782. 自從/自从 zì cóng (Preposición. Introduce el tiempo en el que se originó una acción o estado).
783. 以來/以来 yǐ lái (Sustantivo. Desde algún tiempo en el pasado hasta el presente).
784. 就 jiù (Conjunción. Indica una acción seguida de otra en la estructura V1+就+V2).
785. 朝 cháo (Preposición. Hacía; a).
786. 萬松嶺/万松岭 Wàn Sōnglǐng (Sustantivo. Lugar que comienza en las orillas del lago en el oeste y llega a "江乾/江干 Jiānggàn" al este, en épocas antiguas pasaba por la muralla de la ciudad de 杭州 Hángzhōu, por lo que también era el cruce del área urbana y el bosque de montaña).
787. 順路/顺路 shùn lù (Adverbio. De paso; al paso; en el camino).
788. 清澤寺/清泽寺 Qīngzé sì (Sustantivo. Templo Qingze).
789. 一游 yì yóu (Frase. Hacer un viaje o tour).
790. 一出 yì chū (Frase. En cuanto salió; "一" en este contexto utilizado adverbio expresa: tan pronto como; "出" Verbo. Salir).
791. 對面/对面 duì miàn (Sustantivo. En el lado opuesto).
792. 酒館/酒馆 jiǔ guǎn (Sustantivo. Taberna).
793. 茶房 (CH Continental) chá fang (TW) chá fáng (Sustantivo antiguo. Se refiere a las personas que se dedican a diversas tareas como: proveer té, agua hervida y otro tipo de tareas auxiliares en lugares públicos; criado, mesero).
794. 廟門/庙门 miào mén (Sustantivo. Templo; a la puerta del templo).
795. 同伴兒/同伴儿 tóng bànr (Sustantivo. Compañero; persona con la que se trabaja o con estudia en conjunto).
796. 羅季三/罗季三 Luó Jìsān (Nombre propio. Luo Jisan).
797. 聊聊天兒/聊聊天儿 liáo liáo tiānr (Verbo coloquial. Charlar un poco; al duplicar el verbo indica un modo casual y relajado: corto tiempo, cantidad pequeña, un grado ligero o un intento).
798. 幹什麼/干什么 gàn shén me (Frase coloquial. ¿Qué haces?).

CHINO SIMPLIFICADO

还好，庄小姐没再来，吴洪夫妇日子过得很幸福。他想，杭州是个美妙的都市，他正在一个虚幻美妙的天地里过日子。

到了五月节，吴洪照例放学生一天假，他提议进城去逛，不然就往附近山里去赶庙。自从结婚以来，乐娘还没离开过家。今天她叫丈夫带她往白鹤塘养母家过一天，丈夫可以自己去逛。吴洪把妻子放在白鹤塘，自己就朝万松岭走去，顺路往清泽寺一游。他一出庙门，对面酒馆里一个茶房走过来说："酒馆里有一位先生要见您。"

吴洪走进去，看见是考试时的一个同伴儿，名叫罗季三。

"我刚才看见你进庙里去了。我想跟你聊聊天儿。你今天要干什么呀？"

CHINO TRADICIONAL

還好，莊小姐沒再來，吳洪夫婦日子過得很幸福。他想，杭州是個美妙的都市，他正在一個虛幻美妙的天地裡過日子。

到了五月節，吳洪照例放學生一天假，他提議進城去逛，不然就往附近山里去趕廟。自從結婚以來，樂娘還沒離開過家。今天她叫丈夫帶她往白鶴塘養母家過一天，丈夫可以自己去逛。吳洪把妻子放在白鶴塘，自己就朝萬松嶺走去，順路往清澤寺一遊。他一出廟門，對面酒館裡一個茶房走過來說："酒館裡有一位先生要見您。"

吳洪走進去，看見是考試時的一個同伴兒，名叫羅季三。

"我剛才看見你進廟裡去了。我想跟你聊聊天兒。你今天要幹什麼呀？"

PINYIN

hái hǎo, Zhuāng xiǎo jiě méi zài lái, Wúhóng fū fù rì zi guò de hěn xìng fú. tā xiǎng, Hángzhōu shì gè měi miào de dū shì, tā zhèng zài yí gè xū huàn měi miào de tiān dì lǐ guò rì zi.

dào le wǔ yuè jié, Wúhóng zhào lì fàng xué shēng yì tiān jiǎ, tā tí yì jìn chéng qù guàng, bù rán jiù wǎng fù jìn shān lǐ qù gǎn miào. zì cóng jié hūn yǐ lái, Yuèniáng hái méi lí kāi guò jiā. jīn tiān tā jiào zhàng fu dài tā wǎng Báihè táng yǎng mǔ jiā guò yì tiān, zhàng fu kě yǐ zì jǐ qù guàng. Wúhóng bǎ qī zi fàng zài Báihè táng, zì jǐ jiù cháo Wàn Sōnglǐng zǒu qù, shùn lù wǎng Qīngzé sì yì yóu. tā yì chū miào mén, duì miàn jiǔ guǎn lǐ yí gè chá fáng zǒu guò lái shuō: "jiǔ guǎn lǐ yǒu yí wèi xiān sheng yào jiàn nín."

Wúhóng zǒu jìn qù, kàn jiàn shì kǎo shì shí de yí gè tóng bànr, míng jiào Luó Jìsān

ESPAÑOL

Afortunadamente, la señorita Zhuāng no volvió a venir, por lo que la pareja pasó unos días muy dichosos. Él pensaba que Hángzhōu era una ciudad perfecta y que lo que estaba viviendo era una fantasía en un mundo idílico.

Cuando llegó el Festival del bote del Dragón, Wúhóng de acuerdo a la costumbre les dio un día de asueto a sus alumnos. Propuso ir de paseo a la ciudad o visitar el templo en la montaña de los alrededores. Ya que desde que se había casado hasta la fecha, Yuèniáng aún no había salido de casa. Pero ese mismo día, ella le pidió que la llevara al Malecón de la Grulla Blanca para pasar un día con su madre adoptiva. Por lo que el esposo podía ir de paseo por su cuenta. Wúhóng dejó a su esposa en el Malecón de la Grulla Blanca, partiendo rumbo a Wàn Sōnglǐng y haciendo una visita de paso al templo Qīngzé. En cuanto salió del templo, del lado opuesto a la taberna un criado se acercó a decirle: "Hay un señor en la taberna que quiere verlo"

Al entrar Wúhóng, vio a su compañero de aquella vez en que presentó el examen, llamado Luó Jìsān.

—Hace un momento te vi entrar al templo. Deseo charlar un poco contigo. ¿Qué vas a hacer hoy?

799. 正閒著過節/正闲着过节 zhèng xián zhe guò jié (Frase. Estar celebrando ociosamente la festividad; "正" Adverbio. Indica que la acción o condición se está llevando a cabo; "閒/闲" Adjetivo. Ocioso; libre; desocupado; "著/着" Auxiliar. Agregado después de un verbo o adjetivo indica que la condición continua; "過節/过节" Verbo. Celebrar festividad).

800. 注意 zhù yì (Verbo. Prestar atención).

801. 上 shàng (Verbo. Ir).

802. 信兒/信儿 xìnr (Sustantivo. Palabra; información; mensaje).

803. 一半兒/一半儿 (CH Continental) yī bànr (TW) yí bànr (Numeral. Una parte; una mitad).

804. 開玩笑/开玩笑 kāi wán xiào (Verbo. Bromear).

805. 真不高興/真不高兴 zhēn bù gāo xìng (Frase. en verdad disgustado).

806. 扣留 kòu liú (Verbo. Retener por la fuerza).

807. 怎麼不舒服/怎么不舒服 zěn me bù shū fú (Frase. en cierta forma incómodo).

808. 多仙嶺/多仙岭 Duōxiānlǐng (Sustantivo. Nombre de un lugar).

809. 上墳/上坟 shàng fén (Verbo. Visitar una tumba para ofrecer sacrificios a los ancestros fallecidos).

810. 杜鵑花兒/杜鹃花儿 dù juān huār (Sustantivo. Azalea).

811. 正開/正开 zhèng kāi (Frase. Justo floreciendo).

812. 離/离 lí (Verbo. Separado por distancia, tiempo, etc; de).

813. 不遠/不远 bù yuǎn (Frase. No lejos).

814. 酒好極了/酒好极了 jiǔ hǎo jí le (Frase. Vino en extremo delicioso).

815. 別處/别处 bié chù (Sustantivo. Otro lado; otros lugares).

816. 就 jiù (Adverbio. Enfatiza confirmación o afirmación).

CHINO SIMPLIFICADO

吴洪说，他正闲着过节，也没有注意要上哪儿去，并且告诉他自己新近结婚了。

罗季三嫌他结婚也不给个信儿，一半儿开玩笑，一半儿真不高兴，心想把新郎扣留一天，看看吴洪怎么不舒服。

"我说，我要到多仙岭去上坟，跟我去玩儿一天怎么样？杜鹃花儿现在正开呢。离那儿不远有一家小酒馆，酒好极了，我在别处就没喝过那么好的酒。"

CHINO TRADICIONAL

吳洪說，他正閒著過節，也沒有註意要上哪兒去，並且告訴他自己新近結婚了。

羅季三嫌他結婚也不給個信兒，一半兒開玩笑，一半兒真不高興，心想把新郎扣留一天，看看吳洪怎麼不舒服。

"我說，我要到多仙嶺去上墳，跟我去玩兒一天怎麼樣？杜鵑花兒現在正開呢。離那兒不遠有一家小酒館，酒好極了，我在別處就沒喝過那麼好的酒。"

PINYIN

Wúhóng shuō, tā zhèng xián zhe guò jié, yě méi yǒu zhù yì yào shàng nǎr qù, bìng qiě gào su tā zì jǐ xīn jìn jié hūn le.

Luó Jìsān xián tā jié hūn yě bù gěi gè xìnr, yí bànr kāi wán xiào, yí bànr zhēn bù gāo xìng, xīn xiǎng bǎ xīn láng kòu liú yì tiān, kàn kan Wúhóng zěn me bù shū fú.

"wǒ shuō, wǒ yào dào Duōxiānlǐng qù shàng fén, gēn wǒ qù wánr yì tiān zěn me yàng? dù juān huār xiàn zài zhèng kāi ne. lí nàr bù yuǎn yǒu yì jiā xiǎo jiǔ guǎn, jiǔ hǎo jí le, wǒ zài bié chù jiù méi hē guò nà me hǎo de jiǔ. "

ESPAÑOL

Wúhóng mencionó que estaba pasando la festividad en completo ocio y que tampoco había prestado atención a dónde se dirigía. Díjole además que recientemente se había casado.

A Luó Jìsān no le agrado que se haya casado sin haberle avisado, por lo que en parte bromeando y en parte en verdad disgustado, ideó retener al novio un día completo. Viendo si incomodaba a Wúhóng del alguna manera.

—Yo había dicho que quería ir a Duōxiānlǐng a visitar la tumba de mis ancestros, ¿Cómo ves si vamos a divertirnos un día entero? Las azaleas están en punto de floración. Además, no muy lejos de ahí hay una pequeña taberna y su vino es delicioso en extremo, en ningún otro lugar he tomado un vino tan bueno.

817. 遊伴兒/游伴儿 yóu bànr (Sustantivo. Compañero de viaje).
818. 好不 hǎo bù (Adverbio. Modifica algunos adjetivos bisílabos expresando un grado profundo con un tono exclamativo).
819. 痛快 tòng kuài (Adjetivo. Complacido; satisfecho; alegre).
820. 就 jiù (Adverbio. En seguida; inmediatamente).
821. 穿 chuān (Verbo. Pasar; atravesar).
822. 蘇堤/苏堤 (CH Continental) Sūdī (TW) Sūtí (Sustantivo. Malecón Sū Dōngpō).
823. 橫過/横过 héng guò (Verbo. Cruzar).
824. 西湖 Xīhú (Sustantivo. "Lago Occidental" en 杭州 Hángzhōu).
825. 一路 (CH Continental) yī lù (TW) yí lù (Sustantivo. A lo largo del camino o en todo el viaje).
826. 成群 chéng qún (Verbo. En grupos; largas cantidades de).
827. 寬廣/宽广 kuān guǎng (Adjetivo. Vasto; extenso).
828. 柳蔭下/柳荫下 liǔ yīn xià (Frase. Bajo la sombra de los sauces).
829. 大路 dà lù (Sustantivo. Avenida; carretera principal).
830. 散步 sàn bù (Verbo. Dar un paseo; pasearse).
831. 南興路/南兴路 Nánxìng lù (Sustantivo. Ruta Nanxing).
832. 雇 gù (Verbo. Contratar; alquilar).
833. 一只船 yì zhī chuán (Frase. Un bote; "只" Clasificador para botes; "船" Sustantivo. Bote; barco).
834. 毛家鋪/毛家铺 Máojiāpù (Nombre propio. Aldea Máojiāpù).
835. 上岸 shàng'àn (Verbo. Desembarcar).
836. 祖墳/祖坟 zǔ fén (Sustantivo. Tumba ancestral).
837. 巉岩 chán yán (Sustantivo literario. Roca empinada y elevada, como un acantilado o una roca aislada).
838. 陡峭 dǒu qiào (Adjetivo. Escarpado; abrupto; empinado en extremo).
839. 高山 gāo shān (Sustantivo. Montaña alta).
840. 費/费 fèi (Verbo. Gastar; costar).
841. 爬上 pá shàng (Verbo. Escalar).
842. 山峰 shān fēng (Sustantivo. Cumbre; cima; pico).
843. 半里地 bàn lǐ dì (Frase. Medio li; "半" Numeral. mitad; "里" Palabra de medida. Unidad de distancia equivalente a quinientos metros; "地"Sustantivo. distancia, utilizado frecuentemente después de "里").
844. 溫和/温和 wēn hé (Adjetivo. Clima ni frio ni caliente; temperatura adecuada; templado).
845. 山坡 shān pō (Sustantivo. Pendiente; ladera; cuesta; falda).
846. 叢生/丛生 cóng shēng (Verbo. Crecimiento en conjunto de plantas y árboles).
847. 花朵 huā duǒ (Sustantivo. Flor).
848. 美景 měi jǐng (Sustantivo. Hermoso paisaje).
849. 令人 lìng rén (Verbo. Hacer que la gente).
850. 欲 yù (Verbo/Adverbio. Desear, querer; al borde de).
851. 醉 zuì (Verbo. Agradar tanto algo al grado que se es transportado a un embelesamiento o éxtasis).
852. 不知不覺/不知不觉 bù zhī bù jué (Frase idiomática. Sin saber; sin darse cuenta).
853. 過去/过去 guò qù (Verbo. Indica que un periodo de tiempo o una acción determinada ha desaparecido).

CHINO SIMPLIFICADO

吴洪找到了个游伴儿，心里好不痛快，立刻就答应了。两人走出了酒馆，穿苏堤，横过了西湖，一路看见成群的男人、女人、孩子，在宽广的柳荫下的大路上散步。他俩从南兴路雇了一只船，在毛家铺上岸。罗季三的祖坟是在多仙岭那巉岩陡峭的高山上。费了一个小时才爬上去，过了山峰，在对面往下走了半里地才到。那天天气温和，山坡上丛生着粉色红色的花朵。美景令人欲醉，一个下午不知不觉地过去了。

CHINO TRADICIONAL

吳洪找到了個遊伴兒，心裡好不痛快，立刻就答應了。兩人走出了酒館，穿蘇堤，橫過了西湖，一路看見成群的男人、女人、孩子，在寬廣的柳蔭下的大路上散步。他倆從南興路雇了一隻船，在毛家鋪上岸。羅季三的祖墳是在多仙嶺那巉岩陡峭的高山上。費了一個小時才爬上去，過了山峰，在對面往下走了半里地才到。那天天氣溫和，山坡上叢生著粉色紅色的花朵。美景令人欲醉，一個下午不知不覺地過去了。

PINYIN

Wúhóng zhǎo dào le gè yóu bànr, xīn lǐ hǎo bú tòng kuài, lì kè jiù dā yìng le. liǎng rén zǒu chū le jiǔ guǎn, chuān Sūdī, héng guò le Xīhú, yí lù kàn jiàn chéng qún de nán rén, nǚ rén, hái zi, zài kuān guǎng de liǔ yīn xià de dà lù shàng sàn bù. tā liǎ cóng Nánxìng lù gù le yì zhī chuán, zài Máojiāpù shàng'àn. Luó Jìsān de zǔ fén shì zài Duōxiānlǐng nà chán yán dǒu qiào de gāo shān shàng. fèi le yí gè xiǎo shí cái pá shàng qù, guò le shān fēng, zài duì miàn wǎng xià zǒu le bàn lǐ dì cái dào. nà tiān tiān qì wēn hé, shān pō shàng cóng shēng zhe fěn sè hóng sè de huā duǒ. měi jǐng lìng rén yù zuì, yí gè xià wǔ bù zhī bù jué de guò qù le.

ESPAÑOL

Wúhóng tras haberse encontrado con un compañero de viaje, se sintió muy complacido, por lo que aceptó de inmediato. Ambos partieron de la taberna en donde estaban, pasando por el Malecón Sū Dōngpō y cruzando el lago Xīhú. A lo largo del viaje vieron multitudes de hombres, mujeres y niños paseando en la avenida bajo la vasta sombra de los sauces. Alquilaron un barco desde la Ruta Nánxìng, desembarcando en Máojiāpù. La tumba ancestral de Luó Jìsān estaba en una roca empinada de una montaña muy escarpada. Solo tras haber gastado una hora ascendiendo, sobrepasaron la cima y descendiendo por el lado opuesto medio lǐ de distancia por fin arribaron. Ese día el clima estaba templado y en las faldas de la montaña, flores de colores rosas y rojas, florecían por doquier. La belleza del paisaje los llevó al borde del éxtasis, al grado que una tarde completa transcurrió sin que se dieran cuenta.

854. 墳墓/坟墓 fén mù (Sustantivo. Tumba; sepultura).

855. 就 jiù (Conjunción. Indica una acción seguida de otra en la estructura V1+就+V2).

856. 山谷 shān gǔ (Sustantivo. Valle; cañada).

857. 順著/顺着 shùn zhe (Verbo/preposición. Seguir; a continuación; a lo largo de).

858. 小溪 xiǎo xī (Sustantivo. Arroyo; riachuelo).

859. 兩岸/两岸 liǎng'àn (Sustantivo. Terreno en ambos lados de los ríos, estrechos, etc; las dos orillas; las dos costas).

860. 茂密 mào mì (Adjetivo. Para describir plantas y/o árboles frondosos; espesos).

861. 風景/风景 fēng jǐng (Sustantivo. Paisaje).

862. 絕佳/绝佳 jué jiā (Adjetivo. Excepcionalmente bueno).

863. 座 zuò (Clasificador. Para objetos inamovibles y de gran volumen).

864. 小木橋/小木桥 xiǎo mù qiáo (Frase. Puente pequeño de madera; "小" Adjetivo. Pequeño; "木" Sustantivo. Madera; "橋/桥" Sustantivo. Puente).

865. 橋頭/桥头 qiáo tóu (Sustantivo. Cualquiera de los extremos de un puente).

866. 一邊/一边 yì biān (Sustantivo. Un lado).

867. 棵 kē (Clasificador. Para árboles o plantas).

868. 大榕樹/大榕树 dà róng shù (Frase. Un gran árbol banyan; ficus).

869. 長大/长大 zhǎng dà (Adjetivo. Describe forma grande y alta).

870. 枝杈 zhī chà (Sustantivo. Rama).

871. 離地面十幾尺高/离地面十几尺高 lí dì miàn shí jǐ chǐ gāo (Frase. De más de diez pulgadas de altura sobre el suelo; "離/离" Verbo. Separado de; "地面" superficie del suelo; "十幾/十几" Frase. Más de diez pero menos de veinte; "尺" unidad de medición tradicional equivalente a 0.333 metros).

872. 四面八方 sì miàn bā fāng (Frase idiomática. En todas direcciones; a todo alrededor).

873. 伸出去 shēn chū qù (Frase. Extenderse hacia el exterior; "伸" Verbo. Extenderse; "出去" Verbo auxiliar. Después de un verbo indica una dirección desde el interior hacia afuera).

874. 樹根/树根 shù gēn (Sustantivo. Raíz o raíces de un árbol).

875. 鬍鬚/胡须 hú xū (Sustantivo. Barba; bigote).

876. 垂下來/垂下来 chuí xià lái (Frase. Colgar hacia abajo; "垂" Verbo. Colgar; "下來/下来" Verbo. Después de un verbo indica un movimiento descendiente).

877. 用力 yòng lì (Verbo. Esforzarse; usar fuerza).

878. 地下 dì xià (Sustantivo. Suelo).

879. 長/长 zhǎng (Verbo. Crecer).

880. 茅屋 máo wū (Sustantivo. Barraca; choza).

881. 根 gēn (Clasificador. Para objetos largos y delgados).

882. 竹竿 zhú gān (Sustantivo. Caña de bambú).

883. 挑著/挑着 tiāo zhe (Frase. Irguiendo; "挑" Verbo. levantar o alzar algo un palo, "著/着" Auxiliar. Acción en progreso).

884. 一塊方布/一块方布 yí kuài fāng bù (Frase. Un pedazo de tela cuadrado; "一块" Sustantivo. Un pedazo de; "方" Sustantivo. Cuadrado,a; "布" Sustantivo. Tela).

885. 酒家 jiǔ jiā (Sustantivo antiguo. Taberna).

886. 幌子 huǎng zi (Sustantivo. Letrero; cartel).

887. 上次 shàng cì (Sustantivo. La última vez).

888. 暢快/畅快 chàng kuài (Adjetivo. Sin inhibiciones y feliz).

889. 好一個/好一个 hǎo yí gè (Frase. A modo de elogió o condenación "todo un").

CHINO SIMPLIFICADO

离开坟墓，罗季三就带着吴洪往酒馆走去。要到酒馆，他们还得走下山谷，顺着一条小溪走。两岸柳荫茂密，风景绝佳。过了一座小木桥，桥头的一边有一颗大榕树，一路上这样的树很少见，长大的枝杈，离地面十几尺高，向四面八方伸出去。长的树根像胡须一样从枝杈上垂下来，都一齐用力往地下长。离树五十尺远的地方，有一所茅屋，一根竹竿上跳着一块方布，正是酒家的幌子。

罗季三说："就在这儿，我认得那寡妇。上次我来，跟她女儿谈得好不畅快。好一个迷人得甜蜜蜜的姑娘！"

CHINO TRADICIONAL

離開墳墓，羅季三就帶著吳洪往酒館走去。要到酒館，他們還得走下山谷，順著一條小溪走。兩岸柳蔭茂密，風景絕佳。過了一座小木橋，橋頭的一邊有一顆大榕樹，一路上這樣的樹很少見，長大的枝杈，離地面十幾尺高，向四面八方伸出去。長的樹根像鬍鬚一樣從枝杈上垂下來，都一齊用力往地下長。離樹五十尺遠的地方，有一所茅屋，一根竹竿上跳著一塊方布，正是酒家的幌子。

羅季三說："就在這兒，我認得那寡婦。上次我來，跟她女兒談得好不暢快。好一個迷人得甜蜜蜜的姑娘！"

PINYIN

lí kāi fén mù, Luó Jìsān jiù dài zhe Wúhóng wǎng jiǔ guǎn zǒu qù. yào dào jiǔ guǎn, tā men hái děi zǒu xià shān gǔ, shùn zhe yí tiáo xiǎo xī zǒu. liǎng'àn liǔ yīn mào mì, fēng jǐng jué jiā. guò le yí zuò xiǎo mù qiáo, qiáo tóu de yì biān yǒu yì kē dà róng shù, yí lù shàng zhè yàng de shù hěn shǎo jiàn, zhǎng dà de zhī chà, lí dì miàn shí jǐ chǐ gāo, xiàng sì miàn bā fāng shēn chū qù. cháng de shù gēn xiàng hú xū yí yàng cóng zhī chà shàng chuí xià lái, dōu yì qí yòng lì wǎng dì xià zhǎng. lí shù wǔ shí chǐ yuǎn de dì fang, yǒu yì suǒ máo wū, yì gēn zhú gān shàng tiào zhe yí kuài fāng bù, zhèng shì jiǔ jiā de huǎng zi.

Luó jì sān shuō: "jiù zài zhèr, wǒ rèn de nà guǎ fù. shàng cì wǒ lái, gēn tā nǚ'ér tán de hǎo bú chàng kuài. hǎo yí gè mí rén dé tián mì mì de gū niang!"

ESPAÑOL

Tras partir del lugar de la sepultura, Luó Jìsān llevó a Wúhóng en dirección a la taberna. Teniendo aún que descender hacia el valle; caminaron a lo largo de un riachuelo. A los dos lados de las orillas, los frondosos sauces los cobijaban con su sombra, siendo el paisaje excepcionalmente bueno. Al pasar un pequeño puente de madera, en uno de sus extremos había un árbol banyan muy grande; este tipo de árboles eran escasos de ver en el camino. Sus crecidas ramas, se separaban del piso por más de diez chǐ y se extendían en todas direcciones. Las largas raíces se asemejaban a un barba, colgando hacía abajo desde las ramas. Esforzándose todas en creer hacia el piso. A quince chǐ de distancia del árbol, había una choza con una vara de bambú irguiendo un pedazo de tela cuadrado, el cual era precisamente el letrero de la taberna.

Luó Jìsān dijo: —Justo desde aquí puedo reconocer a esa viuda. La última vez que vine conversé con su hija muy a mis anchas. ¡En verdad que todo un encanto y dulzura de muchacha!

890. 心驚肉跳/心惊肉跳 xīn jīng ròu tiào (Frase idiomática. Estar alarmado e intranquilo con el cuerpo temblando).
891. 前頭/前头 qián tou (Sustantivo. En frente).
892. 歡迎/欢迎 huān yíng (Verbo. Dar la bienvenida).
893. 眉開眼笑/眉开眼笑 méi kāi yǎn xiào (Frase idiomática. Describe una apariencia extraordinariamente feliz; estar lleno de alegría).
894. 哟/哟 yō (Interjección. Expresa sorpresa ligera).
895. 喊 hǎn (Verbo. Llamar; gritar).
896. 客人 kè rén (Sustantivo. Invitado; huésped; cliente).
897. 一陣風/一阵风 yí zhèn fēng (Frase. Una ráfaga de viento; "陣/阵" Clasificador. Para un fenómeno o cosa que continúan por un corto tiempo; "風/风" Sustantivo. Viento).
898. 刮 guā (Verbo. Soplar).
899. 領/领 lǐng (Verbo. Dirigir).
900. 挪 nuó (Verbo. Mover).
901. 拍 pāi (Verbo. Palmear; sacudir).
902. 墊子/垫子 diàn zi (Sustantivo. Cojín).
903. 張羅/张罗 (CH Continental) zhāng luo (TW) zhāng luó (Verbo. Recibir y atender invitados).
904. 熱誠/热诚 rè chéng (Adjetivo. Cordial y sincero).
905. 梨花 Líhuā (Sustantivo. Nombre de la hija de la viuda Zhuāng).
906. 一會兒/一会儿 (CH Continental) yí huìr (TW) yì huǐr (Adverbio. En un momento).
907. 身穿 shēn chuān (Verbo. Vestir una prenda).
908. 寬邊的衣裳/宽边的衣裳 kuān biān de yī shang (Frase. Ropa holgada; "寬邊/宽边"Sustantivo. Ala ancha; "衣裳" Sustantivo. Ropa).
909. 眼眉 yǎn méi (Sustantivo coloquial. Cejas).
910. 臉上老是帶著笑容/脸上老是带着笑容 liǎn shàng lǎo shì dài zhe xiào róng (Frase. Llevar siempre en el rostro una sonrisa; "臉上/脸上" Sustantivo. En el rostro; "老是" Adverbio. Siempre "帶/带" Verbo. Traer; "著/着" Auxiliar. Acción en progreso; "笑容" Sustantivo. Llevar una sonrisa).
911. 行禮/行礼 xíng lǐ (Verbo. Hacer una reverencia).
912. 忸怩作态 niǔ ní zuò tài (Frase idiomática. Comportarse tímidamente con recato).
913. 上好 shàng hǎo (Adjetivo. El mejor de su clase, calidad).
914. 母親/母亲 mǔ qīn (Sustantivo. Madre).
915. 燙上/烫上 tàng shàng (Verbo. Poner a calentar).

CHINO SIMPLIFICADO

吴洪觉得心惊肉跳。

庄寡妇正立在酒馆前头欢迎他俩，好像刚才看见他们来了一样。她眉开眼笑地说：

"哟，这不是吴洪先生吗？哪一阵风把您刮来了？请进，请进！"

庄寡妇把他俩领进去，挪椅子，拍垫子，极力张罗，显得非常热诚。"先生请坐，想不到您两位认识啊。"

她又喊："梨花！客人来了，出来。"梨花是她女儿的名字。

一会儿来了一个十八九岁，亭亭玉立的姑娘，身穿黑色宽边的衣裳，眼眉很长，脸上老是带着笑容。她向客人行礼，没有一点儿城里女子忸怩作态的样子。母亲吩咐说："把上好的酒给客人烫上。"

CHINO TRADICIONAL

吳洪覺得心驚肉跳。

莊寡婦正立在酒館前頭歡迎他倆，好像剛才看見他們來了一樣。她眉開眼笑地說：

"喲，這不是吳洪先生嗎？哪一陣風把您刮來了？請進，請進！"

莊寡婦把他倆領進去，挪椅子，拍墊子，極力張羅，顯得非常熱誠。"先生請坐，想不到您兩位認識啊。"

她又喊："梨花！客人來了，出來。"梨花是她女兒的名字。

一會兒來了一個十八九歲，亭亭玉立的姑娘，身穿黑色寬邊的衣裳，眼眉很長，臉上老是帶著笑容。她向客人行禮，沒有一點兒城里女子忸怩作態的樣子。母親吩咐說："把上好的酒給客人烫上。"

PINYIN

Wúhóng jué dé xīn jīng ròu tiào.

Zhuāng guǎ fù zhèng lì zài jiǔ guǎn qián tou huān yíng tā liǎ, hǎo xiàng gāng cái kàn jiàn tā men lái le yí yàng. tā méi kāi yǎn xiào de shuō:

"yō, zhè bú shì Wúhóng xiān shēng ma? nǎ yí zhèn fēng bǎ nín guā lái le? qǐng jìn, qǐng jìn!"

Zhuāng guǎ fù bǎ tā liǎ lǐng jìn qù, nuó yǐ zi, pāi diàn zi, jí lì zhāng luó, xiǎn dé fēi cháng rè chéng. "xiān sheng qǐng zuò, xiǎng bù dào nín liǎng wèi rèn shì ā."

tā yòu hǎn: "Líhuā! kè rén lái le, chū lái." Líhuā shì tā nǚ'ér de míng zì.

yì huǐr lái le yí gè shí bā jiǔ suì, tíng tíng yù lì de gū niang, shēn chuān hēi sè kuān biān de yī shang, yǎn méi hěn cháng, liǎn shàng lǎo shì dài zhe xiào róng. tā xiàng kè rén xíng lǐ, méi yǒu yì diǎnr chéng lǐ nǚ zi niǔ ní zuò tài de yàng zi. mǔ qīn fēn fù shuō:"bǎ shàng hǎo de jiǔ gěi kè rén tàng shàng."

ESPAÑOL

Wúhóng se sentía muy alarmado e inquieto.

La viuda Zhuāng estaba parada justo enfrente de la taberna dándoles la bienvenida, como si los hubiese visto venir a ambos momentos atrás. Ella esbozando de alegría dijo:

—¡Ah! ¿Acaso no es el señor Wúhóng? ¿Qué ráfaga de aire lo impulsó a venir? ¡Por favor pase! ¡Por favor pase!

La viuda Zhuāng los condujo a pasar dentro, trayendo sillas, palmeando cojines y en general haciendo todos sus esfuerzos por atender a sus invitados. Mostrándose sumamente cordial y cálida: —Señores por favor siéntense, jamás me hubiera imaginado que se conocieran.

—Llamándola continuamente dijo—: ¡Líhuā! Vinieron invitados, sal. —Líhuā era el nombre de su hija.

Un instante después, vino una muchacha alta y delgada de entre unos dieciocho y diecinueve años, portando un vestido negro de ala ancha, con un rostro siempre sonriente que esbozaba un par de cejas largas. Dirigió una reverencia hacía los invitados, sin mostrar siquiera un poco la timidez y afectación de las muchachas de ciudad. La madre ordenando dijo: —Pon a calentar nuestro mejor vino para ofrecer a los invitados.

916. 屋角 wū jiǎo (Sustantivo. Rincón, lugar apartado).
917. 酒缸子 jiǔ gāng zi (Sustantivo. Jarrón de vino).
918. 打酒 dǎ jiǔ (Verbo. Traer vino).
919. 簡直/简直 jiǎn zhí (Adverbio. Simplemente; en absoluto).
920. 過不了/过不了 guò bù liǎo (Frase. No poder vivir).
921. 有她一塊兒混/有她一块儿混 (CH Continental) yǒu tā yí kuàir hùn (Frase. Estar con ella; "一塊兒/一块儿" Adverbio. Juntamente; "混" Verbo. Tener relación o contacto).
922. 差一點/差一点 (chà yì diǎn) (Frase. Por poco).
923. 尊夫人 zūn fū rén (Sustantivo. Término honorífico para referirse a la esposa de la persona opuesta; su esposa).
924. 唉 ài (Interjección. ¡Ay! Expresando tristeza o pesar).
925. 酒壺/酒壶 jiǔ hú (Sustantivo. Jarrón de vino).
926. 兩頰/两颊 liǎng jiá (Sustantivo. Ambas mejillas).
927. 鲜红/鮮紅 xiān hóng (Adjetivo. Rojo escarlata).
928. 住了口 zhù le kǒu (Frase. Cerró la boca; se calló).
929. 一窪水/一洼水 yì wā shuǐ (Frase. Una concavidad de agua).
930. 顧盼/顾盼 gù pàn (Verbo literario. Mirar en diferentes direcciones, alrededor).
931. 淫蕩/淫荡 yín dàng (Adjetivo. Lascivo; licencioso).
932. 而是 ér shì (Conjunción. Sino).
933. 自覺/自觉 zì jué (Adjetivo. Consciente).
934. 愉快 yú kuài (Adjetivo. Alegre; contento).
935. 大年歲/大年岁 dà nián suì (Frase. De edad mayor).
936. 自然 zì rán (Adverbio. Expresa algo que es natural o lógico).
937. 少年 shào nián (Sustantivo. Joven; mozo).
938. 扇 shān (Verbo. Abanicar).
939. 爐子/炉子 lú zǐ (Sustantivo. Estufa; hornilla).
940. 身體/身体 shēn tǐ (Sustantivo. Cuerpo).
941. 微微 (CH Continental) wēi wēi (TW) wéi wéi (Adjetivo. Ligeramente; suavemente).
942. 擺動/摆动 bǎi dòng (Verbo. Oscilar; balancearse).
943. 屢次/屡次 lǚ cì (Adverbio. Repetidamente; una y otra vez).
944. 低頭/低头 dī tóu (Verbo. Inclinar la cabeza).
945. 落到 luò dào (Verbo. Bajar o descender a).
946. 前額/前额 qián é (Sustantivo. La frente)
947. 一綹頭髮/一绺头发 yì liǔ tóu fǎ (Frase. Un mechón de cabello).
948. 掠回去 lüè huí qù (Frase. Recoger de regreso).
949. 靜靜地/静静地 jìng jìng de (Frase. Calmosamente).
950. 瞅 chǒu (Verbo coloquial. Mirar a).
951. 後背/后背 hòu bèi (Sustantivo. Espalda).
952. 優美/优美 yōu měi (Adjetivo. Fino; elegante).
953. 炭火 tàn huǒ (Sustantivo. Fuego prendido con carbón).
954. 通红 tōng hóng (Adjetivo. Muy rojo; rojo encendido).
955. 火爐子/火炉子 huǒ lú zi (Sustantivo. Estufa).
956. 洗白 xǐ bái (Verbo. Limpiar y blanquear algo).
957. 鑞酒杯/镴酒杯 là jiǔ bēi (Sustantivo. Copa de peltre).
958. 一邊/一边 yì biān (Adverbio. Al mismo tiempo; mientras).
959. 瞧 qiáo (Verbo coloquial. Mirar; ver).
960. 擺上/摆上 bǎi shàng (Verbo. Colocar, poner sobre).
961. 份 fèn (Clasificador. Para porciones).

CHINO SIMPLIFICADO

梨花往屋角酒缸子那儿去打酒，庄寡妇跟吴洪说："我以前跟您说过，我的女儿怎么样？不挺漂亮的吗？不挺好吗？若没有她，我简直过不了。有她一块儿混，我日子过得多么快乐！她差一点儿就成了尊夫人，是不是？唉！"

梨花回来了，手里拿着酒壶，两颊鲜红，庄寡妇就住了口。梨花的眼睛亮得像一洼水似的，向吴洪顾盼了几下，并不淫荡，而是自觉的、愉快的，就像那么大年岁的姑娘，自然对一个美少年微笑似的。她站着扇炉子，身体微微摆动，屡次把低头时落到前额的一绺头发掠回去。吴洪静静地坐着，瞅着她的后背。她的每一个动作都很优美。炭火通红之后，她离开了火炉子，去洗白镴酒杯，洗后放在桌子上，一边洗一边瞅吴洪。

庄寡妇说："摆上四份吧。"

CHINO TRADICIONAL

梨花往屋角酒缸子那兒去打酒，莊寡婦跟吳洪說："我以前跟您說過，我的女兒怎麼樣？不挺漂亮的嗎？不挺好嗎？若沒有她，我簡直過不了。有她一塊兒混，我日子過得多麼快樂！她差一點兒就成了尊夫人，是不是？唉！"

梨花回來了，手裡拿著酒壺，兩頰鮮紅，莊寡婦就住了口。梨花的眼睛亮得像一窪水似的，向吳洪顧盼了幾下，並不淫蕩，而是自覺的、愉快的，就像那麼大年歲的姑娘，自然對一個美少年微笑似的。她站著扇爐子，身體微微擺動，屢次把低頭時落到前額的一綹頭髮掠回去。吳洪靜靜地坐著，瞅著她的後背。她的每一個動作都很優美。炭火通紅之後，她離開了火爐子，去洗白鑞酒杯，洗後放在桌子上，一邊洗一邊瞅吳洪。

莊寡婦說："擺上四份吧。"

PINYIN

Líhuā wǎng wū jiǎo jiǔ gāng zi nàr qù dǎ jiǔ, Zhuāng guǎ fù gēn Wúhóng shuō: "wǒ yǐ qián gēn nín shuō guò, wǒ de nǚ'ér zěn me yàng? bù tǐng piào liang de ma? bù tǐng hǎo ma? ruò méi yǒu tā, wǒ jiǎn zhí guò bù liǎo. yǒu tā yí kuàir hùn, wǒ rì zi guò de duō me kuài lè! tā chà yì diǎnr jiù chéng le zūn fū rén, shì bú shì? āi!"

Líhuā huí lái le, shǒu lǐ ná zhe jiǔ hú, liǎng jiá xiān hóng, Zhuāng guǎ fù jiù zhù le kǒu. Líhuā de yǎn jīng liàng de xiàng yì wā shuǐ shì de, xiàng Wúhóng gù pàn le jǐ xià, bìng bù yín dàng, ér shì zì jué de, yú kuài de, jiù xiàng nà me dà nián suì de gū niang, zì rán duì yí gè měi shào nián wēi xiào shì de. tā zhàn zhe shàn lú zi, shēn tǐ wéi wéi bǎi dòng, lǚ cì bǎ dī tóu shí luò dào qián é de yì liǔ tóu fa lüè huí qù. Wúhóng jìng jìng de zuò zhe, chǒu zhe tā de hòu bèi. tā de měi yí gè dòng zuò dōu hěn yōu měi. tàn huǒ tōng hóng zhī hòu, tā lí kāi le huǒ lú zi, qù xǐ bái là jiǔ bēi, xǐ hòu fàng zài zhuō zi shàng, yì biān xǐ yì biān qiáo Wúhóng.

Zhuāng guǎ fù shuō:"bǎi shàng sì fèn ba."

ESPAÑOL

Líhuā se dirigió a los jarrones de vinos ubicados en un lugar apartado de la taberna, para traer vino. La viuda Zhuāng dijo: —¿Qué le parece mi hija? No se lo había dicho antes, ¿acaso no es muy bonita? ¿Y suficientemente buena? Si no la tuviera, simplemente no podría vivir. ¡Estar con ella hace que mis días sean mucho más felices! ¡Ay! Y pensar que estuvo tan cerca de convertirse en su esposa, ¿verdad?"

Líhuā regresó sosteniendo el jarrón de vino entre sus manos, sus dos mejillas estaban coloreadas con un rojo intenso. Inmediatamente la viuda Zhuāng guardó silencio. Los ojos de Líhuā brillaban como una concavidad de agua cristalina, dirigiendo varias miradas a Wúhóng, pero sin un atisbo de liviandad, sino más bien alegre y consciente de ello, como naturalmente sonreiría una muchacha madura a un joven apuesto. Estando de pie, abanicaba la estufilla balanceando su cuerpo ligeramente. Cuando inclinó su cabeza, repetidamente sacudió lo que había caído en su frente. Wúhóng sentado calmosamente miraba su espalda. Cada uno de sus movimientos que ella hacía eran muy elegantes. Después de que la flama del carbón se enrojeciera, se alejó de la estufilla, para ir a lavar las copas de peltre. Una vez limpias las colocó sobre la mesa. Mientras las limpiaba al mismo tiempo había dirigido su mirada a Wúhóng.

La viuda Zhuāng dijo: —Pon cuatro copas.

962. 照樣兒/照样儿 zhào yàngr (Adverbio. De la misma manera).
963. 停當/停当 (CH Continental) tíng dang (TW) tíng dàng (Adjetivo. Quedar todo dispuesto; haber terminado de preparar).
964. 燙/烫 tàng (Adjetivo. Temperatura alta; muy caliente).
965. 倒入 dào rù (Verbo. Verter en).
966. 白鑞酒壺/白镴酒壶 bái là jiǔ hú (Frase. Jarra de vino de peltre blanco; "白鑞/白镴" Sustantivo. Peltre blanco; "酒壺/酒壶" Sustantivo. Jarra de vino)
967. 斟 zhēn (Verbo. Verter té, vino, etc.).
968. 就 jiù (Adverbio. Indica que la acción va a ocurrir en corto tiempo).
969. 胳膊 gē bo (Sustantivo. Brazo).
970. 掠回去 lüè huí qù (Frase. Sacudir de regreso; "掠" en este contexto sería: Verbo. Frotar, cepillar, sacudir ligeramente).
971. 圍裙/围裙 wéi qún (Sustantivo. Delantal; mandil).
972. 灰 huī (Sustantivo. Ceniza; polvo).
973. 閒談/闲谈 xián tán (Verbo. Charlar sin un tema determinado).
974. 婚姻 hūn yīn (Sustantivo. Matrimonio).
975. 謹慎/谨慎 jǐn shèn (Adjetivo. Prudente; discreto; cauteloso).
976. 溫柔/温柔 wēn róu (Adjetivo. Utilizado la mayoría de las veces para describir el carácter afable y amable de una mujer).
977. 八九分 bā jiǔ fēn (Frase. Significa casi por completo).

CHINO SIMPLIFICADO

梨花又拿出两份来，照样儿洗过。事情停当了，在桌子旁边站了一下，一会儿又到炉子那边看酒烫好了没有。酒烫好之后，倒入一个白镴酒壶里。

她喊说："妈，酒好了" 她把酒给客人斟满了杯。

"你先坐下，梨花，我就来。"

她用雪白的胳膊把前额上的一绺头发掠回去，拍了拍围裙上的灰，然后坐下。庄寡妇一会儿就回来了，四个人坐下饮酒，闲谈起来，庄寡妇问吴洪进来怎么样，婚姻美满不美满。吴洪说过得很快乐，因为记得家里闹过那件事，话说得很谨慎。他真不相信这么个温柔标致的姑娘会去打他的妻子。不过却有八九分相信，这两个女人之间一定有点儿事情。

CHINO TRADICIONAL

梨花又拿出兩份來，照樣兒洗過。事情停當了，在桌子旁邊站了一下，一會兒又到爐子那邊看酒燙好了沒有。酒燙好之後，倒入一個白鑞酒壺裡。

她喊說："媽，酒好了" 她把酒給客人斟滿了杯。

"你先坐下，梨花，我就來。"

她用雪白的胳膊把前額上的一綹頭髮掠回去，拍了拍圍裙上的灰，然後坐下。莊寡婦一會兒就回來了，四個人坐下飲酒，閒談起來，莊寡婦問吳洪進來怎麼樣，婚姻美滿不美滿。吳洪說過得很快樂，因為記得家裡鬧過那件事，話說得很謹慎。他真不相信這麼個溫柔標致的姑娘會去打他的妻子。不過卻有八九分相信，這兩個女人之間一定有點兒事情。

PINYIN

Líhuā yòu ná chū liǎng fèn lái, zhào yàngr xǐ guò. shì qíng tíng dàng le, zài zhuō zi páng biān zhàn le yí xià, yì huǐr yòu dào lú zi nà biān kàn jiǔ tàng hǎo le méi yǒu. jiǔ tàng hǎo zhī hòu, dào rù yí gè bái là jiǔ hú lǐ.

tā hǎn shuō: "mā, jiǔ hǎo le." tā bǎ jiǔ gěi kè rén zhēn mǎn le bēi.

"nǐ xiān zuò xià, Líhuā, wǒ jiù lái."

tā yòng xuě bái de gē bó bǎ qián é shàng de yì liǔ tóu fa lüè huí qù, pāi le pāi wéi qún shàng de huī, rán hòu zuò xià. Zhuāng guǎ fù yì huǐr jiù huí lái le, sì gè rén zuò xià yǐn jiǔ, xián tán qǐ lái, Zhuāng guǎ fù wèn Wúhóng jìn lái zěn me yàng, hūn yīn měi mǎn bù měi mǎn. Wúhóng shuō guò de hěn kuài lè, yīn wèi jì dé jiā lǐ nào guò nà jiàn shì, huà shuō de hěn jǐn shèn. tā zhēn bù xiāng xìn zhè me gè wēn róu biāo zhì de gū niang huì qù dǎ tā de qī zi. bú guò què yǒu bā jiǔ fēn xiàng xìn, zhè liǎng gè nǚ rén zhī jiān yí dìng yǒu diǎnr shì qíng.

ESPAÑOL

Líhuā nuevamente sacó dos copas, y las lavó del mismo modo. Quedando todo dispuesto sobre ambos lados de la mesa diligentemente. De nuevo se acercó al lugar donde estaba la estufilla para observar si el vino ya estaba lo suficientemente caliente. Una vez calentado lo vertió dentro de una vasija de vino de peltre blanco.

Ella en voz alta dijo: —Ma, el vino está listo. —A continuación sirvió vino en cada una de las copas de los invitados hasta llenarlas.

—Siéntate tu primero Líhuā, enseguida voy.

Utilizando su níveo brazo acomodó de regreso un mechón de pelo de su frente, concluido esto, sacudió la ceniza de su mandil y después se sentó. Un momento después regresó la viuda Zhuāng, sentándose los cuatro a beber, comenzaron a charlar a sus anchas. La viuda Zhuāng le preguntó a Wúhóng cómo había estado recientemente y si su matrimonio era o no feliz. Habiendo respondido aquel que era muy feliz. Debido a que aún recordaba el evento del alboroto ocurrido en casa, hablaba con mucha cautela. No podía creer que esta muchacha tan hermosa, amable y afable, hubiese ido a golpear a su esposa. Sin embargo, estaba casi seguro que entre estas dos mujeres había algo.

978. 錯過/错过 cuò guò (Verbo. Perder una oportunidad, el tren, etc.).
979. 稱贊/称赞 chēng zàn (Verbo. Elogiar; alabar).
980. 發紅/发红 fā hóng (Verbo. Enrojecer).
981. 執意/执意 zhí yì (Adverbio. Insistir; estar decidido a; persistir).
982. 鯉魚/鲤鱼 lǐ yú (Sustantivo. Carpa).
983. 滋味 zī wèi (Sustantivo. Gusto, sabor; apuntando en su mayoría a comida exquisita).
984. 趕/赶 gǎn (Verbo. Alcanzar).
985. 不到 bú dào (Frase. No llegar; ser insuficiente).
986. 錢塘門/钱塘门 Qiántáng mén (Sustantivo. Puerta Qiantang).
987. 關上/关上 guān shàng (Frase. Cerrar una puerta).
988. 只好 zhǐ hǎo (Adverbio. No quedar otro remedio que; estar forzado a).
989. 差錯/差错 chā cuò (Sustantivo. Error; accidente; equivocación).

CHINO SIMPLIFICADO

庄寡妇又说："现在您亲眼看见梨花，您就知道错过什么了。"

吴洪也愿称赞梨花几句，于是回答说："庄太太有这么个好女儿，真是有福气。"梨花的脸上有点儿发红。

两个客人说要走，庄寡妇执意不放。她说："别走，在这儿吃晚饭，不尝尝梨花做的鲤鱼，你算不知鲤鱼的滋味。"

吴洪想到妻子，他说天太晚了。庄寡妇说："今天晚上赶不到城里了。你到的时候，钱塘门也已关上了。离这儿有四五里远呢。"

庄寡妇的话一点儿也不错，吴洪只好答应住下，不过心里头，总觉得有点儿对不起乐娘。好在她在养母家里等着，不会有什么差错。

CHINO TRADICIONAL

莊寡婦又說："現在您親眼看見梨花，您就知道錯過什麼了。"

吳洪也願稱讚梨花幾句，於是回答說："莊太太有這麼個好女兒，真是有福氣。"梨花的臉上有點兒發紅。

兩個客人說要走，莊寡婦執意不放。她說："別走，在這兒吃晚飯，不嚐嚐梨花做的鯉魚，你算不知鯉魚的滋味。"

吳洪想到妻子，他說天太晚了。莊寡婦說："今天晚上趕不到城裡了。你到的時候，錢塘門也已關上了。離這兒有四五里遠呢。"

莊寡婦的話一點兒也不錯，吳洪只好答應住下，不過心裡頭，總覺得有點兒對不起樂娘。好在她在養母家裡等著，不會有什麼差錯。

PINYIN

Zhuāng guǎ fù yòu shuō: "xiàn zài nín qīn yǎn kàn jiàn Líhuā, nín jiù zhī dào cuò guò shén me le."

Wú hóng yě yuàn chēng zàn Líhuā jǐ jù, yú shì huí dá shuō: "Zhuāng tài tai yǒu zhè me gè hǎo nǚ'ér, zhēn shì yǒu fú qì." Líhuā de liǎn shàng yǒu diǎnr fā hóng.

liǎng gè kè rén shuō yào zǒu, Zhuāng guǎ fù zhí yì bú fàng. tā shuō: "bié zǒu, zài zhèr chī wǎn fàn, bù cháng cháng Lí huā zuò de lǐ yú, nǐ suàn bù zhī lǐ yú de zī wèi."

Wúhóng xiǎng dào qī zi, tā shuō tiān tài wǎn le. Zhuāng guǎ fù shuō: "jīn tiān wǎn shàng gǎn bú dào chéng lǐ le. nǐ dào de shí hòu, Qiántáng mén yě yǐ guān shàng le. lí zhèr yǒu sì wǔ lǐ yuǎn ne."

Zhuāng guǎ fù de huà yì diǎnr yě bú cuò, Wúhóng zhǐ hǎo dā yìng zhù xià, bú guò xīn lǐ tou, zǒng jué de yǒu diǎnr duì bù qǐ Yuèniáng. hǎo zài tā zài yǎng mǔ jiā lǐ děng zhe, bú huì yǒu shén me chā cuò.

ESPAÑOL

La viuda Zhuāng dijo de nuevo: —Ahora que ha visto con sus propios ojos a Líhuā, puede saber qué tan equivocado estuvo.

—Wúhóng deseando también dirigir algunas frases de elogio a Líhuā dijo: —Señora Zhuāng tener a una muchacha tan buena, en verdad que es una dicha. —Tras decir esto el rostro de Líhuā se enrojeció un poco.

Ambos invitados dijeron que tenían que irse, pero la viuda Zhuāng insistió en no dejarlos ir. Ella dijo: —No se vayan, quédense a cenar aquí, no han probado la carpa que prepara Líhuā. No puedes imaginar su exquisito sabor.

—Wúhóng pensó en su esposa, por lo que dijo que ya era demasiado tarde. La viuda Zhuāng dijo—: La noche de hoy no es suficiente para alcanzar la ciudad. Para cuando llegues, la puerta Qiántáng ya estará cerrada. Desde aquí distan unos cuatro o cinco Li.

El discurso de la viuda Zhuāng no estaba para nada equivocado, por lo que Wúhóng no tuvo otra opción más que aceptar a quedarse, sin embargo, para sus adentros se sentía un poco culpable por Yuèniáng, quien afortunadamente estaba con su madre adoptiva esperándolo, libre de cualquier accidente que pudiera llegar a sucederle.

990. 自 zì (Preposición. Desde; de).

991. 溪裡/溪里 xī lǐ (Frase. En un arroyo; riachuelo).

992. 撈/捞 (CH Continental) lāo (TW) láo (Verbo. Sacar algo del agua; atrapar; pescar).

993. 烹製/烹制 pēng zhì (Verbo. Cocinar; preparar comida).

994. 鮮美/鲜美 xiān měi (Adjetivo. Describe alimentos de sabor delicioso).

995. 暖暖 nuǎn nuǎn (Adjetivo. Templado; caliente).

996. 潤/润 rùn (Verbo. Humedecer).

997. 嗓子 sǎng zi (Sustantivo. Garganta).

998. 好舒服 (CH Continental) hǎo shū fu (TW) hǎo shū fú (Frase. Muy confortable).

999. 鬆快/松快 (CH Continental) sōng kuai (TW) sōng kuài (Adjetivo. Relajado; suelto).

1000. 簡短/简短 jiǎn duǎn (Adjetivo. Breve).

1001. 秘訣/秘诀 mì jué (Sustantivo. Clave, llave o truco secreto).

1002. 說實話/说实话 shuō shí huà (Verbo. A decir verdad; siendo honesto).

1003. 我告訴你什麼來著/我告诉你什么来着 wǒ gào su nǐ shén me lái zhe (Frase. ¿No te lo había dicho ya antes?).

1004. 諷刺/讽刺 (CH Continental) fěng cì (TW) fèng cì (Verbo. satirizar; ironizar)

1005. 惱/恼 nǎo (Verbo. Enojarse; perder el temple).

1006. 顯然/显然 xiǎn rán (Adjetivo. Obvio; claro; evidente; notable).

1007. 煩躁/烦躁 fán zào (Adjetivo. Disgustado; molesto; impaciente).

1008. 難道/难道 nán dào (Adverbio. ¿Acaso? ¿Se podría decir que?; utilizado para reforzar una pregunta retórica; se utiliza frecuentemente en conjunto con 嗎/吗 ma，不成 bù chéng etc.).

CHINO SIMPLIFICADO

鲤鱼是新自溪里捞的，烹制得非常鲜美，暖暖的酒润得嗓子好舒服，心里也松快了。吴洪觉得真快活。他问梨花："这鱼怎么做的？"

梨花简短地说："也没什么"。

"其中必有秘诀。说实话，我从没吃过这么好吃的鲤鱼。"

庄寡妇说："我告诉你什么来着？我说我女儿的话，一点儿也没说错吧？可是你非要信一个说媒的话呢。"

吴洪听了庄寡妇的讽刺，不由得恼了，显然很烦躁地说："难道我太太有什么不是吗？

CHINO TRADICIONAL

鯉魚是新自溪里撈的，烹製得非常鮮美，暖暖的酒潤得嗓子好舒服，心裡也鬆快了。吳洪覺得真快活。他問梨花："這魚怎麼做的？"

梨花簡短地說："也沒什麼"。

"其中必有秘訣。說實話，我從沒有吃過這麼好吃的鯉魚。"

莊寡婦說："我告訴你什麼來著？我說我女兒的話，一點兒也沒說錯吧？可是你非要信一個說媒的話呢。"

吳洪聽了莊寡婦的諷刺，不由得惱了，顯然很煩躁地說："難道我太太有什麼不是嗎？

PINYIN

lǐ yú shì xīn zì xī lǐ lāo de, pēng zhì de fēi cháng xiān měi, nuǎn nuǎn de jiǔ rùn de sǎng zi hǎo shū fu, xīn lǐ yě sōng kuài le. Wúhóng jué de zhēn kuài huó. tā wèn Líhuā:"zhè yú zěn me zuò de?"

Líhuā jiǎn duǎn de shuō: "yě méi shén me".

"qí zhōng bì yǒu mì jué. shuō shí huà, wǒ cóng méi yǒu chī guò zhè me hǎo chī de lǐ yú."

Zhuāng guǎ fù shuō: "wǒ gào su nǐ shén me lái zhe? wǒ shuō wǒ nǚ'ér de huà, yì diǎn yě méi shuō cuò ba? kě shì nǐ fēi yào xìn yí gè shuō méi de huà ne."

Wúhóng tīng le Zhuāng guǎ fù de fèng cì, bù yóu de nǎo le, xiǎn rán hěn fán zào de shuō: "nán dào wǒ tài tai yǒu shén me bú shì ma?

ESPAÑOL

La carpa había sido extraída de un riachuelo recientemente y fue preparada con un sabor exquisito. La calidez del vino humedecía su garganta de una forma muy placentera, relajándolo por dentro. Wúhóng se sentía realmente contento. Preguntóle entonces a Líhuā: —Este pescado, ¿cómo lo preparaste? —

Líhuā lacónicamente dijo: —No tiene nada de extraordinario.

—Necesariamente debe de tener algún secreto. A decir verdad nunca había comido una carpa tan deliciosa.

—La viuda Zhuāng dijo: —¿No te lo había dicho ya? Lo que dije sobre mi hija, no está en lo más mínimo equivocado, ¿verdad? Pero tu erróneamente creíste en el discurso de una casamentera.

Wúhóng tras escuchar la sátira de la viuda Zhuāng, no pudo evitar enojarse, por lo que evidentemente molesto dijo: —¿Acaso mi esposa tiene algo malo?

1009. 衝口而出/冲口而出 chōng kǒu ér chū (Frase. Decir algo sin pensar; dejar escapar palabras).

1010. 一眼 yì yǎn (Frase. Una mirada).

1011. 沉默 chén mò (Verbo. Estar callado; no hablar).

1012. 熟識/熟识 (CH Continental) shú shí (TW) shóu shì (Verbo. Conocer muy bien algo o una persona).

1013. 属害/厉害 (CH Continental) lì hai (TW) lì hài (Adjetivo. Feroz; terrible).

1014. 出色 chū sè (Adjetivo. Excelente; sobresaliente; brillante).

1015. 要不然 (CH Continental) yào bu rán (TW) yào bù rán (Conjunción. De lo contrario).

1016. 趕出來/赶出来 gǎn chū lái (Frase. Expulsar).

1017. 犯 fàn (Verbo. Violar; infringir; incurrir; cometer).

1018. 罪過/罪过 (CH Continental) zuì guo (TW) zuì guò (Sustantivo. Falta; ofensa; crimen; delito).

1019. 不拘 bù jū (Conjunción. No importar que).

1020. 長得/长得 zhǎng de (Frase. Tener cierto aspecto, apariencia, etc.)

1021. 受不了 (CH Continental) shòu bu liǎo (TW) shòu bù liǎo (Frase. No poder soportarlo).

1022. 走廊 zǒu láng (Sustantivo. Corredor; pasillo; galería).

1023. 推 tuī (Verbo. Empujar).

1024. 下樓/下楼 xià lóu (Verbo. Bajar en un edificio, etc.).

1025. 摔死 shuāi sǐ (Frase. Caer muerto).

1026. 還不/还不 hái bù (Frase. De no ser).

1027. 就 jiù (Conjunción. Indica que alguna condición o situación tiene cierta consecuencia).

1028. 仗 zhàng (Verbo. Depender de; contar con).

1029. 有權/有权 yǒu quán (Frase. Tener autoridad; influencia).

1030. 有勢/有势 yǒu shì (Frase. Tener poder).

1031. 免 miǎn (Verbo. Evitar; librarse de).

1032. 殺人罪/杀人罪 shā rén zuì (Frase. Crimen de asesinato).

1033. 跟前 (CH Continental) gēn qian (TW) gēn qián (Sustantivo. Enfrente de; en presencia de alguien).

1034. 可 kě (Adverbio. Utilizado en oraciones imperativas enfatiza que debe hacer algo; algunas veces tiene un sentido de persuasión o consejo).

1035. 別提 bié tí (Verbo. No mencionar).

1036. 假裝/假装 jiǎ zhuāng (Verbo. Fingir; simular).

1037. 就好了 jiù hǎo le (Frase. Indica de inmediato, algo que ya está hecho o que el resultado de algo es favorable).

CHINO SIMPLIFICADO

梨花似乎有话要冲口而出，母亲看了她一眼，她才沉默下去，庄寡妇说："我们跟她很熟识，你这位太太嫉妒得厉害，要不然，怎么那么个出色的艺人会叫太傅府赶出来呢？"

"她到底犯了什么罪过呢？你说她嫉妒得厉害。"

一点儿也不错，她嫉妒得厉害。不拘是谁，只要长得比她漂亮，箫比她吹得好，她都受不了。她在走廊上把一个姑娘推下楼去摔死了。还不就仗着金太傅家有权有势，护着她，她才免了个杀人罪。你既然已经娶了她，我也不愿再多说什么。在太太跟前，可别提这个，假装不知道就好了。"

CHINO TRADICIONAL

梨花似乎有話要衝口而出，母親看了她一眼，她才沉默下去，莊寡婦說："我們跟她很熟識，你這位太太嫉妒得厲害，要不然，怎麼那麼個出色的藝人會叫太傅府趕出來呢？"

"她到底犯了什麼罪過呢？你說她嫉妒得厲害。"

"一點兒也不錯，她嫉妒得厲害。不拘是誰，只要長得比她漂亮，簫比她吹得好，她都受不了。她在走廊上把一個姑娘推下樓去摔死了。還不就仗著金太傅家有權有勢，護著她，她才免了個殺人罪。你既然已經娶了她，我也不願再多說什麼。在太太跟前，可別提這個，假裝不知道就好了。"

PINYIN

Lí huā sì hū yǒu huà yào chòng kǒu ér chū, mǔ qīn kàn le tā yì yǎn, tā cái chén mò xià qù, Zhuāng guǎ fù shuō: "wǒ men gēn tā hěn shú shí, nǐ zhè wèi tài tai jí dù de lì hài, yào bù rán, zěn me nà me gè chū sè de yì rén huì jiào tài fù fǔ gǎn chū lái ne?"

"tā dào dǐ fàn le shén me zuì guò ne? nǐ shuō tā jí dù de lì hài."

"yì diǎnr yě bú cuò, tā jí dù de lì hài. bù jū shì shéi, zhǐ yào zhǎng de bǐ tā piào liang, xiāo bǐ tā chuī de hǎo, tā dōu shòu bù liǎo. tā zài zǒu láng shàng bǎ yí gè gū niang tuī xià lóu qù shuāi sǐ le. hái bú jiù zhàng zhe Jīn tài fù jiā yǒu quán yǒu shì, hù zhe tā, tā cái miǎn le gè shā rén zuì. nǐ jì rán yǐ jīng qǔ le tā, wǒ yě bú yuàn zài duō shuō shén me. zài tài tai gēn qián, kě bié tí zhè ge, jiǎ zhuāng bù zhī dào jiù hǎo le."

ESPAÑOL

Líhuā aparentaba que tenía algo que soltar de su boca, pero solo hasta que su madre le dirigió una mirada guardó silencio. La viuda Zhuāng dijo:
—Nosotros la conocemos muy bien, los celos de tu esposa son feroces, de lo contrario ¿Por qué habrían de expulsar a una artista tan sobresaliente de la residencia del tutor imperial?

—¿Cuál fue entonces la ofensa que cometió? Dices que sus celos son feroces…

—Es correcto, sus celos son terribles. No importa quien sea, solo con que se vea más bonita que ella o toque mejor la flauta, no puede soportarlo. Una vez estando ella en el pasillo empujó a una muchacha haciéndola caer muerta. Solo por la influencia y poder con el que cuenta la familia del tutor imperial Jīn protegiéndola pudo librarse del crimen de asesinato. Sin embargo, puesto que ya estás casado con ella, tampoco deseo hablar mucho. Cuando estés en presencia de tu esposa, no saques a colación esto, lo mejor es que finjas no saber nada.

1038. 酒勁兒/酒劲儿 (CH Continental) jiǔ jìnr (TW) jiǔ jìngr (Sustantivo. Fuerza de una bebida alcohólica).

1039. 一發/一发 yí fā (Adverbio. En conjunto; incrementando).

1040. 調笑/调笑 tiáo xiào (Verbo. Reírse).

1041. 傻眉傻眼地 shǎ méi shǎ yǎn de (Frase. Mover las cejas torpemente por asombro o por estar atónito).

1042. 死 sǐ (Adjetivo. Inmóvil; rígido).

1043. 盯 dīng (Verbo. Fijar los ojos; mirar fijamente).

1044. 溫和/温和 wēn hé (Adjetivo. Afable; amable).

1045. 敷衍 (CH Continental) fū yan (TW) fū yǎn (Verbo. Seguir la corriente a una persona; actuar).

1046. 就像 jiù xiàng (Frase. Justo como; "就" Adverbio. Indica comparación o analogía; "像" Verbo. Parecer como).

1047. 對付/对付 (CH Continental) duì fu (TW) duì fù (Verbo. Enfrentar, lidiar; despachar).

1048. 醉人 zuì rén (Verbo. Emborrachar; fascinar).

1049. 一面 yí miàn (Adverbio. Al mismo tiempo; simultáneamente).

1050. 有意 yǒu yì (Verbo. Deliberadamente; intencionalmente).

1051. 醉 zuì (Verbo. Emborracharse; embriagarse; ponerse beodo).

1052. 大夥兒/大伙儿 dà huǒr (Sustantivo coloquial. Todo el mundo).

1053. 攙/搀 chān (Verbo. Llevar a alguien del brazo para ayudarlo).

1054. 躺下 tǎng xià (Verbo. Acostarse).

1055. 呼嚕/呼噜 hū lū (Onomatopeya. ronquido).

1056. 煩/烦 fán (Adjetivo. Perplejo; confundido; enredado).

1057. 不如 bù rú (Verbo. Ser menos; no ser como).

1058. 光彩照人 guāng cǎi zhào rén (Frase idiomática. Describe a una persona resplandeciente y hermosa; puede aplicar también para describir objetos de colores brillantes).

1059. 真誠/真诚 zhēn chéng (Adjetivo. Sincero; honesto).

1060. 活潑/活泼 (CH Continental) huó po (TW) huó pō (Adjetivo. Vivaz; animado).

1061. 才……呢 cái……ne (Frase. Utilizados juntos en la misma oración como modificadores gramaticales para enfatizar que algo es "indudable" "en realidad" "de verdad").

1062. 算 suàn (Verbo. Considerarse como).

1063. 天真 tiān zhēn (Adjetivo. Cándido; ingenuo; inocente).

1064. 單純/单纯 dān chún (Adjetivo. Puro; simple).

1065. 就 jiù (Adverbio. Expresa determinación y la imposibilidad de cambio).

1066. 轉/转 zhuǎn (Verbo. Dar vueltas; girar; voltear; revolver).

1067. 今夜 jīn yè (Sustantivo. Esta noche).

1068. 路旁 lù páng (Sustantivo. Borde de la carretera o el camino).

1069. 不期而遇 (CH Continental) bù qī ér yù (TW) bù qí ér yù (Frase idiomática. Encontrase por casualidad o inesperadamente).

1070. 種種/种种 zhǒng zhǒng (Cuando un clasificador está duplicado, significa "cada uno", enfatizando una característica específica que comparten cada uno de los miembros de un grupo; usualmente se agrega la palabra "都" en seguida).

1071. 一連串兒/一连串儿 yì lián chuànr (Adjetivo. Una sucesión, serie, cadena de).

1072. 世上 shì shàng (Sustantivo. En el mundo).

1073. 少有 shǎo yǒu (Adjetivo. Raro; excepcional; infrecuente).

1074. 空幻 kōng huàn (Adjetivo. Ilusión; fantasía vana).

1075. 黑暗 hēi'àn (Adjetivo. Oscuro; oscuridad).

1076. 螢火蟲/萤火虫 yíng huǒ chóng (Sustantivo. Luciérnaga).

CHINO SIMPLIFICADO

"酒劲儿一发作，罗季三调笑起梨花来，傻眉傻眼地死盯着她，梨花很温和地跟他敷衍，就像对付醉人一样，一面却有意地对吴洪微笑。过了一会儿，罗季三醉了，大伙儿把他搀到一张床上，他躺下打起呼噜来。

娶了个那么神秘的女人，吴洪觉得心里很烦。一看梨花，长得虽然不如乐娘那么光彩照人，为人却真诚温柔，活泼愉快，娶这样的女子为妻，才算有福气呢。虽然天真单纯，却长得好看得很。她母亲说的"您就知道错过什么了"这句话老在他脑子里转。今夜在路旁的酒馆和她不期而遇，自己新近的结婚，过去一个月内种种的事情，就像一连串儿世上少有的空幻的故事一样。

CHINO TRADICIONAL

酒勁兒一發作，羅季三調笑起梨花來，傻眉傻眼地死盯著她，梨花很溫和地跟他敷衍，就像對付醉人一樣，一面卻有意地對吳洪微笑。過了一會兒，羅季三醉了，大夥兒把他搀到一張床上，他躺下打起呼嚕來。

娶了個那麼神秘的女人，吳洪覺得心裡很煩。一看梨花，長得雖然不如樂娘那麼光彩照人，為人卻真誠溫柔，活潑愉快，娶這樣的女子為妻，才算有福氣呢。雖然天真單純，卻長得好看得很。她母親說的"您就知道錯過什麼了"這句話老在他腦子裡轉。今夜在路旁的酒館和她不期而遇，自己新近的結婚，過去一個月內種種的事情，就像一連串兒世上少有的空幻的故事一樣。

PINYIN

jiǔ jìngr yí fā zuò, Luó Jìsān tiáo xiào qǐ Líhuā lái, shǎ méi shǎ yǎn de sǐ dīng zhe tā, Líhuā hěn wēn hé de gēn tā fū yǎn, jiù xiàng duì fù zuì rén yí yàng, yí miàn què yǒu yì de duì Wúhóng wēi xiào. guò le yì huǐr, Luó Jìsān zuì le, dà huǒr bǎ tā chān dào yì zhāng chuáng shàng, tā tǎng xià dǎ qǐ hū lū lái.

qǔ le gè nà me shén mì de nǚ rén, Wúhóng jué de xīn lǐ hěn fán. yí kàn Líhuā, zhǎng de suī rán bù rú Yuèniáng nà me guāng cǎi zhào rén, wéi rén què zhēn chéng wēn róu, huó pō yú kuài, qǔ zhè yàng de nǚ zǐ wèi qī, cái suàn yǒu fú qì ne. suī rán tiān zhēn dān chún, què zhǎng de hǎo kàn de hěn. tā mǔ qīn shuō de "nín jiù zhī dào cuò guò shén me le" zhè jù huà lǎo zài tā nǎo zi lǐ zhuǎn. jīn yè zài lù páng de jiǔ guǎn hé tā bù qī ér yù, zì jǐ xīn jìn de jié hūn, guò qù yí gè yuè nèi zhǒng zhǒng de shì qíng, jiù xiàng yì lián chuànr shì shàng shǎo yǒu de kōng huàn de gù shi yí yàng.

ESPAÑOL

El efecto del alcohol se fue incrementando, Luó Jìsān comenzó a sonreírle a Líhuā, moviendo sus cejas torpemente con los ojos fijos en ella. Líhuā amablemente le seguía la corriente, justo como se hace con una persona pasada de copas; mientras que al mismo tiempo deliberadamente le sonreía a Wúhóng. Transcurrido un momento, Luó Jìsān se embriagó por completo, entre todos lo llevaron del brazo, dejándolo encima de una cama y tras acostarse comenzó a roncar.

El haberse casado con una mujer tan misteriosa hacía que Wúhóng se sintiera perplejo. Al mirar a Líhuā, notaba que aunque su apariencia era inferior al resplandor de Yuèniáng, sus modos eran sinceros, afables, vivaces y alegres; por lo que pensaba que tomar por esposa a una mujer de este tipo, era sin duda una bendición. Su apariencia aún con su ingenuidad y simpleza era hermosísima. La frase que su madre había dicho: "Sabe usted la oportunidad que perdió", daba vueltas todo el tiempo en su cabeza. Estar por la noche en la taberna al borde del camino y encontrarse inesperadamente con ella, su reciente matrimonio, cada uno de los sucesos ocurridos en el mes; eran como una serie de historias fantásticas pocas veces vistas en este mundo.

1077. 穿窗而飛/穿窗而飞 chuān chuāng ér fēi (Frase. Pasar a través de la ventana; "穿" Verbo. Pasar; atravesar; "窗" Sustantivo. Ventana; "而" Conjunción. Indica relación; "飛/飞" Verbo. Volar).

1078. 漫步 màn bù (Verbo. Pasear libremente).

1079. 收拾好 (CH Continental) shōu shi hǎo (TW) shōu shí hǎo (Frase. Acomodar, ordenar cuidadosamente).

1080. 關上門/关上门 guān shàng mén (Frase. Cerrar la puerta).

1081. 茅屋 máo wū (Sustantivo. Barraca; choza).

1082. 鳥兒/鸟儿 niǎor (Sustantivo. Pájaro).

1083. 窠 kē (Sustantivo. Nido; guarida).

1084. 安歇 ān xiē (Verbo. Dormir; reposar).

1085. 片 (CH Continental) piān (TW) piàn (Clasificador. Utilizado para paisaje; clima; sonido; sentimiento, etc. Usado en conjunto con "一").

1086. 寂靜/寂静 jì jìng (Adjetivo. Tranquilo; sereno).

1087. 偶爾/偶尔 ǒu'ěr (Adverbio. Algunas veces; ocasionalmente).

1088. 貓頭鷹/猫头鹰 māo tóu yīng (Sustantivo. Búho).

1089. 尖聲怪叫/尖声怪叫 jiān shēng guài jiào (Frase. Emitir un chillido agudo).

1090. 捕食 bǔ shí (Verbo. En animales cazar y comer).

1091. 遙遠/遥远 yáo yuǎn (Adjetivo. Muy distante; muy remoto).

1092. 啼嘯 tí xiāo (Frase. Chirriar de forma estridente; "啼" Verbo. Chirriar; "嘯" Verbo. Emitir un sonido largo de gran alcance).

1093. 不寒而栗 bù hán'ér lì (Frase idiomática. Temblar de terror).

1094. 西方 xī fāng (Sustantivo. Occidente).

1095. 天空 tiān kōng (Sustantivo. Cielo).

1096. 山巔 shān diān (Sustantivo. Cima).

1097. 暗淡 àn dàn (Adjetivo. Oscuro; sombrío).

1098. 尖兒/尖儿 jiānr (Sustantivo. Punta).

1099. 樹木/树木 shù mù (Sustantivo. Árbol).

1100. 變成/变成 biàn chéng (Verbo. Convertirse o transformarse en).

1101. 怪影 guài yǐng (Frase. Una sombra extraña).

1102. 搖擺/摇摆 yáo bǎi (Verbo. Mecerse; tambalearse).

1103. 顯出/显出 xiǎn chū (Verbo. Mostrar; revelar).

1104. 幽冥 yōu míng (Adjetivo. Oscuro; sombrío).

1105. 綹兒/绺儿 liǔr (Clasificador. Para objetos de forma filiforme atados en un conjunto).

1106. 垂 chuí (Verbo. Pender; colgar).

1107. 輕柔/轻柔 qīng róu (Adjetivo. Ligero y suave).

1108. 朝 cháo (Preposición. Hacía).

1109. 天真爛漫/天真烂漫 tiān zhēn làn màn (Frase idiomática. Ingenuo; inocente).

1110. 月亮 yuè liàng (Sustantivo. Luna).

1111. 有味 yǒu wèi (Frase. Absorbente; encantador; apetitoso).

1112. 抑制 yì zhì (Verbo. Contenerse; reprimirse).

1113. 溪水 xī shuǐ (Sustantivo. Agua en un arroyo o el arroyo mismo).

1114. 美麗/美丽 měi lì (Adjetivo. Hermoso; capaz de dar a la gente una percepción de belleza).

1115. 揀/拣 jiǎn (Verbo. Elegir; escoger).

1116. 巨大 jù dà (Adjetivo. Grande; inmenso; enorme; colosal; gigantesco).

CHINO SIMPLIFICADO

夜已经黑暗，萤火虫穿窗而飞。吴洪在外面漫步，母女把酒馆收拾好关上门。整个山谷里再没有别的茅屋。这时鸟儿已经在窠里安歇。四面八方，一片寂静，只是偶尔有一个猫头鹰尖声怪叫，一个这样夜出捕食小兽的动物，在遥远的地方啼啸，令人不寒而栗。西方天空的山巅，刚上来一个暗淡的月牙儿，两个尖儿向下，把树木都变成了又黑又长的怪影，在风里摇摆，山谷之中显出一种幽冥虚幻之美。

梨花正站在门口，新换上了一件白衣裳，头发梳成绺儿往下垂，轻柔优美。她朝吴洪走过来，手里拿着一根箫，向吴洪天真烂漫地微笑了一下。她说："你看那月亮。" 话说得那么简单，那么有味。

"是啊。" 吴洪把感情用力抑制下去。

"我们往溪水旁边去吧。那儿有个非常美丽的地方，黄昏时候，我很喜欢在那儿吹箫。"

CHINO TRADICIONAL

夜已經黑暗，螢火蟲穿窗而飛。吳洪在外面漫步，母女把酒館收拾好關上門。整個山谷裡再沒有別的茅屋。這時鳥兒已經在窠裡安歇。四面八方，一片寂靜，只是偶爾有一個貓頭鷹尖聲怪叫，一個這樣夜出捕食小獸的動物，在遙遠的地方啼嘯，令人不寒而慄。西方天空的山巔，剛上來一個暗淡的月牙兒，兩個尖兒向下，把樹木都變成了又黑又長的怪影，在風裡搖擺，山谷之中顯出一種幽冥虛幻之美。

梨花正站在門口，新換上了一件白衣裳，頭髮梳成綹兒往下垂，輕柔優美。她朝吳洪走過來，手裡拿著一根簫，向吳洪天真爛漫地微笑了一下。她說："你看那月亮。" 話說得那麼簡單，那麼有味。

"是啊。" 吳洪把感情用力抑制下去。

"我們往溪水旁邊去吧。那兒有個非常美麗的地方，黃昏時候，我很喜歡在那兒吹簫。"

PINYIN

yè yǐ jīng hēi'àn, yíng huǒ chóng chuān chuāng ér fēi. Wúhóng zài wài miàn màn bù, mǔ nǚ bǎ jiǔ guǎn shōu shí hǎo guān shàng mén. zhěng gè shān gǔ lǐ zài méi yǒu bié de máo wū. zhè shí niǎor yǐ jīng zài kē lǐ ān xiē. sì miàn bā fāng, yí piàn jì jìng, zhǐ shì ǒu'ěr yǒu yí gè māo tóu yīng jiān shēng guài jiào, yí gè zhè yàng yè chū bǔ shí xiǎo shòu de dòng wù, zài yáo yuǎn de dì fang tí xiào, lìng rén bù hán'ér lì. xī fāng tiān kōng de shān diān, gāng shàng lái yí gè àn dàn de yuè yár, liǎng gè jiānr xiàng xià, bǎ shù mù dōu biàn chéng le yòu hēi yòu zhǎng de guài yǐng, zài fēng lǐ yáo bǎi, shān gǔ zhī zhōng xiǎn chū yì zhǒng yōu míng xū huàn zhī měi.

Líhuā zhèng zhàn zài mén kǒu, xīn huàn shàng le yí jiàn bái yī shang, tóu fa shū chéng liǔr wǎng xià chuí, qīng róu yōu měi. tā cháo Wúhóng zǒu guò lái, shǒu lǐ ná zhe yì gēn xiāo, xiàng Wúhóng tiān zhēn làn màn de wēi xiào le yí xià. tā shuō: "nǐ kàn nà yuè liàng." huà shuō de nà me jiǎn dān, nà me yǒu wèi.

"shì ā." Wúhóng bǎ gǎn qíng yòng lì yì zhì xià qù.

"wǒ men wǎng xī shuǐ páng biān qù ba. nàr yǒu gè fēi cháng měi lì de dì fang, huáng hūn shí hòu, wǒ hěn xǐ huān zài nàr chuī xiāo."

ESPAÑOL

La noche ya se había oscurecido, las luciérnagas pasaban volando por la ventana. Wúhóng se encontraba afuera deambulando libremente; madre e hija pusieron cuidadosamente en orden la taberna cerrando sus puertas. En todo el valle completo no había otra choza. Para este momento los pájaros ya estaban en sus nidos reposando. Por todos lados abundaba el silencio, solo ocasionalmente se escuchaba el chillido agudo de un búho, que en este tipo de noches salía a cazar pequeños animales, chirriando desde un lugar muy remoto hacía temblar de terror a las personas. En la punta del cielo occidental se acababa de elevar una oscura luna creciente, con sus dos picos apuntando hacia abajo, convirtiendo a los árboles en extrañas sombras ennegrecidas y alargadas, que se mecían con el viento; dentro del valle se reveló un tipo de belleza sombría e ilusoria.

Líhuā estaba parada exactamente en la entrada de la puerta, se había cambiado con un vestido blanco y peinado su cabello con un mechón que pendía hacía abajo, viéndose ligera y exquisita. Ella caminó hacía Wúhóng, sosteniendo en la mano una flauta de bambú, dirigiéndole una sonrisa ingenua e inocente. Dijo después: —Mira esa luna. —Diciéndolo de una manera tan simple y atrayente.

—Sí. —Wúhóng hacía un esfuerzo para reprimir sus sentimientos.

—Vayamos a un lado del arroyo. Ahí hay un lugar extraordinariamente hermoso, que a la hora del crepúsculo, me gusta ir allí a tocar la flauta.

1117. 圓石頭/圆石头 yuán shí tou (Sustantivo. Roca; peñasco).

1118. 柔和 róu hé (Adjetivo. Suave; blando).

1119. 淒涼 qī liáng (Adjetivo. Solitario; triste; desolado; afligido).

1120. 傷心/伤心 shāng xīn (Adjetivo. Sentir tristeza, dolor, agonía en el corazón).

1121. 斷腸/断肠 duàn cháng (Adjetivo. Describe una tristeza que alcanza el punto más alto).

1122. 曲調/曲调 qǔ diào (Sustantivo. Tonada; melodía).

1123. 月光 yuè guāng (Sustantivo. Luz de luna).

1124. 不多不少 bù duō bù shǎo (Frase. Ni mucho ni poco; medida justa).

1125. 照 zhào (Preposición. Según; de acuerdo con).

1126. 鵝蛋臉兒/鹅蛋脸儿 é dàn liǎnr (Sustantivo. Rostro ovalado).

1127. 稍微 (CH Continental) shāo wēi (TW)shāo wéi (Adverbio. Un poco; un tanto; ligeramente).

1128. 朦朧/朦胧 méng lóng (Adjetivo. Débil luz de la luna; nebuloso; confuso).

1129. 輪廓/轮廓 lún kuò (Sustantivo. Perfil; contorno; silueta).

1130. 幽谷 yōu gǔ (Sustantivo. Valle sereno y oculto).

1131. 諦聽/谛听 dì tīng (Verbo. Escuchar cuidadosamente).

1132. 美女 měi nǚ (Sustantivo. Mujer joven y hermosa).

1133. 歌聲/歌声 gē shēng (Sustantivo. El sonido de un canto).

1134. 齊/齐 qí (Adverbio. Al unísono; al mismo tiempo; a la par).

1135. 鳴/鸣 míng (Verbo. Se refiere a hacer un sonido en un sentido amplio).

1136. 飄/飘 piāo (Verbo. Flotar al viento; ser llevado por el viento; revolotear).

1137. 树巅 shù diān (Frase. Pico de un árbol).

1138. 清越 qīng yuè (Adjetivo. Un sonido claro y melodioso; claro y penetrante).

1139. 遠山/远山 yuǎn shān (Frase. Montaña distante).

1140. 此情此景 cǐ qíng cǐ jǐng (Frase. Este sentimiento y este paisaje).

1141. 不管 bù guǎn (Conjunción. Sin importar qué, cómo, etc.).

1142. 聽來/听来 tīng lái (Frase. Dar al oyente una impresión de que lo que escucha es significativo; escuchar de algún lugar).

1143. 終生/终生 zhōng shēng (Sustantivo. Toda la vida).

1144. 難忘/难忘 nán wàng (Verbo. Inolvidable).

1145. 簫聲/箫声 xiāo shēng (Frase. Sonido de la flauta de bambú).

1146. 陣陣/阵阵 zhèn zhèn (Adjetivo. Describe una acción o situación que dura por un periodo corto de tiempo; intermitente).

1147. 痛楚 tòng chǔ (Adjetivo. Sufrimiento; dolor).

1148. 難過/难过 nán guò (Adjetivo. Triste; pena).

1149. 星光 xīng guāng (Sustantivo. Luz, brillo, refulgencia de una estrella).

1150. 幽靈/幽灵 yōu líng (Sustantivo. Fantasma; espíritu; espectro; comúnmente utilizado como metáfora).

1151. 接著/接着 jiē zhe (Verbo coloquial. Continuar).

CHINO SIMPLIFICADO

到了那儿，她拣了小溪旁边的一块巨大的圆石头，两个人坐下，她吹起柔和、凄凉、伤心断肠的曲调。月光不多不少，正照出她那鹅蛋脸儿，头发、身体，稍微朦胧的轮廓。她似乎比乐娘吹得更美妙。在月光之下，幽谷之中，谛听一个美女吹箫，歌声与溪水齐鸣，飘过树巅，清越之音又自远山飞回。此情此景，不管什么人听来，都是终生难忘的。吴洪当时听着，箫声之美，竟使他心里觉得阵阵痛楚。

梨花问他："你怎么显得这么难过呢？"

"你的箫声叫我这么难过。" 在那星光之夜，他瞅着梨花那白色的幽灵之美。

"那么我不吹了。" 梨花说着笑了。

CHINO TRADICIONAL

到了那兒，她揀了小溪旁邊的一塊巨大的圓石頭，兩個人坐下，她吹起柔和、凄涼、傷心斷腸的曲調。月光不多不少，正照出她那鵝蛋臉兒，頭髮、身體，稍微朦朧的輪廓。她似乎比樂娘吹得更美妙。在月光之下，幽谷之中，諦聽一個美女吹簫，歌聲與溪水齊鳴，飄過樹巔，清越之音又自遠山飛回。此情此景，不管什麼人聽來，都是終生難忘的。吳洪當時聽著，簫聲之美，竟使他心裡覺得陣陣痛楚。

梨花問他："你怎麼顯得這麼難過呢？"

"你的簫聲叫我這麼難過。" 在那星光之夜，他瞅著梨花那白色的幽靈之美。

"那麼我不吹了。" 梨花說著笑了。

PINYIN

dào le nàr, tā jiǎn le xiǎo xī páng biān de yí kuài jù dà de yuán shí tou, liǎng gè rén zuò xià, tā chuī qǐ róu hé, qī liáng, shāng xīn duàn cháng de qǔ diào. yuè guāng bù duō bù shǎo, zhèng zhào chū tā nà é dàn liǎnr, tóu fa, shēn tǐ, shāo wéi méng lóng de lún kuò. tā sì hū bǐ Yuèniáng chuī de gèng měi miào. zài yuè guāng zhī xià, yōu gǔ zhī zhōng, dì tīng yí gè měi nǚ chuī xiāo, gē shēng yǔ xī shuǐ qí míng, piāo guò shù diān, qīng yuè zhī yīn yòu zì yuǎn shān fēi huí. cǐ qíng cǐ jǐng, bù guǎn shén me rén tīng lái, dōu shì zhōng shēng nán wàng de. Wúhóng dāng shí tīng zhe, xiāo shēng zhī měi, jìng shǐ tā xīn lǐ jué de zhèn zhèn tòng chǔ.

Líhuā wèn tā:"nǐ zěn me xiǎn de zhè me nán guò ne?"

"nǐ de xiāo shēng jiào wǒ zhè me nán guò." zài nà xīng guāng zhī yè, tā chǒu zhe Líhuā nà bái sè de yōu líng zhī měi.

"nà me wǒ bù chuī le." Líhuā shuō zhe xiào le.

ESPAÑOL

Una vez que arribaron, ella eligió una roca gigantesca a un lado del arroyuelo, donde se sentaron ambos, comenzó entonces a tocar una melodía suave y afligida, que hacía alcanzar el punto más alto de agonía en el corazón. La luz de la luna brillaba en una medida exacta, en concordancia con la silueta un poco nebulosa de esa figura, cabello y rostro ovalado. Parecía que ella en comparación con Yuèniáng podía tocar de una manera todavía más perfecta. Estando bajo la luz de la luna, en el valle desolado y recóndito, escuchaba atentamente a la hermosa mujer tocar la flauta, emitiendo su canto al unísono con el sonido del río, meciéndose los picos de los árboles con el viento; el sonido claro y penetrante volaba repetidamente de regreso desde las montañas lejanas. Este sentimiento y este paisaje, sin importar que persona lo apreciase, eran difíciles de olvidar de por vida. Wúhóng en el momento que estaba escuchando la belleza del sonido de la flauta de bambú, inesperadamente sintió una intermitentemente agonía en su corazón.

Líhuā le preguntó: —¿Por qué pareces tan triste?

—Fue tu flauta de bambú la que me hizo experimentar tanta tristeza. —Bajo aquella refulgencia de las estrellas de la noche, miraba la nívea belleza espectral de Líhuā.

—Entonces dejaré de tocar —hablaba Líhuā sonriendo.

1152. 世界上 shì jiè shàng (Frase. En el mundo).
1153. 亲爱/親愛 qīn'ài (Adjetivo. Querido; amado).
1154. 再說/再说 zài shuō (Conjunción. Además).
1155. 容易 róng yì (Adjetivo. Fácil; sin complicación).
1156. 小孩子 xiǎo hái zi (Sustantivo. Hijos).
1157. 嘆/叹 tàn (Verbo. Suspirar; lanzar un suspiro; exclamar; dar un grito de admiración).

CHINO SIMPLIFICADO

"还是接着吹吧。"

"叫你难过，我就不吹了。"

"你在这儿过得快乐不快乐？"

"快乐。世界上还有地方比这儿好吗？——你看这里的树、小溪、星星、月亮。"

"你在这儿不觉得寂寞吗？"

"什么寂寞？"她好像不知道什么叫寂寞，"我有我妈，我们非常亲爱。"

"你不想要男人吗？我的意思是——"

梨花大笑起来："我要男人干什么？再说，好男人又不容易找到。妈跟我说过你。她很喜欢你。若能嫁给你这么个男人，我一定很快活，还有小孩子玩儿。"

CHINO TRADICIONAL

"還是接著吹吧。"

"叫你難過，我就不吹了。"

"你在這兒過得快樂不快樂？"

"快樂。世界上還有地方比這兒好嗎？——你看這裡的樹、小溪、星星、月亮。"

"你在這兒不覺得寂寞嗎？"

"什麼寂寞？"她好像不知道什麼叫寂寞，"我有我媽，我們非常親愛。"

"你不想要男人嗎？我的意思是——"

梨花大笑起來："我要男人幹什麼？再說，好男人又不容易找到。媽跟我說過你。她很喜歡你。若能嫁給你這麼個男人，我一定很快活，還有小孩子玩兒。"

PINYIN

"hái shì jiē zhe chuī ba."

"jiào nǐ nán guò, wǒ jiù bù chuī le."

"nǐ zài zhèr guò de kuài lè bú kuài lè?"

"kuài lè. shì jiè shàng hái yǒu dì fang bǐ zhèr hǎo ma?——nǐ kàn zhè lǐ de shù, xiǎo xī, xīng xīng, yuè liàng."

"nǐ zài zhèr bù jué de jì mò ma?"

"shén me jì mò?" tā hǎo xiàng bu zhī dào shén me jiào jì mò, "wǒ yǒu wǒ mā, wǒ men fēi cháng qīn'ài."

"nǐ bù xiǎng yào nán rén ma? wǒ de yì si shì——"

Líhuā dà xiào qǐ lái: "wǒ yào nán rén gàn shén me? zài shuō, hǎo nán rén yòu bù róng yì zhǎo dào. mā gēn wǒ shuō guò nǐ. tā hěn xǐ huān nǐ. ruò néng jià gěi nǐ zhè me gè nán rén, wǒ yí dìng hěn kuài huó, hái yǒu xiǎo hái zi wánr."

ESPAÑOL

—Continúa tocando.

—Si te entristece, entonces no tocaré.

—¿Vives feliz aquí o no?

—Vivo feliz. ¿En este mundo existe acaso un lugar mejor que este? Mira los árboles de aquí, el riachuelo, las estrellas y la luna.

—¿Te sientes sola aquí?

—¿Cuál soledad? —Ella parecía como si no supiera lo que era la soledad—. Tengo a mi mamá, nos amamos mucho.

—¿No deseas un esposo? Lo que quiero decir es…

—Líhuā comenzó a reír muy fuerte: —¿Para qué quiero un esposo? Además, encontrar a un buen esposo no es fácil. Mi mamá me había hablado antes de ti. Le gustas mucho. Si puede darme por esposo a alguien como tú, definitivamente estaría muy contenta y tendría también hijos con quienes jugar.

1158. 一口氣/一口气 yì kǒu qì (Frase. Un suspiro).

1159. 熱情/热情 rè qíng (Sustantivo/adjetivo. Pasión; apasionado).

1160. 語聲/语声 yǔ shēng (Sustantivo. El sonido del habla).

1161. 嘶啞/嘶哑 sī yǎ (Adjetivo. Voz ronca).

1162. 就 jiù (Adverbio. Enfatiza confirmación o afirmación).

1163. 迷住 mí zhù (Verbo. Fascinar; atraer fuertemente; enamorarse locamente; cautivar; encantar).

1164. 瞎扯 xiā chě (Verbo. Hablar irresponsablemente; decir sandeces).

1165. 魔王 mó wáng (Sustantivo. Analogía que representa de fuerza maligna o una persona extremadamente salvaje y cruel; déspota, tirana).

1166. 認命/认命 rèn mìng (Verbo. Admitir el destino inexorable; apunta a no tener otra alternativa más que aceptar una realidad desfavorable o una experiencia desafortunada).

1167. 消磨 xiāo mó (Verbo. Pasar el tiempo).

1168. 非要 fēi yào (Adverbio. Utilizado frecuentemente en conjunto con "不可 bù kě", "不行 bù xíng"etc... ambas con el significado de necesariamente o definitivamente, expresa querer o insistir absolutamente sobre algo).

1169. 弄死 nòng sǐ (Verbo coloquial. Matar).

1170. 恍惚 huǎng hū (Adjetivo. Ofuscado; obcecado; confuso).

1171. 魔力 mó lì (Sustantivo. Poder mágico; magia).

1172. 强大 qiáng dà (Adjetivo. Fuerte; potente; poderoso; formidable).

1173. 不可抗拒 bù kě kàng jù (Frase idiomática. Irresistible; inexorable).

1174. 心愛/心爱 xīn'ài (Verbo/sustantivo. Querer; amar; lo que más se quiere en el corazón).

1175. 的確/的确 dí què (Adverbio. Efectivamente; realmente).

1176. 仇人 chóu rén (Sustantivo. Enemigo).

1177. 沿著/沿着 yán zhe (Preposición. Seguir; a lo largo de).

1178. 溪岸 xī'àn (Frase. Orilla del río; "溪" Sustantivo. Río; "岸" Sustantivo. Orilla).

1179. 破 pò (Verbo. Dividir; romper; revelarse; poner en claro).

1180. 白臉蛋兒/白脸蛋儿 bái liǎn dànr (Frase. Rostro blanquecino ovalado).

1181. 印 yìn (Verbo. Imprimir; estampar).

1182. 夜幕 yè mù (Sustantivo. El velo de la noche).

1183. 正好 zhèng hǎo (Adverbio. Casualmente; oportunamente).

1184. 突然 (CH Continental) tū rán (TW) tú rán (Adverbio. Repentinamente; de repente; de pronto; súbitamente).

1185. 摟住/搂住 lǒu zhù (Verbo. Tomar entre los brazos).

1186. 狂吻 kuáng wěn (Frase. Besar de manera impetuosa, libre o frenéticamente).

1187. 順/顺 shùn (Verbo. Someterse; rendirse).

1188. 隨著/随着 suí zhe (Verbo. Seguir; acompañar).

1189. 抽抽咽咽 chōu chōu yàn yàn (Frase. Respirar de manera profunda y entrecortada).

1190. 哭起來/哭起来 kū qǐ lái (Frase. Comenzar a llorar).

CHINO SIMPLIFICADO

她叹了一口气。

吴洪说："梨花，我爱你。" 热情之下，语声都嘶哑了，"我一看见你，你就把我迷住了。"

"别瞎扯。你既然已经娶了那个女魔王，只好认命。来，我们回去吧。我相信，她若是知道你和我在这儿消磨这个夜晚，她非要弄死我不可。"

吴洪好像有一点儿恍惚，这个地方的魔力，音乐的魔力，简直强大得不可抗拒。一点儿也不错，他心爱的这两个女人，以前的确是仇人。

两人沿着溪岸朝茅屋走去，月亮破云而出，把梨花鹅蛋形的白脸蛋儿印在漆黑的夜幕上，正好有一朵白花儿在她的头上。吴洪突然用力搂住她，热情地狂吻，梨花完全顺随着他，一会儿，抽抽咽咽地哭起来。

PINYIN

tā tàn le yì kǒu qì.

Wúhóng shuō:"Líhuā, wǒ ài nǐ." rè qíng zhī xià, yǔ shēng dōu sī yǎ le,"wǒ yí kàn jiàn nǐ, nǐ jiù bǎ wǒ mí zhù le."

"bié xiā chě. nǐ jì rán yǐ jīng qǔ le nà ge nǚ mó wáng, zhǐ hǎo rèn mìng. lái, wǒ men huí qù ba. wǒ xiāng xìn, tā ruò shì zhī dào nǐ hé wǒ zài zhèr xiāo mó zhè gè yè wǎn, tā fēi yào nòng sǐ wǒ bù kě."

Wúhóng hǎo xiàng yǒu yì diǎnr huǎng hū, zhè gè dì fang de mó lì, yīn yuè de mó lì, jiǎn zhí qiáng dà de bù kě kàng jù. yì diǎnr yě bú cuò, tā xīn'ài de zhè liǎng gè nǚ rén, yǐ qián dí què shì chóu rén.

liǎng rén yán zhe xī àn cháo máo wū zǒu qù, yuè liàng pò yún ér chū, bǎ Líhuā é dàn xíng de bái liǎn dànr yìn zài qī hēi de yè mù shàng, zhèng hǎo yǒu yì duǒ bái huār zài tā de tóu shàng. Wúhóng tú rán yòng lì lǒu zhù tā, rè qíng de kuáng wěn, Líhuā wán quán shùn suí zhe tā, yì huǐr, chōu chōu yàn yàn de kū qǐ lái.

CHINO TRADICIONAL

她嘆了一口氣。

吳洪說："梨花，我愛你。" 熱情之下，語聲都嘶啞了，"我一看見你，你就把我迷住了。"

"別瞎扯。你既然已經娶了那個女魔王，只好認命。來，我們回去吧。我相信，她若是知道你和我在這兒消磨這個夜晚，她非要弄死我不可。"

吳洪好像有一點兒恍惚，這個地方的魔力，音樂的魔力，簡直強大得不可抗拒。一點兒也不錯，他心愛的這兩個女人，以前的確是仇人。

兩人沿著溪岸朝茅屋走去，月亮破雲而出，把梨花鵝蛋形的白臉蛋兒印在漆黑的夜幕上，正好有一朵白花兒在她的頭上。吳洪突然用力摟住她，熱情地狂吻，梨花完全順隨著他，一會兒，抽抽咽咽地哭起來。

ESPAÑOL

—Ella lanzó un suspiro.

Wúhóng dijo: —Líhuā, yo te amo. —Bajo la pasión, su voz se había entrecortado—. Cuando te veo, me fascinas completamente.

—No hables irreflexivamente. Puesto que ya estás casado con esa salvaje y cruel mujer, solo se puede aceptar el triste destino. Ven, vayamos de regreso. Estoy segura que si ella supiera que tú y yo pasamos esta noche aquí, en definitiva querría matarme.

Wúhóng aparentaba estar un poco ofuscado, el poder mágico de este lugar y la magia de su música, ejercían realmente una fuerza irresistible. Era totalmente cierto entonces que estas dos mujeres que más quería eran enemigas acérrimas de antes.

Ambos caminaron junto a la orilla del río en dirección a la choza, la luna hizo su aparición rasgando las nubes y estampó en el velo de la noche su blanquecino reflejo sobre el rostro ovalado de Líhuā, que coincidentemente sobre su cabeza tenía una flor blanca. Wúhóng repentinamente la tomó con fuerza entre sus brazos, besándola frenética y apasionadamente, Líhuā se rindió por completo a él; pasado un momento, respirando de forma profunda y entrecortada comenzó a llorar.

1191. 恐懼/恐惧 kǒng jù (Adjetivo. Pánico; amedrentado; atemorizado).

1192. 萬分/万分 wàn fēn (Adverbio literario. Sumamente; extremadamente).

1193. 胡說/胡说 hú shuō (Verbo. decir disparates; hablar a la ligera).

1194. 發顫/发颤 (CH Continental) fā chàn (TW) fā zhàn (Verbo. Temblar).

1195. 永遠/永远 yǒng yuǎn (Adverbio. Siempre).

1196. 不至於/不至于 bú zhì yú (Verbo. No puede ir tan lejos; ser poco probable).

1197. 傻 shǎ (Adjetivo. Tonto; bobo).

1198. 保守 bǎo shǒu (Verbo. Conservar; guardar).

1199. 越發/越发 yuè fā (Adverbio. Más y más; en crescendo; aún más).

1200. 緊貼/紧贴 jǐn tiē (Verbo. Estar o mantenerse cerca).

1201. 熱氣/热气 rè qì (Frase. Cálido soplo; aliento; respiro).

1202. 噴到/喷到 pēn dào (Verbo. Arrojar a; echar a).

1203. 懷了孕/怀了孕 huái le yùn (Frase. Quedar embarazada; encinta).

1204. 一離開/一离开 yì lí kāi) (Frase. Tras partir; "一" Adverbio. En consonancia con "就" en la misma frase indica que una acción sucede seguida de otra).

1205. 上吊 shàng diào (Verbo. Ahorcarse).

1206. 自盡/自尽 zì jìn (Verbo. Suicidarse).

1207. 死後/死后 sǐ hòu (Frase. Tras la muerte).

1208. 就 jiù (Adverbio. En seguida; inmediatamente).

1209. 迷惑 mí huò (Verbo. Confundir; embaucar).

1210. 實在情形/实在情形 shí zài qíng xíng (Frase. Situación real).

1211. 按理 àn lǐ (Adverbio. De acuerdo a la razón, lógica o sentido común).

1212. 不應當說的/不应当说的 bú yìng dāng shuō de (Frase. Algo que no es correcto o apropiado decir).

1213. 囑咐/嘱咐 zhǔ fù (Verbo. Aconsejar; advertir).

CHINO SIMPLIFICADO

梨花忽然恐惧万分，说："她一定要弄死我！"

"简直胡说！你说谁呀？"

"乐娘，她要弄死我！"她的声音直发颤。

"她永远知道不了。我不至于那么傻，会去告诉她。"

"她一定能知道。"

"怎么会呢？"

"我说，你能不能保守一个秘密？"她越发紧贴着吴洪，吴洪觉得她说话的热气喷到了脸上，"你太太是个鬼。因为她怀了孕，一离开金太傅府，就上吊自尽了。她死后就迷惑人。我妈不能告诉你这件事的实在情形。按理，这是不应当说的。妈也嘱咐过我别告诉你，可是你正叫她迷着呢。"

PINYIN

Líhuā hū rán kǒng jù wàn fēn, shuō: "tā yí dìng yào nòng sǐ wǒ!"

"jiǎn zhí hú shuō! nǐ shuō shéi yā?"

"Yuèniáng, tā yào nòng sǐ wǒ!" tā de shēng yīn zhí fā chàn.

"tā yǒng yuǎn zhī dào bù liǎo. wǒ bú zhì yú nà me shǎ, huì qù gào su tā."

"tā yí dìng néng zhī dào."

"zěn me huì ne?"

"wǒ shuō, nǐ néng bù néng bǎo shǒu yí gè mì mì?" tā yuè fā jǐn tiē zhe Wúhóng, Wú hóng jué de tā shuō huà de rè qì pēn dào le liǎn shàng, "nǐ tài tai shì gè guǐ. yīn wèi tā huái le yùn, yì lí kāi Jīn tài fù fǔ, jiù shàng diào zì jìn le. tā sǐ hòu jiù mí huò rén. wǒ mā bù néng gào su nǐ zhè jiàn shì de shí zài qíng xíng. àn lǐ, zhè shì bú yìng dāng shuō de. mā yě zhǔ fù guò wǒ bié gào su nǐ, kě shì nǐ zhèng jiào tā mí zhe ne."

CHINO TRADICIONAL

梨花忽然恐懼萬分，說："她一定要弄死我！"

"簡直胡說！你說誰呀？"

"樂娘，她要弄死我！"她的聲音直發顫。

"她永遠知道不了。我不至於那麼傻，會去告訴她。"

"她一定能知道。"

"怎麼會呢？"

"我說，你能不能保守一個秘密？"她越發緊貼著吳洪，吳洪覺得她話的熱氣噴到了臉上，"你太太是個鬼。因為她懷了孕，一離開金太傅府，就上吊自盡了。她死後就迷惑人。我媽不能告訴你這件事的實在情形。按理，這是不應當說的。媽也嘱咐過我別告訴你，可是你正叫她迷著呢。"

ESPAÑOL

Líhuā sintiéndose sumamente apanicada de golpe dijo: —¡Ella en definitiva querrá matarme!

—¡Solo divagas! Di, ¿quién?

—¡Yuèniáng, ella querrá matarme! —Su voz temblaba continuamente.

—Ella nunca lo sabrá. No soy tan ingenuo como para ir a decírselo.

—Ella en definitiva puede saberlo.

—¿Y cómo podría?

—Lo diré, ¿Puedes guardar un secreto? —Ella se acercó más y más a Wúhóng, y él pudo sentir su cálida respiración en el rostro—. Tú esposa es un fantasma. Se suicidó ahorcándose, tras haber abandonado la residencia del tutor imperial Jīn, debido a que estaba embarazada. Tras morir embauca a la gente. Mi mamá no te podía decir cómo eran en realidad las cosas. Lógicamente esto no se puede decir. También me advirtió que no te dijera, sin embargo sigues ofuscado a causa de ella.

1214. 脊椎骨 jǐ chuí gǔ (Sustantivo. Vértebra).

1215. 一下子 yí xià zi (Adverbio. De pronto; súbitamente).

1216. 半截 bàn jié (Sustantivo. Una parte; una sección).

1217. 吵過架/吵过架 chǎo guò jià (Frase. Haber reñido).

1218. 搬到 bān dào (Verbo. Mudarse a).

1219. 城外 chéng wài (Frase. Afueras de la ciudad).

1220. 遠遠/远远 yuǎn yuǎn (Adjetivo duplicado. Indica un grado más profundo; "muy muy lejos").

1221. 說到/说到 shuō dào (Frase. Hablar hasta).

1222. 康復/康复 kāng fù (Verbo. Recobrar la salud; restablecerse).

1223. 過往/过往 guò wǎng (Verbo. Tener un contacto amigable con).

1224. 行人 xíng rén (Sustantivo. Transeúnte; peatón; caminante).

1225. 積蓄/积蓄 jī xù (Verbo. Ahorrar).

1226. 將來/将来 jiāng lái (Sustantivo. Futuro; porvenir).

1227. 盼望 pàn wàng (Verbo. Esperar; desear).

1228. 公子 gōng zǐ (Sustantivo. Hijo de un oficial o de un noble; forma respetuosa de referirse a un hombre joven).

1229. 述說/述说 shù shuō (Verbo. Contar; narrar; explicar; relatar).

1230. 身世 shēn shì (Sustantivo. La experiencia de vida de una persona; normalmente se refiere al tipo de vida desafortunada).

1231. 話家常/话家常 huà jiā cháng (Verbo. Hablar de la vida cotidiana del hogar).

CHINO SIMPLIFICADO

吴洪听了，脊椎骨一下子冷了半截："你的意思是说我娶了个鬼吗？"

"不错，你娶了个鬼。我在城市的时候，她还迷惑过我呢。"

"她也迷惑过你？"

"就是啊。因为她嫉妒我，我跟她吵过架。你知道我们母女为什么搬到城外这么老远来？"就是要离她远远的。"梨花说到这儿，停了一下，然后又接着说，"现在我完全康复了，在这里日子过得很快活。她还不知道呢。这条路上常常有过往行人，妈积蓄了不少钱，我们也不想回城里去住。将来，我盼望妈能给我找一个像你这样的翩翩公子。"她述说自己的身世，仿佛话家常似的。

CHINO TRADICIONAL

吳洪聽了，脊椎骨一下子冷了半截："你的意思是說我娶了個鬼嗎？"

"不錯，你娶了個鬼。我在城市的時候，她還迷惑過我呢。"

"她也迷惑過你？"

"就是啊。因為她嫉妒我，我跟她吵過架。你知道我們母女為什麼搬到城外這麼老遠來？"就是要離她遠遠的。"梨花說到這兒，停了一下，然後又接著說，"現在我完全康復了，在這裡日子過得很快活。她還不知道呢。這條路上常常有過往行人，媽積蓄了不少錢，我們也不想回城裡去住。將來，我盼望媽能給我找一個像你這樣的翩翩公子。"她述說自己的身世，彷彿話家常似的。

PINYIN

Wúhóng tīng le, jǐ chuí gǔ yí xià zi lěng le bàn jié: "nǐ de yì si shì shuō wǒ qǔ le gè guǐ ma?"

"bú cuò, nǐ qǔ le gè guǐ. wǒ zài chéng shì de shí hòu, tā hái mí huò guò wǒ ne."

"tā yě mí huò guò nǐ?"

"jiù shì a. yīn wèi tā jí dù wǒ, wǒ gēn tā chǎo guò jià. nǐ zhī dào wǒ men mǔ nǚ wèi shé me bān dào chéng wài zhè me lǎo yuǎn lái?" jiù shì yào lí tā yuǎn yuǎn de." Líhuā shuō dào zhèr, tíng le yí xià, rán hòu yòu jiē zhe shuō, "xiàn zài wǒ wán quán kāng fù le, zài zhè lǐ rì zi guò de hěn kuài huó. tā hái bù zhī dào ne. zhè tiáo lù shàng cháng cháng yǒu guò wǎng xíng rén, mā jī xù liǎo bù shǎo qián, wǒ men yě bù xiǎng huí chéng lǐ qù zhù. jiāng lái, wǒ pàn wàng mā néng gěi wǒ zhǎo yí gè xiàng nǐ zhè yàng de piān piān gōng zǐ." tā shù shuō zì jǐ de shēn shì, fǎng fú huà jiā cháng shì de.

ESPAÑOL

—Tras escuchar esto Wúhóng sintió como de golpe se le congeló una parte del espinazo. —¿Quieres decir que me casé con un fantasma?

—Es correcto, te casaste con uno. Cuando estaba en la ciudad, ella también me engañó.

—¿Te embaucó también a ti?

—Así es. Debido a que me envidia, tuve una pelea con ella. ¿Sabes por qué mi madre y yo nos mudamos tan lejos de las afueras de la ciudad? Fue para mantenernos muy lejos de ella. —Líhuā habló hasta aquí, deteniéndose un momento, después continuó hablando—: Ahora estoy por completo restablecida, llevando una vida feliz aquí. Ella aún no lo sabe. En esta ruta a menudo vienen transeúntes, mamá ha logrado ahorrar bastante dinero y tampoco deseamos regresar a vivir en la ciudad. En el futuro espero que mi mamá pueda encontrarme a un caballero gallardo que sea como tú. —La narración de ella sobre sus adversidades parecía una charla hogareña casual.

1232. 怎麼辦/怎么办 zěn me bàn (Frase. ¿Qué hacer? ¿Cómo hacer?).

1233. 記住/记住 jì zhù (Verbo. Recordar firmemente).

1234. 千萬/千万 qiān wàn (Adverbio. Absolutamente; a toda costa; es necesario; sin falta).

1235. 或是 huò shì (Conjunción. Expresa elección; uno o lo otro).

1236. 遇見/遇见 yù jiàn (Verbo. Encontrarse o tropezarse con).

1237. 就 jiù (Adverbio. En ese caso; entonces; seguido de palabras como 如果，要是，若是, etc.).

1238. 生出 shēng chū (Verbo. Generar; producir; concebir).

1239. 俠義/侠义 xiá yì (Adjetivo. Estar dispuesto a ayudar; luchar por las injusticias; caballeresco; caballerismo).

1240. 保護/保护 bǎo hù (Verbo. Proteger; salvaguardar).

1241. 柔弱 róu ruò (Adjetivo. Débil; delicado).

1242. 一一 yī yī (Adverbio. Uno por uno).

1243. 吻 wěn (Verbo. Besar).

1244. 扭過頭/扭过头 niǔ guò tóu (Frase. Volteó la cabeza; "扭過/扭过" Verbo. Haber girado; "頭/头" Sustantivo. Cabeza).

1245. 打呼嚕/打呼噜 dǎ hū lū (Verbo. Roncar).

1246. 支 zhī (Clasificador. Para objetos en forma de un palo).

1247. 蠟燭/蜡烛 là zhú (Sustantivo. Vela).

1248. 道 dào (Verbo. Decir).

1249. 正要 zhèng yào (Adverbio. A punto de).

1250. 樓梯/楼梯 lóu tī (Sustantivo. Escalera).

1251. 頂/顶 dǐng (Sustantivo. Cima; parte más alta).

1252. 多情 duō qíng (Adjetivo. Lleno de amor y afección).

CHINO SIMPLIFICADO

"你这么个标致的姑娘，还有什么说的。可是，你说我怎么办呢？"

"我怎么会知道？可是记住，千万别告诉乐娘，你在这儿或是别的什么地方遇见过我。也别告诉我妈我告诉过你这件事。你若是爱我，就别说到这儿来过，别叫乐娘知道我住在这儿。"说这话的时候，她声音直发颤。

吴洪不由得生出了侠义之心，要保护这个柔弱的少女。梨花的话，他都一一答应了，又极力想吻她，可是她扭过头去说："我们得进去了，妈一定等着呢。"

吴洪回到屋里，罗季三还睡着打呼噜。梨花手里拿着一支蜡烛，向他道晚安。他已经上了床，正要睡下，梨花又在楼梯顶出现了，温柔多情地问他："怎么样，好了吧？吴先生。"

CHINO TRADICIONAL

"你這麼個標致的姑娘，還有什麼說的。可是，你說我怎麼辦呢？"

"我怎麼會知道？可是記住，千萬別告訴樂娘，你在這兒或是別的什麼地方遇見過我。也別告訴我媽我告訴過你這件事。你若是愛我，就別說到這兒來過，別叫樂娘知道我住在這兒。"說這話的時候，她聲音直發顫。

吴洪不由得生出了俠義之心，要保護這個柔弱的少女。梨花的話，他都一一答應了，又極力想吻她，可是她扭過頭去說："我們得進去了，媽一定等著呢。"

吴洪回到屋裡，羅季三還睡著打呼嚕。梨花手裡拿著一支蠟燭，向他道晚安。他已經上了床，正要睡下，梨花又在樓梯頂出現了，溫柔多情地問他："怎麼樣，好了吧？吴先生。"

PINYIN

"nǐ zhè me gè biāo zhì de gū niang, hái yǒu shén me shuō de. kě shì, nǐ shuō wǒ zěn me bàn ne?"

"wǒ zěn me huì zhī dào? kě shì jì zhù, qiān wàn bié gào su Yuèniáng, nǐ zài zhèr huò shì bié de shén me dì fang yù jiàn guò wǒ. yě bié gào wǒ mā wǒ gào su guò nǐ zhè jiàn shì. nǐ ruò shì ài wǒ, jiù bié shuō dào zhèr lái guò, bié jiào Yuèniáng zhī dào wǒ zhù zài zhèr." shuō zhè huà de shí hòu, tā shēng yīn zhí fā chàn.

Wúhóng bù yóu de shēng chū le xiá yì zhī xīn, yào bǎo hù zhè ge róu ruò de shào nǚ. Líhuā de huà, tā dōu yī yī dā yìng le, yòu jí lì xiǎng wěn tā, kě shì tā niǔ guò tóu qù shuō: "wǒ men děi jìn qù le, mā yí dìng děng zhe ne."

Wúhóng huí dào wū lǐ, Luó Jìsān hái shuì zhe dǎ hū lū. Líhuā shǒu lǐ ná zhe yì zhī là zhú, xiàng tā dào wǎn'ān. tā yǐ jīng shàng le chuáng, zhèng yào shuì xià, Líhuā yòu zài lóu tī dǐng chū xiàn le, wēn róu duō qíng de wèn tā: "zěn me yàng, hǎo le ba? Wú xiān sheng."

ESPAÑOL

—Incluso en lo que dices, eres una mujer tan bella. Pero dime ¿Qué es lo que tengo que hacer?

—¿Cómo voy a saberlo? Sin embargo, recuerda, de ninguna manera puedes decirle a Yuèniáng, que te encontraste conmigo, ya sea aquí o en cualquier otro lugar. También no le digas a mi mamá que te dije esto. Si me amas, no digas que viniste aquí y no dejes que Yuèniáng sepa que vivo aquí. —Al decir esto su voz temblaba continuamente.

Wúhóng no pudo más que concebir un sentimiento caballeresco de proteger a esta delicada mujer. De todo lo que había dicho Líhuā lo aceptó uno por uno, deseo con todas su fuerzas besarla de nuevo, pero ella habiendo volteado su cabeza dijo: —Tenemos que entrar, mamá seguro debe estar esperándome.

Wúhóng regresó a la habitación, Luó Jìsān aún estaba dormido roncando. Líhuā trayendo una vela en manos, le dio las buenas noches. Ya estaba acostado apunto de dormirse, cuando Líhuā apareciendo de nuevo en la parte más alta de las escaleras le preguntó tiernamente llena de afecto. —¿Cómo estás? ¿Estás bien?

1253. 寂靜無聲/寂静无声 jì jìng wú shēng (Frase. Calmo y silencioso).
1254. 翻來覆去/翻来覆去 fān lái fù qù (Frase. Describe un cuerpo que se revuelve hacía arriba y hacia abajo una y otra vez).
1255. 折騰/折腾 zhē téng (Verbo. Dar vueltas y revueltas).
1256. 分別 fēn bié (Verbo. Separarse).
1257. 沒敢/没敢 méi gǎn (Frase. No se atrevió).
1258. 留戀/留恋 liú liàn (Verbo. Sentir nostalgia; no tolerar el abandono o la partida).
1259. 荒誕/荒诞 huāng dàn (Adjetivo. Absurdo; ridículo; increíble).
1260. 之至 zhī zhì (Frase. En extremo).
1261. 踟躕/踟蹰 chí chú (Adjetivo. Vacilar; titubear).
1262. 不敢 bù gǎn (Frase. No atreverse a hacer algo).

CHINO SIMPLIFICADO

"好了，多谢多谢。"

梨花又上去了，他听见梨花的脚步声在头上响。再过一会儿，寂静无声了。他在床上翻来覆去，折腾了一夜。

第二天，两位客人回城里去。分别的时候，庄寡妇说："千万请两位再来。" 梨花很留恋地看了吴洪一眼。

吴洪没敢告诉罗季三自己跟梨花的事，一路心里不住地想梨花。到了钱塘门，他说还有点儿事情办，叫罗季三先走。梨花告诉他的——他的妻子是个鬼——真是荒诞之至，可是他很烦恼，踟蹰不敢回家。

CHINO TRADICIONAL

"好了，多謝多謝。"

梨花又上去了，他聽見梨花的腳步聲在頭上響。再過一會兒，寂靜無聲了。他在床上翻來覆去，折騰了一夜。

第二天，兩位客人回城裡去。分別的時候，莊寡婦說："千萬請兩位再來。" 梨花很留戀地看了吳洪一眼。

吳洪沒敢告訴羅季三自己跟梨花的事，一路心裡不住地想梨花。到了錢塘門，他說還有點兒事情辦，叫羅季三先走。梨花告訴他的——他的妻子是個鬼——真是荒誕之至，可是他很煩惱，踟蹰不敢回家。

PINYIN

"hǎo le, duō xiè duō xiè."

Líhuā yòu shàng qù le, tā tīng jiàn Líhuā de jiǎo bù shēng zài tóu shàng xiǎng. zài guò yì huǐr, jì jìng wú shēng le.

tā zài chuáng shàng fān lái fù qù, zhē téng le yí yè.

dì èr tiān, liǎng wèi kè rén huí chéng lǐ qù. fēn bié de shí hòu, Zhuāng guǎ fù shuō: "qiān wàn qǐng liǎng wèi zài lái." Líhuā hěn liú liàn de kàn le Wúhóng yì yǎn.

Wúhóng méi gǎn gào su Luó Jìsān zì jǐ gēn Lí huā de shì, yí lù xīn lǐ bú zhù de xiǎng Líhuā. dào le Qiántáng mén, tā shuō hái yǒu diǎnr shì qíng bàn, jiào Luó Jìsān xiān zǒu. Líhuā gào su tā de——tā de qī zi shì gè guǐ——zhēn shi huāng dàn zhī zhì, kě shì tā hěn fán nǎo, chí chú bù gǎn huí jiā.

ESPAÑOL

—Estoy bien, muchas gracias.

Líhuā subió de nuevo y él pudo distinguir el sonido de sus pasos provenientes de arriba. Pasado un momento reinó la calma y el silencio. En la cama se revolvió una y otra vez, dándose vueltas durante toda la noche.

El segundo día, ambos invitados partieron de regreso a la ciudad. A la hora de separarse, la viuda Zhuāng dijo: —Tienen que volver a venir los dos. —Líhuā dirigió una mirada nostálgica a Wúhóng.

Wúhóng no se atrevió a decirle a Luó Jìsān lo que había pasado con Líhuā, en todo el camino no pudo dejar de pensar en ella. Cuando llegaron a Qiántáng mén, dijo que tenía todavía que arreglar un asunto, pidiéndole a Luó Jìsān que partiera primero. Líhuā le había dicho que su esposa…su esposa era un fantasma, lo cual era en verdad… inverosímil, sentíase, sin embargo, preocupado y vacilante, sin atreverse a regresar a casa.

1263. 想起 xiǎng qǐ (Verbo. Recordar; acordarse de).

1264. 預知/预知 yù zhī (Verbo. Saber con antelación o anticipadamente).

1265. 心事 (CH Continental) xīn shi (TW) xīn shì (Sustantivo. Pensamiento reservado).

1266. 情形 (CH Continental) qíng xing (TW) qíng xíng (Sustantivo. Circunstancias; situación; condición; estado de los eventos).

1267. 好幾/好几 hǎo jǐ (Numeral. Varios; unos cuantos).

1268. 莫名其妙 mò míng qí miào (Frase idiomática. Incomprensible; inexplicable).

1269. 寫信/写信 xiě xìn (Frase. Escribir una carta).

1270. 找不着 zhǎo bù zháo (Frase. No poder encontrar).

1271. 信封 xìn fēng (Sustantivo. Sobre).

1272. 想起來/想起来 xiǎng qǐ lái (Verbo. Recordar).

1273. 身旁 shēn páng (Sustantivo. Al lado de alguien).

1274. 本來/本来 běn lái (Adverbio. Antes; originalmente).

1275. 上街 shàng jiē (Verbo. Salir a la calle).

1276. 斜靠 xié kào (Verbo. Reclinar).

1277. 牆上/墙上 qiáng shàng (Frase. En la pared).

1278. 抬頭一看/抬头一看 tái tóu yí kàn (Frase. Levantar la mirada).

1279. 惶惑不解 huáng huò bù jiě (Frase. Asustado y confundido).

1280. 罷/罢 bà (Verbo. Dejar de; cesar).

1281. 就 jiù (Conjunción. Indica una acción seguida de otra en la estructura V1+就+V2).

1282. 裡院/里院 lǐ yuàn (Sustantivo. Patio interior).

1283. 赶巧 gǎn qiǎo (Adverbio. Por casualidad).

1284. 越……越 yuè…yuè (Adverbio. Más y más).

1285. 不但 bú dàn (Conjunción. No solo…sino también; utilizado en conjunto con 并且bìng qiě, 反而 fǎn'ér, 也 yě, 还 hái, etc.).

1286. 決定/决定 jué dìng (Verbo. Decidir; determinar).

1287. 官府 guān fǔ (Sustantivo antiguo. Gobierno u oficiales de gobierno)

1288. 封條/封条 fēng tiáo (Sustantivo. Sello de clausura).

1289. 人心似鐵，官法如爐/人心似铁，官法如炉 (CH Continental) rén xīn shì tiě, guān fǎ rú lú (TW) rén xīn sì tiě, guān fǎ rú lú (Frase. Aunque el corazón es como el hierro, la ley del gobierno es un horno candente).

1290. 街坊鄰居/街坊邻居 jiē fāng lín jū (Frase. Se refiere a las casas de los vecinos).

1291. 引誘/引诱 yǐn yòu (Verbo. Conducir o forzar a alguien a hacer algo malo; seducir).

1292. 青春 qīng chūn (Sustantivo. Juventud).

1293. 少女 shào nǚ (Sustantivo. Mujer joven).

1294. 有傷風化/有伤风化 yǒu shāng fēng huà (Frase idiomática. Describe una ofensa contra la decencia o las costumbres sociales).

1295. 絞刑/绞刑 jiǎo xíng (Sustantivo. Ejecución en la horca).

CHINO SIMPLIFICADO

他又想起乐娘能预知他的心事，这种情形有好几回。真令人莫名其妙。有一回他写信，抽屉里找不着信封，他正要叫青儿，忽然看见妻子站在身旁，手里拿着一个信封。他又想起来，一天放学之后，他要上街，本来他不常上街的。天正下雨，正是四点半，乐娘拿来了把雨伞，把伞斜靠在墙上。他抬头一看，真是惶惑不解。乐娘问他说："你要出去，是不是？"说罢就回里院去了。也许这些都是偶尔赶巧，可是他越想越怕。他记得乐娘不许他说什么"鬼""魔"等字。不但她，而且青儿都能在黑暗里找到东西。

他决定去找王婆，打听清楚乐娘的身世。到了王婆家，看见门上有官府的封条，上面写的是："人心似铁，官法如炉。"他向街坊邻居一打听，才知道王婆在六个月以前，因为引诱青春少女，有伤风化，已经受官府绞刑而死。

CHINO TRADICIONAL

他又想起樂娘能預知他的心事，這種情形有好幾回。真令人莫名其妙。有一回他寫信，抽屜裡找不著信封，他正要叫青兒，忽然看見妻子站在身旁，手裡拿著一個信封。他又想起來，一天放學之後，他要上街，本來他不常上街的。天正下雨，正是四點半，樂娘拿來了把雨傘，把傘斜靠在牆上。他抬頭一看，真是惶惑不解。樂娘問他說："你要出去，是不是？"說罷就回裡院去了。也許這些都是偶爾趕巧，可是他越想越怕。他記得樂娘不許他說什麼"鬼""魔"等字。不但她，而且青兒都能在黑暗裡找到東西。

他決定去找王婆，打聽清楚樂娘的身世。到了王婆家，看見門上有官府的封條，上面寫的是："人心似鐵，官法如爐。"他向街坊鄰居一打聽，才知道王婆在六個月以前，因為引誘青春少女，有傷風化，已經受官府絞刑而死。

PINYIN

tā yòu xiǎng qǐ Yuèniáng néng yù zhī tā de xīn shì, zhè zhǒng qíng xíng yǒu hǎo jǐ huí. zhēn lìng rén mò míng qí miào. yǒu yì huí tā xiě xìn, chōu ti lǐ zhǎo bù zhǎo xìn fēng, tā zhèng yào jiào Qīngr, hū rán kàn jiàn qī zi zhàn zài shēn páng, shǒu lǐ ná zhe yí gè xìn fēng. tā yòu xiǎng qǐ lái, yì tiān fàng xué zhī hòu, tā yào shàng jiē, běn lái tā bù cháng shàng jiē de. tiān zhèng xià yǔ, zhèng shì sì diǎn bàn, Yuèniáng ná lái le bǎ yǔ sǎn, bǎ sǎn xié kào zài qiáng shàng. tā tái tóu yí kàn, zhēn shì huáng huò bù jiě. Yuèniáng wèn tā shuō:"nǐ yào chū qù, shì bú shì?" shuō bà jiù huí lǐ yuàn qù le. yě xǔ zhè xiē dōu shì ǒu'ěr gǎn qiǎo, kě shì tā yuè xiǎng yuè pà. tā jì dé Yuèniáng bù xǔ tā shuō shén me "guǐ" "mó" děng zì. bú dàn tā, ér qiě Qīngr dōu néng zài hēi'àn lǐ zhǎo dào dōng xǐ.

tā jué dìng qù zhǎo Wángpó, dǎ tīng qīng chu Yuèniáng de shēn shì. dào le Wángpó jiā, kàn jiàn mén shàng yǒu guān fǔ de fēng tiáo, shàng miàn xiě de shì: "rén xīn shì tiě, guān fǎ rú lú. "tā xiàng jiē fāng lín jū yì dǎ tīng, cái zhī dào Wángpó zài liù gè yuè yǐ qián, yīn wèi yǐn yòu qīng chūn shào nǚ, yǒu shāng fēng huà, yǐ jīng shòu guān fǔ jiǎo xíng ér sǐ.

ESPAÑOL

Él recordó de nuevo como Yuèniáng podía saber con anticipación sus pensamientos ocultos y como esta situación se había repetido en varias ocasiones. Lo cual era en verdad totalmente inexplicable. Hubo una vez en que escribió una carta, y en el cajón no lograba encontrar ningún sobre, estando a punto de llamar a Qīngr, de pronto vio a su esposa parada a un lado sosteniendo un sobre en la mano. Recordó también que un día después de salir de clases, iba a salir a la calle (lo cual no era algo que normalmente hacía antes). Del cielo había descendido la lluvia, siendo exactamente las cuatro y media, Yuèniáng había traído entonces un paraguas que reclinó sobre la pared, cuando él levantó su mirada quedó perplejo y asustado. Yuèniáng preguntando dijo: "¿Vas a salir verdad?". Tras decir esto partió de regreso por el patio interior. Se acordó además que Yuèniáng no lo dejaba decir palabras como "fantasmas" "demonio" etc. Es probable quizás que todo esto fueran meras casualidades, pero entre más lo pensaba más se asustaba. Y no solo ella, sino también Qīngr podía encontrar cosas en la oscuridad.

Decidió ir en busca de Wángpó, con el fin de dilucidar claramente el pasado de Yuèniánq. Cuando arribó a su casa notó que en la puerta había un sello de clausura del gobierno, que encima tenía escrito: "Aunque el corazón es como el hierro, la ley del gobierno es un horno candente". Se dirigió a las casas de los vecinos para interrogarlos y fue entonces cuando supo que Wángpó seis meses atrás, debido a que había conducido a una joven muchacha a cometer una indecencia, había sido ejecutada en la horca.

1296. 害怕/hài pà (Verbo. Asustarse).

1297. 懷念/怀念 huái niàn (Verbo. Echar de menos; sentir nostalgia; añorar).

1298. 天真活潑/天真活泼 tiān zhēn huó pō (Frase. Describe a una persona que tiene sentido del humor y hace reír a otras).

1299. 幽默風趣/幽默风趣 yōu mò fēng qù (Frase. Inocente y vivaz).

1300. 當初/当初 dāng chū (Sustantivo. En el pasado; antiguamente; originalmente).

1301. 必須/必须 bì xū (Adverbio. Haber que; tener que).

1302. 了結/了结 liǎo jié (Verbo. Terminar; concluir).

1303. 賢淑/贤淑 (CH Continental) xián shū (TW) xián shú (Adjetivo. Describe a una mujer de conducta virtuosa y afable).

1304. 生怕 shēng pà (Verbo. Temer).

1305. 鑄成大錯/铸成大错 zhù chéng dà cuò (Frase idiomatica. cometer un grave error).

1306. 待 dài (Verbo. Tratar; lidiar con; esperar).

1307. 解脫/解脱 jiě tuō (Verbo. Librarse; zafarse; desafanarse).

1308. 頭昏腦漲/头昏脑涨 tóu hūn nǎo zhǎng (Frase. sentirse mareado; vértigo).

1309. 就 jiù (Adverbio. Indica determinación e imposibilidad de cambio).

1310. 便 biàn (Adverbio. Equivalente a "就" indica que bajo ciertas condiciones previas, naturalmente ocurrirá después un resultado).

1311. 安全 ān quán (Adjetivo. Seguro).

1312. 急於/急于 jí yú (Verbo. Estar impaciente por; estar ansioso).

1313. 一刻 yí kè (Sustantivo. Un momento; un cuarto de hora).

1314. 等待 děng dài (Verbo. Esperar).

1315. 冒 mào (Verbo. Afrontar).

1316. 逆風/逆风 nì fēng (Verbo. Viento de frente; contracorriente).

1317. 行 xíng (Verbo. Viajar).

1318. 西北天空 xī běi tiān kōng (Frase. Cielo noroeste).

1319. 興起/兴起 (CH Continental) xīng qǐ (TW) xìng qǐ (Verbo. Surgir; ascender; desarrollarse).

1320. 狂風暴雨/狂风暴雨 kuáng fēng bào yǔ (Frase idiomática. Viento y lluvia intensos; metáfora de un estado difícil).

1321. 即將來臨/即将来临 jí jiāng lái lín (Frase. Inminente).

1322. 一望 yí wàng (Verbo. Mirar a lo lejos; mirar por encima de).

1323. 遮住 zhē zhù (Verbo. Estar cubierto por; bloquear; obstruir; opacar).

1324. 山頂/山顶 shān dǐng (Sustantivo. Cumbre de una montaña; cima).

1325. 中途 zhōng tú (Sustantivo. A medio camino; a mitad de camino).

1326. 停留 tíng liú (Verbo. Detenerse; quedarse; permanecer; hacer una parada).

1327. 場/场 cháng (Clasificador. El curso o proceso de eventos, sucesos).

1328. 暴風雨/暴风雨 bào fēng yǔ (Sustantivo. Tempestad; tormenta).

1329. 冲淡 chōng dàn (Verbo. Diluir; debilitar; disminuir; reducir).

1330. 苦惱/苦恼 kǔ nǎo (Adjetivo. Angustiado; abrumado).

CHINO SIMPLIFICADO

现在他越发害怕起来。那么梨花告诉他的话一点儿也不错了。对于梨花，也越怀念，那个可爱的姑娘。心里不住想她那雪白的脸，她的天真活泼，她的幽默风趣。若是当初娶了她，该是多么好！

他必须去找梨花，好把这件神秘的事情弄个了结。可是他还记得乐娘那么贤淑，他生怕铸成大错。他在外头待得越久，回家之后越不易解脱，他简直被弄得头昏脑涨。在钱塘门待了一夜，第二天下午三点多才往多仙岭去。他上了船，一想到就要见梨花，心里便觉得安全点儿，也舒服得多。他急于要见梨花的脸、听梨花的声音，几乎一刻也不能等待。冒着逆风，船行得很慢，西北天空，乌云兴起，好像六月的狂风暴雨即将来临。往西山一望，乌云已遮住山顶。他没有带伞，但是中途不肯停留。他有点儿欢迎一场暴风雨，盼望能冲淡他心里的苦恼。

CHINO TRADICIONAL

現在他越發害怕起來。那麼梨花告訴他的話一點兒也不錯了。對於梨花，也越懷念，那個可愛的姑娘。心裡不住想她那雪白的臉，她的天真活潑，她的幽默風趣。若是當初娶了她，該是多麼好！

他必須去找梨花，好把這件神秘的事情弄個了結。可是他還記得樂娘那麼賢淑，他生怕鑄成大錯。他在外頭待得越久，回家之後越不易解脫，他簡直被弄得頭昏腦漲。在錢塘門待了一夜，第二天下午三點多才往多仙嶺去。他上了船，一想到就要見梨花，心裡便覺得安全點兒，也舒服得多。他急於要見梨花的臉、聽梨花的聲音，幾乎一刻也不能等待。冒著逆風，船行得很慢，西北天空，烏雲興起，好像六月的狂風暴雨即將來臨。往西山一望，烏雲已遮住山頂。他沒有帶傘，但是中途不肯停留。他有點兒歡迎一場暴風雨，盼望能沖淡他心裡的苦惱。

PINYIN

xiàn zài tā yuè fā hài pà qǐ lái. nà me Líhuā gào su tā de huà yì diǎnr yě bú cuò le. duì yú Líhuā, yě yuè huái niàn, nà gè kě'ài de gū niang. xīn lǐ bú zhù xiǎng tā nà xuě bái de liǎn, tā de tiān zhēn huó pō, tā de yōu mò fēng qù. ruò shì dāng chū qǔ le tā, gāi shì duō me hǎo!

tā bì xū qù zhǎo Líhuā, hǎo bǎ zhè jiàn shén mì de shì qíng nòng gè liǎo jié. kě shì tā hái jì dé Yuèniáng nà me xián shū, tā shēng pà zhù chéng dà cuò. tā zài wài tóu dài de yuè jiǔ, huí jiā zhī hòu yuè bú yì jiě tuō, tā jiǎn zhí bèi nòng de tóu hūn nǎo zhàng. zài Qiántáng mén dài le yí yè, dì èr tiān xià wǔ sān diǎn duō cái wǎng Duōxiānlǐng qù. tā shàng le chuán, yì xiǎng dào jiù yào jiàn Líhuā, xīn lǐ biàn jué de ān quán diǎnr, yě shū fú de duō. tā jí yú yào jiàn Líhuā de liǎn, tīng Líhuā de shēng yīn, jī hū yí kè yě bù néng děng dài. mào zhe nì fēng, chuán xíng de hěn màn, xī běi tiān kōng, wū yún xīng qǐ, hǎo xiàng liù yuè de kuáng fēng bào yǔ jí jiāng lái lín. wǎng xī shān yí wàng, wū yún yǐ zhē zhù shān dǐng. tā méi yǒu dài sǎn, dàn shì zhōng tú bù kěn tíng liú. tā yǒu diǎnr huān yíng yì chǎng bào fēng yǔ, pàn wàng néng chōng dàn tā xīn lǐ de kǔ nǎo.

ESPAÑOL

Ahora se sentía cada vez más asustado. Lo que Líhuā le había dicho era entonces completamente verdadero. Sintió nostalgia por esa muchacha tan adorable. Su mente no podía dejar de pensar en aquel rostro níveo, en su inocencia vivaz y su gracia. Si en un principio se hubiese casado con ella ¡Todo sería mucho mejor!

Tenía que ir a buscar a Líhuā, para concluir correctamente con este asunto misterioso. Aún se acordaba sin embargo de lo virtuosa y afable que era Yuèniáng, por lo que temía estar cometiendo un grave error. Pero entre más tiempo estuviera esperando afuera, más difícil sería justificarse al regresar a casa, lo que ocasionaba que se sintiera mareado y con vértigos. Esperó una noche en Qiántáng mén y al siguiente día a las tres de la tarde partió por fin rumbo a Duōxiānlǐng. A bordo del bote, pensaba en que solo quería ver a Líhuā, para sentirse un poco más seguro y mucho más cómodo. Estaba ansioso por ver su rostro y escuchar su voz, no podía esperar ni un momento más. Enfrentando un viento a contracorriente, el bote avanzaba muy lento, en el cielo noroeste emergieron unos nubarrones oscuros, anunciando una inminente tormenta de junio. Miró por encima de la montaña occidental y descubrió que los nubarrones ya habían cubierto su cima. No tenía consigo un paraguas, pero se rehusó a detenerse a mitad del camino. Se resignó entonces a darle la bienvenida a la tempestad, deseando que esta diluyera la angustia de su corazón.

1331. 道路 dào lù (Sustantivo. Camino; ruta; vía).
1332. 不費什麼事就找著路/不费什么事就找着路 bú fèi shén me shì jiù zhǎo zhe lù (Frase. Encontrar fácilmente o sin esfuerzo el camino).
1333. 溪畔茅屋 xī pàn máo wū (Frase. Choza al borde del río; "溪" Sustantivo. río; "畔" Sustantivo. orilla; "茅屋" Sustantivo. choza).
1334. 脉搏 mài bó (Sustantivo. Pulso).
1335. 跳快起来 tiào kuài qǐ lái (Frase. Comenzar a latir rápidamente).
1336. 無法/无法 wú fǎ (Verbo. Serle a uno imposible; ser incapaz).
1337. 恐怕 kǒng pà (Adverbio. Expresa especulación, conjetura).
1338. 風聲颼颼/风声飕飕 fēng shēng sōu sōu (Frase. el rápido silbido o sonido del viento; "風聲/风声" Sustantivo. Sonido del viento; "颼颼/飕飕" onomatopeya. imita el sonido rápido del viento).
1339. 底下 dǐ xià (Sustantivo. debajo; por debajo).
1340. 樹林子/树林子 shù lín zi (Sustantivo. Bosque).
1341. 岩石 yán shí (Sustantivo. Roca).
1342. 公墓 gōng mù (Sustantivo. Cementerio público; fosa común).
1343. 私墓 sī mù (Sustantivo. Sepultura privada).
1344. 急忙 jí máng (Adverbio. Precipitado; apresurado).
1345. 陡直 dǒu zhí (Adjetivo. Extremadamente escarpado).
1346. 直通 zhí tōng (Verbo. Conducir o dirigir directamente hacía).
1347. 台階/台阶 tái jiē (Sustantivo. Peldaño; escalón).
1348. 急不可待 jí bù kě dài (Frase idiomática. Estar demasiado impaciente o ansioso).
1349. 暴雨 bào yǔ (Sustantivo. Lluvia torrencial; tormenta).
1350. 趕到/赶到 (CH Continental) gǎn dao (TW) gǎn dào (Verbo. Apresurarse en ir a un lugar).
1351. 躲避 duǒ bì (Verbo. Esconderse; ocultarse; esquivar; eludir).
1352. 平地 píng dì (Sustantivo. Terreno plano; planicie).
1353. 奔跑 bēn pǎo (Verbo. Correr rápidamente).
1354. 碼/码 mǎ (Sustantivo. Yarda).
1355. 至 zhì (Verbo. Arribar).
1356. 雷聲隆隆/雷声隆隆 léi shēng lóng lóng (Frase. El retumbar de los truenos).
1357. 電光閃閃/电光闪闪 diàn guāng shǎn shǎn (Frase. Los truenos centelleantes).
1358. 豆子 dòu zi (Sustantivo. Cultivos de frijol, Semillas de frijol; objetos en forma de frijol o haba).
1359. 雨點兒/雨点儿 yǔ diǎnr (Sustantivo. Gotas de lluvia).
1360. 將/将 jiāng (Auxiliar. Utilizado entre el verbo y el complemento de dirección, expresa dirección o rumbo)
1361. 瞥見/瞥见 piē jiàn (Verbo. Ver con una ojeada).
1362. 小方院兒/小方院儿 xiǎo fāng yuànr (Frase. Un pequeño patio o recinto cuadrado).
1363. 進口/进口 jìn kǒu (Sustantivo. Entrada).
1364. 不自覺/不自觉 bú zì jué (Verbo. Inconsciente).
1365. 插關兒/插关儿 chā guānr (Sustantivo. Pestillo, cerrojo, bloqueo de puerta).
1366. 插上 chā shàng (Verbo. Insertar).
1367. 面對/面对 miàn duì (Verbo. Enfrentarse con; encararse con; hacer frente a).
1368. 如何 rú hé (pronombre. Cómo; qué).
1369. 清清楚楚 qīng qīng chǔ chǔ (Frase idiomática. Describe que es bastante claro, sin el menor rasgo de duda).
1370. 唯一 wéi yī (Adjetivo. Único; sin par).
1371. 就 jiù (Adverbio. Indica que una acción que ocurre inmediatamente).

CHINO SIMPLIFICADO

道路他记得很清楚，不费什么事就找着路，过了多仙岭。他站在山顶往下望，心想着梨花的溪畔茅屋，脉搏立刻跳快起来。天空已经黑暗，也无法知道是什么时候，恐怕已经有五六点。风声飕飕，从底下的树林子上刮来。在山坡中间，巨大的岩石之下，有一些公墓和私墓，有的是新的，有的是旧的。他急忙走下那陡直、直通溪畔的石头台阶，一则要见梨花，急不可待；二则暴雨将来，好赶到酒馆躲避。

到了下面平地，他开始奔跑。离酒馆还有百码来远，暴雨突然而至。他淋在雨里，雷声隆隆，电光闪闪，豆子大的雨点儿打将下来。他一眼瞥见附近有个孤独的小方院儿，正在公墓的进口，他赶紧避进去，不自觉地把门插关儿插上。不知道我们自己面对这种情形如何，他是清清楚楚地觉得，他是全山谷唯一的一个人。六月里的暴雨下不长，一会儿就停了。他身上没有淋湿，心里很高兴。

CHINO TRADICIONAL

道路他記得很清楚，不費甚麼事就找著路，過了多仙嶺。他站在山頂往下望，心想著梨花的溪畔茅屋，脈搏立刻跳快起來。天空已經黑暗，也無法知道是什麼時候，恐怕已經有五六點。風聲颼颼，從底下的樹林子上刮來。在山坡中間，巨大的岩石之下，有一些公墓和私墓，有的是新的，有的是舊的。他急忙走下那陡直、直通溪畔的石頭台階，一則要見梨花，急不可待；二則暴雨將來，好趕到酒館躲避。

到了下面平地，他開始奔跑。離酒館還有百碼來遠，暴雨突然而至。他淋在雨裡，雷聲隆隆，電光閃閃，豆子大的雨點兒打將下來。他一眼瞥見附近有個孤獨的小方院兒，正在公墓的進口，他趕緊避進去，不自覺地把門插關兒插上。不知道我們自己面對這種情形如何，他是清清楚楚地覺得，他是全山谷唯一的一個人。六月裡的暴雨下不長，一會兒就停了。他身上沒有淋濕，心裡很高興。

PINYIN

dào lù tā jì dé hěn qīng chu, bú fèi shén me shì jiù zhǎo zhe lù, guò le Duōxiānlǐng. tā zhàn zài shān dǐng wǎng xià wàng, xīn xiǎng zhe Líhuā de xī pàn máo wū, mài bó lì kè tiào kuài qǐ lái. tiān kōng yǐ jīng hēi'àn, yě wú fǎ zhī dào shì shén me shí hòu, kǒng pà yǐ jīng yǒu wǔ liù diǎn. fēng shēng sōu sōu, cóng dǐ xià de shù lín zi shàng guā lái. zài shān pō zhōng jiān, jù dà de yán shí zhī xià, yǒu yì xiē gōng mù hé sī mù, yǒu de shì xīn de, yǒu de shì jiù de. tā jí máng zǒu xià nà dǒu zhí, zhí tōng xī pàn de shí tou tái jiē, yì zé yào jiàn Líhuā, jí bù kě dài; èr zé bào yǔ jiāng lái, hǎo gǎn dào jiǔ guǎn duǒ bì.

dào le xià miàn píng dì, tā kāi shǐ bēn pǎo. lí jiǔ guǎn hái yǒu bǎi mǎ lái yuǎn, bào yǔ tú rán ér zhì. tā lín zài yǔ lǐ, léi shēng lóng lóng, diàn guāng shǎn shǎn, dòu zi dà de yǔ diǎnr dǎ jiāng xià lái. tā yì yǎn piē jiàn fù jìn yǒu gè gū dú de xiǎo fāng yuànr, zhèng zài gōng mù de jìn kǒu, tā gǎn jǐn bì jìn qù, bú zì jué de bǎ mén chā guānr chā shàng. bù zhī dào wǒ men zì jǐ miàn duì zhè zhǒng qíng xíng rú hé, tā shì qīng qīng chǔ chǔ de jué de, tā shì quán shān gǔ wéi yī de yí gè rén. liù yuè lǐ de bào yǔ xià bù cháng, yì huǐr jiù tíng le. tā shēn shàng méi yǒu lín shī, xīn lǐ hěn gāo xìng.

ESPAÑOL

Recordaba claramente el camino, por lo que encontró la ruta a Duōxiānlǐng sin ningún problema. Se detuvo en el pico de la montaña mirando hacia abajo a los alrededores, al pensar en la choza a la orilla del río de Líhuā su pulso comenzó inmediatamente a acelerarse. El cielo ya se había oscurecido, siendo incapaz de saber el tiempo, eran posiblemente las cinco o la seis. El rápido silbido del viento, emergía soplando desde la parte inferior del bosque. En la cuesta de la montaña, debajo de las rocas gigantes, había algunas tumbas públicas y privadas, algunas nuevas y otras antiguas. Caminó precipitadamente por aquellos peldaños de roca escarpados al borde del río, por un lado no podía esperar más a ver a Líhuā y por el otro la tormenta estaba por llegar, por lo que se apresuró en ir a la taberna a ocultarse.

Llegado a la parte baja de la planicie, comenzó a correr rápidamente. Aún había cien yardas de distancia hacía la taberna, cuando llegó de golpe la tormenta. Empapándose en la lluvia, retumbaban y centelleaban los truenos, las grandes gotas en forma de guisante arremetían con furia a su caída. Con una ojeada divisó un pequeño recinto cuadrado, justo a la entrada del cementerio público, al cual se apresuró a entrar para resguardarse, inconscientemente colocó una traba a la puerta. No se sabe cómo podemos hacer frente a este tipo de situaciones, pero él claramente percibió que en todo el valle era la única persona. Las tormentas del mes de Junio no eran muy prolongadas, por lo que pasado un momento se detuvo. Sin haber estado expuesto a la lluvia, se sentía por dentro muy feliz.

1372. 身上 shēn shàng (Sustantivo. En el cuerpo; encima de uno).
1373. 淋濕/淋湿 lín shī (Verbo. Mojarse).

1374. 喘息 (CH Continental) chuǎn xī (TW) chuǎn xí (Verbo. Tomar un respiro; relajarse por un momento).

1375. 平静 píng jìng (Adjetivo. Quieto; tranquilo; sereno; calmado; apacible)

1376. 就 jiù (Conjunción. Indica una acción seguida de otra en la estructura V1+就+V2).

1377. 閉住氣/闭住气 bì zhù qì (Frase. Contener el aliento).

1378. 一動不動/一动不动 yí dòng bú dòng (Frase idiomática. inmóvil).

1379. 鎖/锁 suǒ (Verbo. Cerrar con llave, candado, etc.).

1380. 哪 nǎ (No tiene ningún significado en el texto).

1381. 門縫兒/门缝儿 mén fèngr (Sustantivo. Intersticio o resquicio de la puerta).

1382. 咱們/咱们 zán men (Pronombre. Nosotros; incluyendo a la persona que habla y hacía quien se dirige).

1383. 小鬼東西/小鬼东西 xiǎo guǐ dōng xi (Frase. Pequeña diablilla detestable; "小鬼" Sustantivo. Diablillo; "東西/东西" Sustantivo. Se refiere en particular a personas o animales, en dos extremos: detestables o amadas).

1384. 淫婦/淫妇 yín fù (Sustantivo. Mujer promiscua y disoluta).

1385. 算賬/算账 suàn zhàng (Verbo. En sentido figurado significa ajustar cuentas).

1386. 工夫 (CH Continental) gōng fu (TW) gōng fū (Sustantivo. Tiempo o espacio libre).

1387. 對付/对付 duì fù (Verbo. Hacer frente; lidiar con).

1388. 腳步聲兒/脚步声儿 jiǎo bù shēngr (Sustantivo. Pasos; pisadas).

1389. 渾身上下/浑身上下 hún shēn shàng xià (Frase. Todo el cuerpo de arriba hacia abajo).

1390. 哆嗦 duō suō (Verbo. Temblar; tiritar; estremecerse).

1391. 成一團兒/成一团儿 chéng yì tuánr (Frase. Hacerse bolita; contraerse).

1392. 減小/减小 jiǎn xiǎo (Verbo. Reducir; disminuir).

1393. 閃電/闪电 shǎn diàn (Sustantivo. Relámpago).

1394. 照亮 zhào liàng (Verbo. Iluminar).

1395. 加重 jiā zhòng (Verbo. Agravar una situación).

1396. 慘況/惨况 cǎn kuàng (Sustantivo. Condición trágica o miserable).

1397. 老墳/老坟 lǎo fén (Sustantivo. Tumba ancestral).

1398. 坍塌 tān tā (Verbo. Derrumbarse; hundirse; colapsar).

1399. 朝天 cháo tiān (Sustantivo. Hacia arriba).

1400. 張/张 zhāng (Verbo. Abrir).

1401. 大嘴 dà zuǐ (Frase. Gran boca).

1402. 淒厲/凄厉 qī lì (Adjetivo. Sonido agudo y desgarrador).

1403. 呼叫 hū jiào (Verbo. Gritar).

1404. 救命 jiù mìng (Interjección. ¡Ayuda!; ¡Sálvenme!).

1405. 殺人/杀人 shā rén (Verbo. Asesinar; matar).

CHINO SIMPLIFICADO

他刚喘息平静，就听见有人在外推门。他闭住气，一动不动。

"里头锁着哪，" 是女人的声音，听着好像青儿，"是不是咱们从门缝儿进去？"

"不管怎么样，他是跑不了的。" 是他妻子的声音，"这种天气，来看这个小鬼东西。没关系，我先跟小淫妇算账。他若是跑了，回家之后，也有工夫对付他。" 他听见她俩的脚步声儿走远了。

吴洪浑身上下，哆嗦成一团儿。暴风雨减小了，不住的闪电却照亮了屋子，加重了他的惨况。他到屋后一看，原来都是些老公墓、老坟。有的坟顶上已经坍塌，在地上朝天张着个大嘴。忽然间，听见酒馆那边有女人凄厉地呼叫。

"救命啊！救命啊！杀人了。"

CHINO TRADICIONAL

他剛喘息平靜，就听見有人在外推門。他閉住氣，一動不動。

"裡頭鎖著哪，" 是女人的聲音，聽著好像青兒，"是不是咱們從門縫兒進去？"

"不管怎麼樣，他是跑不了的。" 是他妻子的聲音，"這種天氣，來看這個小鬼東西。沒關係，我先跟小淫婦算賬。他若是跑了，回家之後，也有工夫對付他。" 他聽見她倆的腳步聲兒走遠了。

吳洪渾身上下，哆嗦成一團兒。暴風雨減小了，不住的閃電卻照亮了屋子，加重了他的慘況。他到屋後一看，原來都是些老公墓、老墳。有的墳頂上已經坍塌，在地上朝天張著個大嘴。忽然間，聽見酒館那邊有女人凄厲地呼叫。

"救命啊！救命啊！殺人了。"

PINYIN

tā gāng chuǎn xī píng jìng, jiù tīng jiàn yǒu rén zài wài tuī mén. tā bì zhù qì, yí dòng bú dòng.

"lǐ tou suǒ zhe nǎ," shì nǚ rén de shēng yīn, tīng zhe hǎo xiàng Qīngr, "shì bú shì zán men cóng mén fengr jìn qù?"

"bù guǎn zěn me yàng, tā shì pǎo bù liǎo de." shì tā qī zi de shēng yīn, "zhè zhǒng tiān qì, lái kàn zhè gè xiǎo guǐ dōng xi. méi guān xì, wǒ xiān gēn xiǎo yín fù suàn zhàng. tā ruò shì pǎo le, huí jiā zhī hòu, yě yǒu gōng fu duì fù tā." tā tīng jiàn tā liǎ de jiǎo bù shēngr zǒu yuǎn le.

Wúhóng hún shēn shàng xià, duō suō chéng yí tuánr. bào fēng yǔ jiǎn xiǎo le, bú zhù de shǎn diàn què zhào liàng le wū zi, jiā zhòng le tā de cǎn kuàng. tā dào wū hòu yí kàn, yuán lái dōu shì xiē lǎo gōng mù, lǎo fén. yǒu de fén dǐng shàng yǐ jīng tān tā, zài dì shàng cháo tiān zhāng zhè gè dà zuǐ. hū rán jiān, tīng jiàn jiǔ guǎn nà biān yǒu nǚ rén qī lì de hū jiào.

"jiù mìng ā! jiù mìng ā! shā rén le."

ESPAÑOL

Acababa de tomarse un respiro, cuando escuchó que había alguien afuera empujando la puerta. Contuvo el aliento y se quedó completamente inmóvil.

—Está cerrado por dentro. —Era la voz de una mujer, se escuchaba como si fuera Qīngr, "¿Entramos por la hendidura de la puerta?"

—Como sea, no puede escapar. —Era la voz de su esposa—. Con este clima, venir a ver a esta repugnante diablilla. No importa, primero ajustaré cuentas con esa mujerzuela. Si él llegara a escapar, después de que regrese a casa, habrá tiempo de sobra para encargarse de él. —Escuchó alejarse los pasos de ambas.

Wúhóng contrayéndose completamente temblaba de pies a cabeza. La tormenta se había reducido, sin embargo los truenos constantemente iluminaban la casa, empeorando aún más lo tétrico de la situación. Se asomó en la parte trasera de la casa y resultó que todo era cementerios viejos y tumbas ancestrales. Algunas tumbas ya se habían colapsado por arriba, abriendo en el suelo grandes cavidades. De pronto escuchó del lado de la taberna a una mujer gritando desgarradoramente.

—¡Ayuda! ¡Sálvenme! Me asesinan."

1406. 渾身/浑身 hún shēn (Sustantivo. Todo el cuerpo).
1407. 汗毛 hàn máo (Sustantivo. Vello).
1408. 眼儿 yǎnr (Sustantivo. Hoyo pequeño, agujero).
1409. 張開/张开 zhāng kāi (Verbo. Abrir; destapar; desatar; desplegar).
1410. 豎起來/竖起来 shù qǐ lái (Verbo. Levantar; erigir; erguir).
1411. 罵聲/骂声 mà shēng (Frase. Sonido de maldiciones; groserías).
1412. 喊聲/喊声 hǎn shēng (Frase. Sonido de gritos).
1413. 哭聲/哭声 kū shēng (Frase. Sonido de lamentos, quejidos, lloriqueos).
1414. 打架 dǎ jià (Verbo. Reñir; pelear).
1415. 尖銳/尖锐 jiān ruì (Sustantivo. Voz aguda).
1416. 魁梧 kuí wú (Adjetivo. Alto y robusto; colosal).
1417. 看墳人/看坟人 kàn fén rén (Sustantivo. Cuidador de tumbas; panteonero).
1418. 跳過/跳过 tiào guò (Verbo. Brincar por encima).
1419. 籬笆/篱笆 (CH Continental) lí ba (TW) lí bā (Sustantivo. Seto, vallado; barda).
1420. 跳進/跳进 tiào jìn (Verbo. Brincar a dentro).
1421. 墳地/坟地 fén dì (Sustantivo. Cementerio).
1422. 朱小四兒/朱小四儿 Zhū Xiǎosìr (Sustantivo. Apellido y nombre).
1423. 破 pò (Adjetivo. Viejo y desgastado; harapos; desechos; desperdicios).
1424. 骯髒/肮脏 (CH Continental) āng zang (TW) āng zāng (Adjetivo. Sucio; desaseado).
1425. 亂/乱 luàn (Adjetivo. Desordenado; caótico).
1426. 由 yóu (Preposición. Desde).
1427. 彎/弯 wān (Adjetivo/verbo. Curvo, doblado; doblar, encorvar).
1428. 腰 yāo (Sustantivo. Cintura).
1429. 咳嗽 (CH Continental) ké sou (TW) ké sòu (Verbo. Toser).
1430. 生氣喘病死/生气喘病死 shēng qì chuǎn bìng sǐ (Frase. Morir de asma; "生" Verbo. Padecer; "氣喘病/气喘病" Sustantivo. Asma; "死" Sustantivo. Muerte).
1431. 身材魁梧 shēn cái kuí wú (Frase idiomática. De gran estatura y complexión vigorosa; alto y fornido).
1432. 鬧/闹 nào (Verbo. Armar un alboroto; disputar en voz alta; pelear).
1433. 兇殺案/凶杀案 xiōng shā àn (Sustantivo. Caso de asesinato).

CHINO SIMPLIFICADO

吴洪浑身的汗毛眼儿都张开了，汗毛都竖起来。骂声、喊声、哭声，仿佛三个女人在那里打架。显然是女的声音，不像人声，是鬼的声音，比人声高而尖锐。

吴洪看见一个魁梧的男人的影儿，从看坟人的屋子上跳过篱笆，跳进坟地来，嘴里喊着："朱小四儿，朱小四儿，你听见哭声没有？"

一个穿得破而肮脏、头发又长又乱的人，由一个坟墓里爬了起来，弯着腰，咳嗽得很厉害。吴洪心里想："这个鬼大概是生气喘病死的。"

那个身材魁梧的鬼在黑暗中喊说："那边闹了凶杀案，咱们去看看。"

CHINO TRADICIONAL

吳洪渾身的汗毛兒都張開了，汗毛都豎起來。罵聲、喊聲、哭聲，彷彿三四個女人在那裡打架。顯然是女的聲音，不像人聲，是鬼的聲音，比人聲高而尖銳。

吳洪看見一個魁梧的男人的影兒，從看墳人的屋子上跳過籬笆，跳進墳地來，嘴裡喊著："朱小四兒，你聽見哭聲沒有？"

一個穿得破而骯髒、頭髮又長又亂的人，由一個墳墓裡爬了起來，彎著腰，咳嗽得很厲害。吳洪心裡想："這個鬼大概是生氣喘病死的。"

那個身材魁梧的鬼在黑暗中喊說："那邊鬧了兇殺案，咱們去看看。"

PINYIN

Wúhóng hún shēn de hàn máo yǎnr dōu zhāng kāi le, hàn máo dōu shù qǐ lái. mà shēng, hǎn shēng, kū shēng, fǎng fú sān sì ge nǚ rén zài nà lǐ dǎ jià. xiǎn rán shì nǚ de shēng yīn, bú xiàng rén shēng, shì guǐ de shēng yīn, bǐ rén shēng gāor jiān ruì.

Wúhóng kàn jiàn yí gè kuí wú de nán rén de yǐngr, cóng kàn fén rén de wū zi shàng tiào guò lí bā, tiào jìn fén dì lái, zuǐ lǐ hǎn zhe: "Zhū Xiǎosìr, Zhū Xiǎosìr nǐ tīng jiàn kū shēng méi yǒu?"

yí gè chuān de pò ér āng zāng, tóu fa yòu cháng yòu luàn de rén, yóu yí gè fén mù lǐ pá le qǐ lái, wān zhe yāo, ké sòu de hěn lì hài. Wúhóng xīn lǐ xiǎng:"zhè ge guǐ dà gài shì shēng qì chuǎn bìng sǐ de."

nà gè shēn cái kuí wú de guǐ zài hēi'àn zhōng hǎn shuō: "nà biān nào le xiōng shā àn, zán men qù kàn kàn.

ESPAÑOL

A Wúhóng se le puso la piel de gallina y los pelos de punta. Se oyó el sonido de maldiciones, gritos, lloriqueos; de aparentemente tres o cuatro mujeres que estaban allí peleando. Era claro que era el sonido de mujeres, pero no parecían las voces de personas, sino las voces de fantasmas, que en comparativa eran más altas y agudas.

Wúhóng vio la sombra de un fantasma colosal masculino, brincar la barda desde la casa del cuidador de tumbas, entrar al cementerio gritando:
—¡¿Zhū Xiǎosìr, escuchaste el sonido de alguien llorando?!

Una persona sucia vestida en harapos, con el cabello largo y desordenado, emergió trepando desde un sepulcro, tenía doblada su cintura y tosía fuertemente. Wúhóng pensó: "Es probable que este fantasma haya muerto de asma". El fantasma de gran estatura y complexión vigorosa gritó en la oscuridad: —Entre el alboroto de ese lado puede que haya un caso de asesinato, vayamos a ver.

1434. 一陣風/一阵风 yí zhèn fēng (Adjetivo. Metáfora de una acción que es como el soplido del viento; velocidad rápida).

1435. 細雨濛蒙/细雨蒙蒙 xì yǔ méng méng (Frase. Llovizna fina).

1436. 靜一下/静一下 jìng yí xià (Frase. Calmarse; guardar silencio).

1437. 吵鬧/吵闹 chǎo nào (Verbo. Pelear en voz alta; gritar en desorden).

1438. 一塊兒/一块儿 yí kuàir (Adverbio. En conjunto; al mismo tiempo y mismo lugar).

1439. 說話/说话 shuō huà (Verbo. Hablar).

1440. 哭泣 kū qì (Verbo. Sollozar; gimotear).

1441. 停止 tíng zhǐ (Verbo. Cesar; parar; detener; suspender).

1442. 鐵鍊子/铁链子 tiě liàn zi (Sustantivo. Cadena de hierro).

1443. 拖 tuō (Verbo. Tirar; arrastrar).

1444. 嘈雜/嘈杂 cáo zá (Adjetivo. Ruidoso; estrepitoso).

1445. 骨軟筋酥/骨软筋酥 gǔ ruǎn jīn sū (Frase idiomática. Significa que los huesos están blandos y que los músculos están entumecidos. Describe la apariencia de debilidad en todo el cuerpo y debilidad en las extremidades)

1446. 嚇/吓 xià (Verbo. Asustar; intimidar; espantar; atemorizar).

1447. 黏 nián (Adjetivo. Pegajoso).

1448. 門口/门口 mén kǒu (Sustantivo. Entrada).

1449. 四周圍/四周围 sì zhōu wéi (Sustantivo. En todos lados; alrededor).

1450. 道 dào (Clasificador. Para puertas, paredes, etc.).

1451. 矮牆/矮墙 ǎi qiáng (Frase. Pared o muro corto).

1452. 四五尺高 sì wǔ chǐ gāo (Frase. De cuatro a cinco pulgadas chinas de altura; "尺" unidad de longitud china que equivale a 0.333 metros).

1453. 啪 pā (Onomatopeya. Imita el sonido de un disparo, un golpe, aplauso, etc.).

1454. 哎呀 āi yā (Interjección. Expresa sufrimiento, sorpresa o impaciencia).

1455. 面貌 miàn mào (Sustantivo. Cara; rostro; fisonomía; apariencia; aspecto).

1456. 不怎麼/不怎么 bù zě me (Adverbio. No mucho; no del todo).

1457. 搗亂/捣乱 dǎo luàn (Verbo. Causar un disturbio; inconveniencia; dañar algo deliberadamente).

1458. 偏 piān (Adverbio. Indica que deliberadamente se transgrede lo que es natural que la gente haga).

1459. 上 shàng (Verbo. Ir a).

1460. 就 jiù (Adverbio. Enfatiza la afirmación).

CHINO SIMPLIFICADO

两个鬼像一阵风似的去了。在细雨蒙蒙中，吴洪听见一个人的喊声："都静一下，别吵闹。你们四个女人一块儿说话，我怎么听得清楚？"他清清楚楚听见梨花的哭泣声音，一定是梨花。一会儿声音停止了。他又听见打声，铁链子拖过木桥的声音。嘈杂的声音，越来越近。吴洪吓得骨软筋酥，两手又湿又冷又黏。他们朝门口走来了。

公墓四周围有一道矮墙，有四五尺高。外头的东西都看不见，他又听见铁链子声。"啪"地重打一声。"哎呀！"他听见一个女儿的哭声，是他妻子的声音。

一个男人的声音说："我看你的面貌不怎么熟识，干什么到这儿来捣乱？哪儿不能去，偏上我们这儿来！"

CHINO TRADICIONAL

兩個鬼像一陣風似的去了。在細雨濛濛中，吳洪聽見一個人的喊聲："都靜一下，別吵鬧。你們四個女人一塊兒說話，我怎麼聽得清楚？"他清清楚楚聽見梨花的哭泣聲音，一定是梨花。一會兒聲音停止了。他又聽見打聲，鐵鍊子拖過木橋的聲音。嘈雜的聲音，越來越近。吳洪嚇得骨軟筋酥，兩手又濕又冷又黏。他們朝門口走來了。

公墓四周圍有一道矮牆，有四五尺高。外頭的東西都看不見，他又聽見鐵鍊子聲。"啪"地重打一聲。"哎呀！"他聽見一個女兒的哭聲，是他妻子的聲音。

一個男人的聲音說："我看你的面貌不怎麼熟識，幹什麼到這兒來搗亂？哪兒不能去，偏上我們這兒來！"

PINYIN

" liǎng gè guǐ xiàng yí zhèn fēng shì de qù le. zài xì yǔ méng méng zhōng, Wúhóng tīng jiàn yí gè rén de hǎn shēng: "dōu jìng yí xià, bié chǎo nào. nǐ men sì gè nǔ rén yí kuàir shuō huà, wǒ zěn me tīng de qīng chu?" tā qīng qīng chǔ chǔ tīng jiàn Líhuā de kū qì shēng yīn, yí dìng shì Líhuā. yì huǐr shēng yīn tíng zhǐ le. tā yòu tīng jiàn dǎ shēng, tiě liàn zi tuō guò mù qiáo de shēng yīn. cáo zá de shēng yīn, yuè lái yuè jìn. Wúhóng xià de gǔ ruǎn jīn sū, liǎng shǒu yòu shī yòu lěng yòu nián. tā men cháo mén kǒu zǒu lái le.

gōng mù sì zhōu wéi yǒu yí dào ǎi qiáng, yǒu sì wǔ chǐ gāo. wài tou de dōng xi dōu kàn bú jiàn, tā yòu tīng jiàn tiě liàn zi shēng. "pā" dì chóng dǎ yì shēng. "āi yā!" tā tīng jiàn yí gè nǔ'ér de kū shēng, shì tā qī zi de shēng yīn.

yí gè nán rén de shēng yīn shuō: "wǒ kàn nǐ de miàn mào bù zě me shú shí, gàn shén me dào zhèr lái dǎo luàn? nǎr bù néng qù, piān shàng wǒ men zhèr lái!"

ESPAÑOL

Ambos fantasmas fueron como el soplido del viento. Entre la llovizna, escuchó los gritos de una persona: —Todas guarden silencio, dejen de estar discutiendo. Si las cuatro hablan al mismo tiempo, ¿cómo puedo escucharlas? Wúhóng pudo distinguir con bastante claridad los sollozos de Líhuā, en definitiva era ella. Transcurrido un momento el sonido se detuvo. Luego escuchó de nuevo un golpe y el sonido de unas cadenas siendo arrastradas por un puente de madera. El ruido estrepitoso se escuchaba cada vez más cerca. Wúhóng se asustó al grado que sintió flaquear todo su cuerpo, sus dos manos estaban húmedas, frías y pegajosas. Ellos se dirigieron entonces hacia la entrada de la puerta.

Alrededor de todo el cementerio había un muro corto de entre unos cuatro o cinco chǐ. Por lo que no se podía ver lo que sucedía adentro, pero escuchó de nuevo el sonido de unas cadenas y el sonido de un "¡zas!" pesado en el suelo. "¡Ay!" escuchó también, eran los lamentos de una mujer, la voz de su esposa.

Dijo la voz de un hombre: —Tu rostro no me es del todo familiar, ¿a qué viniste aquí a causar disturbios? A ningún lugar puedes ir a hacer un alboroto y mucho menos venir aquí a perturbar la tranquilidad.

1461. 藏 cáng (Verbo. Esconderse).

1462. 大人 (CH Continental) dà ren (TW) dà rén (Sustantivo. En la antigüedad era una forma respetuosa de dirigirse a un funcionario de gobierno).

1463. 明媒正娶 míng méi zhèng qǔ (Frase idiomática. En el antaño se refería a una pareja unida por una casamentera y que se casaba legalmente).

1464. 被 bèi (Preposición. Utilizado en una oración pasiva para introducir la persona que realiza la acción, equivale a "叫 jiào" "讓/让 ràng").

1465. 不服 bù fú (Verbo. No aceptar algo).

1466. 碎 suì (Verbo. Romper en pedazos).

1467. 即便 jí biàn (Conjunción. Aunque; sin bien; a pesar de que)

1468. 可愛/可爱 kě'ài (Adjetivo. Amable; encantador).

1469. 怒沖沖/ 怒冲冲 nù chōng chōng (Adjetivo. Altamente indignado; rabioso).

1470. 殺千刀/杀千刀 shā qiān dāo (Frase. A modo de maldición "que te maten mil cuchillos"; en la antigüedad era una tipo de ejecución y tortura brutal).

1471. 揪 jiū (Verbo. Tomar algo firmemente y jalarlo).

1472. 哭喊 kū hǎn (Verbo. Llorar en voz alta, con fuerza).

CHINO SIMPLIFICADO

"啪！啪！" 乐娘尖声地哭号。她说："我来找我丈夫。我跟在他后面来的。他一定就在附近呢。吴洪藏着又有什么用呢？" 乐娘又说："大人，我们是明媒正娶的。他被这个姑娘迷住了。他是五月节来的，一直就没回去，我和丫鬟一块儿来找他的。"

"我什么错儿也没有犯！我什么错儿也没有犯！" 梨花一点儿也不服，不住声儿地哭。吴洪听见，心都要碎了，即便她是个鬼，现在也觉得她越发可爱。

"是，不错，你什么错儿也没犯！" 他妻子怒冲冲地说，"你这个杀千刀的。" 好像她又揪梨花的头发，梨花又哭喊。

CHINO TRADICIONAL

"啪！啪！" 樂娘尖聲地哭號。她說："我來找我丈夫。我跟在他後面來的。他一定就在附近呢。吴洪藏著又有什麼用呢？" 樂娘又說："大人，我們是明媒正娶的。他被這個姑娘迷住了。他是五月節來的，一直就沒回去，我和丫鬟一塊兒來找他的。"

"我什麼錯兒也沒有犯！我什麼錯兒也沒有犯！" 梨花一點兒也不服，不住聲兒地哭。吴洪聽見，心都要碎了，即便她是個鬼，現在也覺得她越發可愛。

"是，不錯，你什麼錯兒也沒犯！" 他妻子怒沖沖地說，"你這個殺千刀的。" 好像她又揪梨花的頭髮，梨花又哭喊。

PINYIN

"pā! pā!" Yuèniáng jiān shēng de kū háo. tā shuō: "wǒ lái zhǎo wǒ zhàng fu. wǒ gēn zài tā hòu miàn lái de. tā yí dìng jiù zài fù jìn ne. Wúhóng cáng zhe yòu yǒu shén me yòng ne?" Yuèniáng yòu shuō: "dà rén, wǒ men shì míng méi zhèng qǔ de. tā bèi zhè gè gū niang xí zhù le. tā shì wǔ yuè jié lái de, yì zhí jiù méi huí qù, wǒ hé yā huan yí kuàir lái zhǎo tā de."

"wǒ shén me cuòr yě méi yǒu fàn! wǒ shén me cuòr yě méi yǒu fàn!" Líhuā yì diǎnr yě bù fú, bú zhù shēngr de kū. Wúhóng tīng jiàn, xīn dōu yào suì le, jí biàn tā shì gè guǐ, xiàn zài yě jué de tā yuè fā kě'ài.

"shì, bú cuò, nǐ shén me cuòr yě méi fàn!" tā qī zi nù chōng chōng de shuō,"nǐ zhè gè shā qiān dāo de." hǎo xiàng tā yòu jiū Líhuā de tóu fa, Líhuā yòu kū hǎn.

ESPAÑOL

—¡Zaz! ¡Zaz! Agudamente chillaba Yuèniáng. —Vine a buscar a mi esposo —dijo ella. Iba detrás de él, tiene que estar cerca de aquí. ¿Tenía entonces alguna utilidad que estuviera escondido Wúhóng? Habló de nuevo Yuèniáng—. Su excelencia, nosotros fuimos unidos por una casamentera y estamos legalmente casados. Él fue hechizado por esta muchacha. Vino en el festival del Bote del Dragón, pero no regresó, por lo que vine a buscarlo junto con mi sirvienta."

—¡No he hecho nada malo! ¡No he hecho nada malo! —Líhuā lo negaba todo, llorando continuamente. Al escuchar esto, se le desgarró el corazón a Wúhóng, aunque fuera fantasma, pensaba ahora que era más encantadora.

—Okey, correcto, ¡No hiciste nada malo! —dijo su esposa furiosamente—. Así te maten mil cuchillos. —Parecía que nuevamente tiraba del cabello de Líhuā, por lo que está, chilló de nuevo.

1473. 大喝一聲/大喝一声 dà hè yì shēng (Frase. Soltar un grito fuerte).

1474. 住手 zhù shǒu (Verbo. Detenerse).

1475. 平平安安 píng píng ān'ān (Frase. Estable y seguro; pacífico).

1476. 招誰惹誰/招谁惹谁 zhāo shéi rě shéi (Frase. Ofender a alguien).

1477. 婆娘 pó niáng (Sustantivo. Mujer a modo despectivo).

1478. 害死 hài sǐ (Verbo. Matar; causar la muerte).

1479. 孝順/孝顺 xiào shùn (Adjetivo. Filial y obediente a sus padres).

1480. 即使 jí shǐ (Conjunción. Aunque; si bien; a pesar de que).

1481. 奪/夺 duó (Verbo. Hacer perder; quitar).

1482. 動手/动手 dòng shǒu (Verbo. Usar las manos para tocar; golpear; pelear).

1483. 掐死 qiā sǐ (Frase. Estrangular).

1484. 非 fēi (Adverbio. Utilizado frecuentemente en conjunto con "不可 bù kě", "不行 bù xíng"etc… ambas con el significado de necesariamente o definitivamente, expresa querer o insistir absolutamente sobre algo).

1485. 呈報/呈报 chéng bào (Verbo. Levantar o presentar un reporte).

1486. 保俶塔 Bǎochù tǎ (Sustantivo. Pagoda Baochu).

1487. 媒人 méi rén (Sustantivo. Casamentera).

CHINO SIMPLIFICADO

坟墓的鬼官儿大喝一声："住手！"

庄寡妇的声音喊说："我们母女二人，在这里过得平平安安的，没招谁惹谁的。这个婆娘害死了我的女儿，大人若不来，她还要再害死她一次呢。"

鬼官儿说："我知道，我知道，梨花是个好姑娘，挺孝顺的一个女孩子。即使她夺了你丈夫的爱，你应当来找我才是，怎么可以自己动手掐死她？这不行，你知道。我非给你呈报上去不可。你住在什么地方？"

"保俶塔。"

鬼官儿又问："你说你是明媒正娶的，媒人是谁？"

乐娘回答说："媒人是钱塘门的王婆。"

CHINO TRADICIONAL

墳墓的鬼官兒大喝一聲："住手！"

莊寡婦的聲音喊說："我們母女二人，在這裡過得平平安安的，沒招誰惹誰的。這個婆娘害死了我的女兒，大人若不來，她還要再害死她一次呢。"

鬼官兒說："我知道，我知道，梨花是個好姑娘，挺孝順的一個女孩子。即使她奪了你丈夫的愛，你應當來找我才是，怎麼可以自己動手掐死她？這不行，你知道。我非給你呈報上去不可。你住在什麼地方？"

"保俶塔。"

鬼官兒又問："你說你是明媒正娶的，媒人是誰？"

樂娘回答說："媒人是錢塘門的王婆。"

PINYIN

fén mù de guǐ guānr dà hè yì shēng: "zhù shǒu!"

Zhuāng guǎ fù de shēng yīn hǎn shuō: "wǒ men mǔ nǚ èr rén, zài zhè lǐ guò de píng píng ān'ān de, méi zhāo shéi rě shéi de. zhè gè pó niáng hài sǐ le wǒ de nǚ'ér, dà rén ruò bù lái, tā hái yào zài hài sǐ tā yí cì ne."

guǐ guānr shuō: "wǒ zhī dào, wǒ zhī dào, Líhuā shì gè hǎo gū niang, tǐng xiào shùn de yí gè nǚ hái zi. jí shǐ tā duó le nǐ zhàng fu de ài, nǐ yīng dāng lái zhǎo wǒ cái shì, zěn me kě yǐ zì jǐ dòng shǒu qiā sǐ tā? zhè bù xíng, nǐ zhī dào. wǒ fēi gěi nǐ chéng bào shàng qù bù kě. nǐ zhù zài shén me dì fang?"

"Bǎochù tǎ."

guǐ guānr yòu wèn:"nǐ shuō nǐ shì míng méi zhèng qǔ de, méi rén shì shéi?"

Yuèniáng huí dá shuō:"méi rén shì Qiántáng mén de Wángpó."

ESPAÑOL

El funcionario fantasma cuidador de los sepulcros soltó un grito muy fuerte: —¡Detente!

—Nosotras dos, madre e hija, vivimos aquí de forma pacífica, no molestamos ni provocamos a nadie —gritó la voz de la viuda Zhāng. Nosotras dos, madre e hija, vivimos aquí de forma pacífica, no molestamos ni provocamos a nadie, gritó la voz de la viuda Zhāng. Esta mujerzuela mató a mi hija, si su excelencia no hubiera venido la asesina otra vez.

—El funcionario fantasma dijo: —Lo sé, lo sé, Líhuā es una muchacha muy filial y obediente a sus padres. Aunque te haya quitado el amor de tu esposo, debiste haber venido a buscarme, ¿cómo puedes ahorcarla con tus propias manos? Esto está mal y lo sabes. En definitiva te voy a levantar un reporte. ¿En qué lugar vives?

—Pagoda Bǎochù.

—El funcionario fantasma preguntó de nuevo: Dijicto que tu matrimonio fue arreglado y es oficial, ¿quién fue la casamentera?

—Yuèniáng respondiendo dijo: —La casamentera fue Wángpó de Qiántáng mén.

1488. 可憐/可怜 kě lián (Adjetivo. Miserable; lamentable).

1489. 随时 suí shí (Adverbio. En cualquier momento).

1490. 暗暗 àn'àn (Adverbio. secretamente; ocultamente).

1491. 門閂/门闩 mén shuān (Sustantivo. Tranca para la puerta).

1492. 门插关儿 mén chā guānr (Sustantivo. Pestillo corto colocado en una puerta de estilo antiguo).

1493. 偷偷 tōu tōu (Adverbio. Furtivamente; a escondidas).

1494. 跑出 pǎo chū (Verbo. Salir corriendo).

1495. 逃命 táo mìng (Verbo. Escapar del peligro; huir para salvar la vida)

1496. 直奔 (CH Continental) zhí bèn (TW) zhí bēn (Verbo. Ir directamente hacia algún lugar).

1497. 大為/大为 dà wéi (Adverbio. En larga escala; bastante; completamente)

1498. 駐腳/驻脚 zhù jiǎo (Frase. Detenerse).

1499. 碑文 bēi wén (Sustantivo. Inscripción lapidaria).

1500. 出冷汗 chū lěng hàn (Frase. Salir un sudor frío).

1501. 鬼影幢幢 guǐ yǐng chuáng chuáng (Frase. Sombras de fantasmas sacudiéndose o moviéndose).

1502. 滑 huá (Adjetivo. Resbaladizo; resbaloso).

1503. 小路 xiǎo lù (Sustantivo. Un tramo del camino; atajo).

1504. 拐彎兒/拐弯儿 guǎi wānr (Sustantivo. Esquina).

1505. 空地 kòng dì (Sustantivo. Espacio abierto).

1506. 老婦人/老妇人 lǎo fù rén (Sustantivo. Mujer mayor; anciana).

1507. 圍巾/围巾 wéi jīn (Sustantivo. Bufanda).

1508. 另外 lìng wài (Conjunción. Aparte; además).

1509. 才怪 cái guài (Partícula. Seguida usualmente de una frase verbal negativa, significa "sería una sorpresa si…").

CHINO SIMPLIFICADO

"别跟我撒谎！" "啪！啪！"

乐娘很可怜地说： "我说的是实话。"

吴洪忽然想起来，他随时都会被发现。于是暗暗地下了门闩，开了门插关儿，偷偷跑出逃命。幸而有女人哭喊的声音，谁也听不见他。他跑过了桥，直奔大榕树。向四周围一看，酒馆已经不见了。正在那块地方，有两个坟，他大为害怕，没敢驻脚看一下碑文。

他浑身出冷汗，越跑越怕。四周围山谷之中，全都是鬼影幢幢。他仿佛记得上次是和朋友顺着谷中的溪水走出去的。路又黑又滑，在小路拐弯儿的地方，看见两个女人，在一块空地上立着。老妇人脖子里的围巾，还看得出来。今天晚上，另外那一个女的头发若不湿才怪呢。

CHINO TRADICIONAL

"別跟我撒謊！" "啪！啪！"

樂娘很可憐地說： "我說的是實話。"

吳洪忽然想起來，他隨時都會被發現。於是暗暗地下了門閂，開了門插關兒，偷偷跑出逃命。幸而有女人哭喊的聲音，誰也聽不見他。他跑過了橋，直奔大榕樹。向四周圍一看，酒館已經不見了。正在那塊地方，有兩個墳，他大為害怕，沒敢駐腳看一下碑文。

他渾身出冷汗，越跑越怕。四周圍山谷之中，全都是鬼影幢幢。他彷彿記得上次是和朋友順著谷中的溪水走出去的。路又黑又滑，在小路拐彎兒的地方，看見兩個女人，在一塊空地上立著。老婦人脖子裡的圍巾，還看得出來。今天晚上，另外那一個女的頭髮若不濕才怪呢。

PINYIN

"bié gēn wǒ sā huǎng!" "pā! pā!"

Yuèniáng hěn kě lián de shuō: "wǒ shuō de shì shí huà."

Wúhóng hū rán xiǎng qǐ lái, tā suí shí dōu pèi fā xiàn. yú shì àn'àn de xià le mén shuān, kāi le mén chā guanr, tōu tōu pǎo chū táo mìng. xìng ér yǒu nǚ rén kū hǎn de shēng yīn, shéi yě tīng bú jiàn tā. tā pǎo guò le qiáo, zhí bēn dà róng shù. xiàng sì zhōu wéi yí kàn, jiǔ guǎn yǐ jīng bú jiàn le. zhèng zài nà kuài dì fang, yǒu liǎng gè fén, tā dà wéi hài pà, méi gǎn zhù jiǎo kàn yí xià bēi wén.

tā hún shēn chū lěng hàn, yuè pǎo yuè pà. sì zhōu wéi shān gǔ zhī zhōng, quán dōu shì guǐ yǐng chuáng chuáng. tā fǎng fú jì dé shàng cì shì hé péngyǒu shùn zhe gǔ zhōng de xī shuǐ zǒu chū qù de. lù yòu hēi yòu huá, zài xiǎo lù guǎi wānr de dì fang, kàn jiàn liǎng gè nǚ rén, zài yí kuài kòng dì shàng lì zhe. lǎo fù rén bó zi lǐ de wéi jīn, hái kàn de chū lái. jīn tiān wǎn shàng, lìng wài nà yí gè nǚ de tóu fa ruò bù shī cái guài ne.

ESPAÑOL

—¡No me digas mentiras!. ¡Zaz! ¡Zaz!

—Yuèniáng miserablemente dijo: —Lo que dije es cierto.

Wúhóng de pronto recordó, que en cualquier momento podría ser descubierto. Por lo que a hurtadillas bajo la tranca de la puerta, abrió el pestillo y corrió por su vida. Afortunadamente aún continuaban los sonidos de lamento de las mujeres, por lo que nadie lo escuchó. Corrió al puente de madera, yendo directo al gran árbol banyan. Miró a su alrededor, por la taberna ya no estaba. Ahora en ese lugar, había dos tumbas, asustándose completamente, no se atrevió a detenerse a mirar su inscripción.

Un sudor frío recorría todo su cuerpo, entre más corría más pánico tenía. Todo el valle era sombras de fantasmas moviéndose. Parecía que aún recordaba el río anexo al interior del valle, por el que había andado con su amigo la última vez. El camino estaba oscuro y resbaladizo, en una esquina de un tramo del lugar, vio a dos mujeres, paradas en un espacio abierto. Se podía apreciar que la anciana tenía el cuello rodeado con una bufanda. Y habría sido una sorpresa que en esa noche la otra mujer no tuviera el cabello mojado.

1510. 好半天 hǎo bàn tiān (Frase. La mayor parte del día).
1511. 嚇傻/吓傻 xià shǎ (Verbo. Aterrorizar).
1512. 使勁/使劲 shǐ jìn (Verbo. Usar toda la fuerza de uno; máximo esfuerzo).
1513. 遠處/远处 yuǎn chù (Sustantivo. Lugar lejano o distante).
1514. 谷口 gǔ kǒu (Frase. Entrada del valle).
1515. 燈光/灯光 dēng guāng (Sustantivo. Luz; iluminación; resplandor).
1516. 亲切 qīn qiè (Adjetivo. Cordial y sincero).
1517. 空洞洞 kōng dòng dòng (Adjetivo. De apariencia vacía y espaciosa).
1518. 一對/一对 yí duì (Frase. Una pareja; "對/对" clasificador. para pares; parejas).
1519. 狰狞 zhēng níng (Adjetivo. Expresión facial o gesto, feroz y horripilante).
1520. 家具 jiā jù (Sustantivo. Muebles; mobiliario).
1521. 骨頭架子/骨头架子 (CH Continental) gú tou jià zi (TW) gǔ tou jià zi (Sustantivo. esqueleto; persona muy delgada).
1522. 熒熒/荧荧 yíng yíng (Adjetivo. Parpadeo; titilo; centelleo).
1523. 開外/开外 kāi wài (Sustantivo. Por encima de cierta cantidad).
1524. 年紀/年纪 nián jì (Sustantivo. Edad).
1525. 圍裙/围裙 wéi qún (Sustantivo. Mandil; delantal).
1526. 染 rǎn (Verbo. Teñir; aplicar tinta o algún color a algo).
1527. 血 (CH Continental) xuè (TW) xiě (Sustantivo. Sangre).
1528. 屠戶/屠户 tú hù (Sustantivo. Carnicero).
1529. 兩/两 liǎng (Unidad de peso tradicional china. Equivalente a 50 gramos o 1.763 onzas).
1530. 粗暴 cū bào (Adjetivo. Grosero; brutal).
1531. 就 jiù (Adverbio. Expresa determinación y la imposibilidad de cambio).

CHINO SIMPLIFICADO

王婆和养母陈太太朝他说："你上哪儿去呀？这么跑！我们等了你好半天。"

他吓傻了，又使劲跑，听见她俩在后头笑。

大概跑了半里地，他看见远处谷口有灯光。灯光之亲切可爱，再没吴洪现在看见的这么可爱了。他跑近一看，原来是个小酒馆，里头空洞洞的，没有什么家具，一对夫妇，狰狞可怕，像一对骨头架子，一灯荧荧之下，两人在桌子旁边坐着。丈夫有五十开外年纪，腰里围着一个围裙，上头染着血，像个屠户一样。

吴洪要点儿酒喝："四两，热一下。"

那个男人抬头望了望，也没有立起来，很粗暴地回答："我们就卖冷的。"

CHINO TRADICIONAL

王婆和養母陳太太朝他說："你上哪兒去呀？這麼跑！我們等了你好半天。"

他嚇傻了，又使勁跑，聽見她倆在後頭笑。

大概跑了半里地，他看見遠處谷口有燈光。燈光之親切可愛，再沒吳洪現在看見的這麼可愛了。他跑近一看，原來是個小酒館，裡頭空洞洞的，沒有什麼家具，一對夫婦，猙獰可怕，像一對骨頭架子，一燈熒熒之下，兩人在桌子旁邊坐著。丈夫有五十開外年紀，腰里圍著一個圍裙，上頭染著血，像個屠戶一樣。

吳洪要點兒酒喝："四兩，熱一下。"

那個男人抬頭望了望，也沒有立起來，很粗暴地回答："我們就賣冷的。"

PINYIN

Wángpó hé yǎng mǔ Chén tài tai cháo tā shuō: "nǐ shàng nǎr qù yā? zhè me pǎo! wǒ men děng le nǐ hǎo bàn tiān."

tā xià shǎ le, yòu shǐ jìn pǎo, tīng jiàn tā liǎ zài hòu tou xiào.

dà gài pǎo le bàn lǐ dì, tā kàn jiàn yuǎn chù gǔ kǒu yǒu dēng guāng. dēng guāng zhī qīn qiè kě'ài, zài méi Wúhóng xiàn zài kàn jiàn de zhè me kě'ài le. tā pǎo jìn yí kàn, yuán lái shì ge xiǎo jiǔ guǎn, lǐ tou kōng dòng dòng de, méi yǒu shén me jiā jù, yí duì fū fù, zhēng níng kě pà, xiàng yí duì gǔ tou jià zi, yì dēng yíng yíng zhī xià, liǎng rén zài zhuō zi páng biān zuò zhe. zhàng fu yǒu wǔ shí kāi wài nián jì, yāo lǐ wéi zhe yí ge wéi qún, shàng tou rǎn zhe xuè, xiàng gè tú hù yí yàng.

Wúhóng yào diǎnr jiǔ hē: "sì liǎng, rè yí xià."

nà gè nán rén tái tóu wàng le wàng, yě méi yǒu lì qǐ lái, hěn cū bào de huí dá: "wǒ men jiù mài lěng de."

ESPAÑOL

Wángpó y la señora Chén le dijeron: —¿A dónde vas? ¡Corriendo así! Llevamos esperándote casi todo el día.

Él se aterrorizó y corrió de nuevo con todas sus fuerzas, escuchando por detrás las risas de ambas.

Corrió aproximadamente medio lǐ y vio que a lo lejos había unas luces en la entrada del valle. La luz era cálida y fascinante. Nunca antes había visto Wúhóng un resplandor tan cautivador como el de ahora. Se acercó para ver, resultando ser una pequeña taberna vacía en su interior, sin mobiliario; una pareja de casados, feroz y terrorífica, que parecía un par de esqueletos, estaba sentada a un lado de una mesa bajo una lámpara centelleante. El esposo, que tenía más de cincuenta años de edad, llevaba alrededor de su cintura un delantal teñido de sangre, como el de un carnicero. Wúhóng ordenó alcohol para beber:

—Quiero cuatro liǎng, un poco caliente.

El hombre levantó su cabeza para mirar y sin ponerse de pie le respondió toscamente: —Sólo vendemos bebidas frías.

1532. 二話/二话 èr huà (Sustantivo. Utilizado normalmente en negación: objeción, discrepancia o punto de vista diferente).

1533. 就 jiù (Conjunción. Indica una acción seguida de otra en la estructura V1+就+V2).

1534. 旅館/旅馆 lǚ guǎn (Sustantivo. Hotel; posada).

1535. 茶座 chá zuò (Sustantivo. Casa de té o jardín de té).

1536. 擠進去/挤进去 jǐ jìn qù (Frase. Usar el codo, el hombro o dar un empujón para entrar).

1537. 貼近/贴近 tiē jìn (Verbo. Estar pegado a; a ras de).

1538. 群 qún (Clasificador. Para grupo; manada; muchedumbre; multitud).

1539. 鎖/锁 suǒ (Verbo. Cerrar).

1540. 轉身/转身 zhuǎn shēn (Verbo. Darse una vuelta; girar; voltear).

1541. 面目全非 miàn mù quán fēi (Frase idiomática. En sentido peyorativo; irreconocible).

1542. 掛/挂 guà (Verbo. Colgar).

1543. 綠窗簾兒/绿窗帘儿 lǜ chuāng liánr (Frase. Cortina verde).

1544. 窗扇/窗扇 chuāng shàn (Sustantivo. Ventana abatible o con bisagras).

1545. 懶洋洋/懒洋洋 lǎn yáng yáng (Adjetivo. De apariencia lánguida).

1546. 隨風/随风 suí fēng (Verbo. Sacudido por el viento).

1547. 擺動/摆动 bǎi dòng (Verbo. Oscilar; balancear; columpiar).

1548. 碧綠/碧绿 bì lǜ (Adjetivo. Verde oscuro).

1549. 油漆 yóu qī (Sustantivo/verbo. Pintura, barniz; pintar).

1550. 剝落/剥落 bō luò (Verbo. Descarapelar; descascarar, resquebrajar).

1551. 驚異/惊异 jīng yì (Adjetivo. Sorprendido).

1552. 萬分/万分 wàn fēn (Adverbio. Extremadamente, sumamente.

1553. 無處/无处 wú chù (Frase. Ningún lugar).

1554. 嚥下/咽下 yàn xià (Verbo. Engullir; tragar).

1555. 定神 dìng shén (Verbo. Recomponerse).

1556. 安安靜靜/安安静静 ān ān jìng jìng (Frase idiomática. Tranquilo y sereno; callado).

1557. 荒宅 huāng zhái (Frase. Residencia abandonada; desolada).

CHINO SIMPLIFICADO

吴洪明白了，又遇见了一对鬼。没说二话，出来就跑。到了钱塘门，大概十一点。他进了一家旅馆，在楼下的一个小茶座里，六七个人围着一张桌子喝茶。他用力挤进去，贴近桌子坐下。他身旁一个人说："你好像看见鬼了似的。"

"不错，我遇见了鬼，一大群鬼。"

他回家去，一看门锁了。他不敢进去，转身朝白鹤塘走去。到了妻子的养母家，发现大门半开着，进去一看，简直面目全非。以前挂绿窗帘儿的地方，现在窗扇空空的，懒洋洋地随风摆动，轻轻地在墙上碰打。原来碧绿的地方，现在已经油漆剥落了。他真是惊异万分。

既然无处可去，他进了最近的一个酒馆，咽下了一杯酒。等稍微定了定神，他安安静静地向茶房打听这所荒宅的情形。

PINYIN

Wúhóng míng bai le, yòu yù jiàn le yí duì guǐ. méi shuō èr huà, chū lái jiù pǎo. dào le Qiántáng mén, dà gài shí yì diǎn. tā jìn le yì jiā lǚ guǎn, zài lóu xià de yí gè xiǎo chá zuò lǐ, liù qī gè rén wéi zhe yì zhāng zhuō zi hē chá. tā yòng lì jǐ jìn qù, tiē jìn zhuō zi zuò xià. tā shēn páng yí gè rén shuō: "nǐ hǎo xiàng kàn jiàn guǐ le shì de."

"bú cuò, wǒ yù jiàn le guǐ, yí dà qún guǐ."

tā huí jiā qù, yì kān mén suǒ le. tā bù gǎn jìn qù, zhuǎn shēn cháo Báihè táng zǒu qù. dào le qī zi de yǎng mǔ jiā, fā xiàn dà mén bàn kāi zhe, jìn qù yí kàn, jiǎn zhí miàn mù quán fēi. yǐ qián guà lǚ chuāng lián de dì fang, xiàn zài chuāng shàn kōng kōng de, lǎn yáng yáng de suí fēng bǎi dòng, qīng qīng de zài qiáng shàng pèng dǎ. yuán lái bì lǚ de dì fang, xiàn zài yǐ jīng yóu qī bō luò le. tā zhēn shì jīng yí wàn fēn.

jì rán wú chù kě qù, tā jìn le zuì jìn de yí gè jiǔ guǎn, yàn xià le yì bēi jiǔ. děng shāo wēi dìng le dìng shén, tā ān ān jìng jìng de xiàng chá fáng da tīng zhè suǒ huāng zhái de qíng xíng.

CHINO TRADICIONAL

吳洪明白了，又遇見了一對鬼。沒說二話，出來就跑。到了錢塘門，大概十一點。他進了一家旅館，在樓下的一個小茶座裡，六七個人圍著一張桌子喝茶。他用力擠進去，貼近桌子坐下。他身旁一個人說："你好像看見鬼了似的。"

"不錯，我遇見了鬼，一大群鬼。"

他回家去，一看門鎖了。他不敢進去，轉身朝白鶴塘走去。到了妻子的養母家，發現大門半開著，進去一看，簡直面目全非。以前掛綠窗簾兒的地方，現在窗扇空空的，懶洋洋地隨風擺動，輕輕地在牆上碰打。原來碧綠的地方，現在已經油漆剝落了。他真是驚異萬分。

既然無處可去，他進了最近的一個酒館，嚥下了一杯酒。等稍微定了定神，他安安靜靜地向茶房打聽這所荒宅的情形。

ESPAÑOL

Wúhóng entendió que nuevamente se había topado con una pareja de fantasmas. Sin decir réplica, salió corriendo. Llegó a Qiántáng mén, aproximadamente a las once. Entró a un hotel, con una pequeño jardín de té en el piso de abajo, donde había entre seis y siete personas alrededor de una mesa tomando té. Haciendo uso de su fuerza y a empellones logró sentarse apretujado frente a la mesa. Una persona a su costado le dijo: —Pareciera que has visto a un fantasma.

Así es, me he topado con fantasmas; con un grupo grande de ellos.

De regreso a casa, vio que la puerta estaba cerrada. No se atrevió a entrar, se dio la vuelta partiendo rumbo al Malecón de la Grulla blanca. Llegó a la casa de la madre adoptiva de su esposa, encontrando la puerta abierta a medias, entró para echar un vistazo, todo estaba completamente irreconocible. El lugar donde antes había cortinas verdes colgadas, ahora eran ventanas abatibles vacías, lánguidamente columpiadas por el viento, chocando suavemente contra la pared. Donde antes era un lugar coloreado por un verde oscuro, ahora era pintura descarapelándose. Por lo que en verdad se sorprendió extremadamente.

Puesto que no había ningún lugar al que pudiera ir, entró al hotel más cercano y se engulló un trago. Aguardado un momento se recompuso y tranquilamente le preguntó al camarero sobre la situación de la casa abandonada.

1558. 鬼鬧/鬼闹 guǐ nào (Frase. Superstición de fuerzas del mal ejerciendo una mala influencia) En texto también aparece: 鬧鬼/闹鬼 nào guǐ (Verbo. Encantado; embrujado)(Los significados cambian ligeramente).

1559. 亂哄哄/乱哄哄 luàn hōng hōng (Adjetivo. Ruido; sonido desordenado, tumultuoso, confuso, entremezclado).

1560. 撲通撲通/扑通扑通 pū tōng pū tōng (Onomatopeya. Imita el sonido de un objeto pesado que cae al suelo o el sonido del agua).

1561. 追趕/追赶 zhuī gǎn (Verbo. Perseguir; cazar).

1562. 炒菜鍋/炒菜锅 chǎo cài guō (Sustantivo. Wok).

1563. 砸得粉碎 zá dé fěn suì (Frase. Romperse en pedazos; "砸" Verbo. Romper; "得" Auxiliar. Utilizado antes de un verbo o un adjetivo para unir complementos gramaticales que expresan un grado o un resultado" "粉碎" Adjetivo. Romperse en pedazos).

1564. 鬧騰/闹腾 (CH Continental) nào teng (TW) nào téng (Verbo. Armar alboroto).

1565. 新聞/新闻 xīn wén (Sustantivo. Noticia; novedad, suceso recién surgido).

CHINO SIMPLIFICADO

"这所房子没有人住已经有一年多了。鬼闹得太凶。屋里的家具都没人愿去偷，还是好木头的呢。"

"怎么？闹鬼？" 吴洪假装不信的样子。

"一点儿也不错。以前在夜里，里头乱哄哄的可怕死人，脚步声在楼梯上扑通扑通地响，好像女人们追赶的声音。椅子乱飞，炒菜锅砸得粉碎。有人听见女鬼哭号。嘈杂的声音由半夜闹起，闹腾一刻钟才平静。"

"以前什么人在这里头住呢？" 吴洪非常高兴听这个故事，好像是一件新闻。

CHINO TRADICIONAL

"這所房子沒有人住已經有一年多了。鬼鬧得太兇。屋裡的家具都沒人願去偷，還是好木頭的呢。"

"怎麼？鬧鬼？" 吳洪假裝不信的樣子。

"一點兒也不錯。以前在夜裡，裡頭亂哄哄的可怕死人，腳步聲在樓梯上撲通撲通地響，好像女人們追趕的聲音。椅子亂飛，炒菜鍋砸得粉碎。有人聽見女鬼哭號。嘈雜的聲音由半夜鬧起，鬧騰一刻鐘才平靜。"

"以前什麼人在這裡頭住呢？" 吳洪非常高興聽這個故事，好像是一件新聞。

PINYIN

"zhè suǒ fáng zi méi yǒu rén zhù yǐ jīng yǒu yì nián duō le. guǐ nào de tài xiōng. wū lǐ de jiā jù dōu méi rén yuàn qù tōu, hái shì hǎo mù tou de ne."

"zěn me? nào guǐ?" Wúhóng jiǎ zhuāng bú xìn de yàng zi.

"yì diǎnr yě bú cuò. yǐ qián zài yè lǐ, lǐ tou luàn hōng hōng de kě pà sǐ rén, jiǎo bù shēng zài lóu tī shàng pū tōng pū tōng de xiǎng, hǎo xiàng nǚ rén men zhuī gǎn de shēng yīn. yǐ zi luàn fēi, chǎo cài guō zá de fěn suì. yǒu rén tīng jiàn nǚ guǐ kū hào. cáo zá de shēng yīn yóu bàn yè nào qǐ, nào teng yí kè zhōng cái píng jìng."

"yǐ qián shén me rén zài zhè lǐ tóu zhù ne?" Wúhóng fēi cháng gāo xing tīng zhè ge gù shi, hǎo xiàng shì yí jiàn xīn wén.

ESPAÑOL

—En esta casa no ha vivido nadie por más de un año. Los fantasmas causan disturbios feroces. Ninguna persona está dispuesta a ir a robar los muebles de la casa, aunque sean de buena madera.

—¿Cómo? ¿Encantada? —Wúhóng aparentaba incredulidad.

—Es completamente cierto. Anteriormente durante la noche se escuchaba en el interior los ruidos entremezclados de gente muerta espantosa y el sonido de sus pasos golpeando pesadamente sobre las escaleras, como si fuera el ruido de unas mujeres persiguiéndose. Las sillas volaban en desorden y los woks se rompían en pedazos. Hubo quién escuchó el llanto de una mujer fantasma. El estrepitoso sonido comenzó durante la medianoche y el desorden se calmó hasta un cuarto de hora después.

—¿Quién vivía antes aquí? —Wúhóng estaba muy feliz escuchando esta historia, como si fuera un suceso novedoso.

1566. 房東/房东 fáng dōng (Sustantivo. Dueño de la casa; propietario de la casa).

1567. 養女/养女 yǎng nǚ (Sustantivo. Hija adoptiva).

1568. 寬裕/宽裕 kuān yù (Adjetivo. Acomodado; confortable; cómodo).

1569. 出名 chū míng (Verbo/adjetivo. Hacerse famoso; ser famoso o conocido).

1570. 大筆/大笔 dà bǐ (Adjetivo. Gran cantidad; gran número).

1571. 就 jiù (Conjunción. Indica una acción seguida de otra en la estructura V1+就+V2).

1572. 撵出/撵出 niǎn chū (Verbo. Expulsar).

1573. 全套 quán tào (Sustantivo. Juego completo).

1574. 陪葬 péi zàng (Verbo. Enterrar objetos que acompañen al muerto; ser enterrado vivo junto con un difunto).

1575. 池塘 chí táng (Sustantivo. Estanque).

1576. 掉下 diào xià (Verbo. Caer).

1577. 淹死 yān sǐ (Verbo. Ahogarse).

1578. 糟糕 zāo gāo (Adjetivo. Suceso, evento, etc. malo).

1579. 偏偏 piān piān (Adverbio. Contrario a la expectativa).

1580. 屍體/尸体 shī tǐ (Sustantivo. Cuerpo muerto; cadáver).

1581. 教 jiào (Preposición. En una oración pasiva introduce el sujeto que realiza la acción).

1582. 荷葉/荷叶 hé yè (Sustantivo. Hoja de loto).

1583. 遮住 zhē zhù (Verbo. Cubierto por).

1584. 打撈/打捞 dǎ lāo (Verbo. Sacar o rescatar del agua).

1585. 泡漲/泡涨 pào zhǎng (Verbo. Hincharse después de absorber agua, etc.).

1586. 剩下 shèng xià (Verbo. Quedar; restar; sobrar).

1587. 孤苦伶仃 gū kǔ líng dīng (Frase idiomática. Solitario e indefenso, completamente abandonado y solo; huérfano).

1588. 白天 bái tiān (Sustantivo. Durante el día).

1589. 直到 zhí dào (Verbo. Hasta que).

1590. 為止/为止 wéi zhǐ (Estructura gramatical. Utilizado con palabras como "到 dào" ó "至 zhì" expresa hasta...).

CHINO SIMPLIFICADO

茶房说："房东是一位太太，姓陈。她有一个养女，非常漂亮，人们叫她乐娘。她俩日子过得很宽裕。乐娘吹箫很出名。金太傅的三公子知道了，出了一大笔钱给她养母，就把她买过府去。后来听说，两个人打架，她打死了另一个姑娘，就被人撵出府来。她正怀着孩子，回家就上了吊。两个女鬼好像天天夜里打架。其实乐娘也可以满足了，因为她埋在保俶塔，有全套的乐器陪葬。她死之后，陈太太一天在池塘洗衣裳，掉下水去淹死了。真糟糕，偏偏尸体又教荷叶遮住，两天以后才发现。打捞上来，都泡涨了，浑身都是浮萍。她死后，就剩下她的一个小姑娘——我们叫她青儿——孤苦伶仃的，白天夜里哭，直到陈太太来把她带走为止。"

CHINO TRADICIONAL

茶房說："房東是一位太太，姓陳。她有一個養女，非常漂亮，人們叫她樂娘。她倆日子過得很寬裕。樂娘吹簫很出名。金太傅的三公子知道了，出了一大筆錢給她養母，就把她買過府去。後來聽說，兩個人打架，她打死了另一個姑娘，就被人撵出府來。她正懷著孩子，回家就上了吊。兩個女鬼好像天天夜裡打架。其實樂娘也可以滿足了，因為她埋在保俶塔，有全套的樂器陪葬。她死之後，陳太太一天在池塘洗衣裳，掉下水去淹死了。真糟糕，偏偏屍體又教荷葉遮住，兩天以後才發現。打撈上來，都泡漲了，渾身都是浮萍。她死後，就剩下她的一個小姑娘——我們叫她青兒——孤苦伶仃的，白天夜裡哭，直到陳太太來把她帶走為止。"

PINYIN

chá fáng shuō:"fáng dōng shì yí wèi tài tài, xìng Chén. tā yǒu yí gè yǎng nǚ, fēi cháng piào liang, rén men jiào tā Yuèniáng. tā liǎ rì zi guò de hěn kuān yù. Yuèniáng chuī xiāo hěn chū míng. Jīn tài fù de sān gōng zǐ zhī dào le, chū le yí dà bǐ qián gěi tā yǎng mǔ, jiù bǎ tā mǎi guò fǔ qù. hòu lái tīng shuō, liǎng gè rén dǎ jià, tā dǎ sǐ le lìng yí gè gū niang, jiù bèi rén niǎn chū fǔ lái. tā zhèng huái zhe hái zi, huí jiā jiù shàng le diào. liǎng gè nǚ guǐ hǎo xiàng tiān tiān yè lǐ dǎ jià. qí shí Yuèniáng yě kě yǐ mǎn zú le, yīn wèi tā mái zài Bǎochù tǎ, yǒu quán tào de yuè qì péi zàng. tā sǐ zhī hòu, Chén tài tài yì tiān zài chí táng xǐ yī shang, diào xià shuǐ qù yān sǐ le. zhēn zāo gāo, piān piān shī tǐ yòu jiào hé yè zhē zhù, liǎng tiān yǐ hòu cái fā xiàn. dǎ lāo shàng lái, dōu pào zhǎng le, hún shēn dōu shì fú píng. tā sǐ hòu, jiù shèng xià tā de yí gè xiǎo gū niang——wǒ men jiào tā Qīngr——gū kǔ líng dīng de, bái tiān yè lǐ kū, zhí dào Chén tài tài lái bǎ tā dài zǒu wéi zhǐ."

ESPAÑOL

El camarero dijo: —La propietaria era una señora que se apellidaba Chén. Tenía una hija adoptiva muy hermosa, la gente la llamaba Yuèniáng. Ambas vivían acomodadamente. Yuèniáng era conocida por tocar la flauta. Cuando el tutor imperial Jīn se enteró, pagó una gran cantidad de dinero a su madre adoptiva, llevándosela a su residencia tras haberla comprado. Después, escuché que ambos discutieron, porque ella había matado a otra muchacha, por lo que fue expulsada de la residencia. Como había quedado encinta, al regresar a casa se ahorcó. Parece ser que los dos fantasmas femeninos discutían todas las noches por ello. De hecho Yuèniáng también pudo quedar complacida, porque fue enterrada en la Pagoda Bǎochù, con todo su juego completo de instrumentos musicales acompañándola. Tras su muerte, un día que la señora Chén estaba en un estanque lavando su ropa, cayó al agua muriendo ahogada. Fue una pena en verdad, que su cadáver cubierto por hojas de loto, se encontrará hasta dos días después. Al rescatarla del agua, estaba toda hinchada y llena de lentejas de agua. A su muerte, dejó a su pequeña niña; a la que nosotros llamamos Qīngr, sola y desamparada, lloró día y noche, hasta que la señora Chén vino a llevársela.

1591. 迷迷糊糊 mí mí hū hū (Adjetivo. Confundido; aturdido; irritado).
1592. 打定主意 dǎ dìng zhǔ yì (Frase idiomática. Decidirse).
1593. 光棍 guāng gùn (Sustantivo. Persona soltera).
1594. 就 jiù (Adverbio. Indica que un acción ocurre inmediatamente).
1595. 啟程/启程 qǐ chéng (Verbo. Ponerse en camino; emprender un viaje).
1596. 還鄉/还乡 huán xiāng (Verbo. Regresar a la tierra o pueblo natal).

CHINO SIMPLIFICADO

"怎么会来带走呢？"

"那就是人们都听见房子里头一次女鬼打架的那一夜。第二天，人们发现青儿躺在床上死了。她一定是吓死的。我知道你不信这些事情，可是一点儿也不假。"

吴洪心里明白，迷迷糊糊回答说："谁说我不信呢？"

他打定主意，京都不是个光棍汉住的地方，第二天就启程还乡了。

CHINO TRADICIONAL

"怎麼會來帶走呢？"

"那就是人們都聽見房子裡頭一次女鬼打架的那一夜。第二天，人們發現青兒躺在床上死了。她一定是嚇死的。我知道你不信這些事情，可是一點兒也不假。"

吳洪心裡明白，迷迷糊糊回答說："誰說我不信呢？"

他打定主意，京都不是個光棍漢住的地方，第二天就啟程還鄉了。

PINYIN

"zěn me huì lái dài zǒu ne?"

"nà jiù shì rén men dōu tīng jiàn fáng zi lǐ tóu yí cì nǚ guǐ dǎ jià de nà yí yè. dì èr tiān, rén men fā xiàn Qīngr tǎng zài chuáng shàng sǐ le. tā yí dìng shì xià sǐ de. wǒ zhī dào nǐ bú xìn zhè xiē shì qíng, kě shì yì diǎnr yě bù jiǎ. "

Wúhóng xīn lǐ míng bai, mí mí hú hú huí dá shuō:"shéi shuō wǒ bú xìn ne?"

tā dǎ dìng zhǔ yì, jīng dū bú shì gè guāng gùn hàn zhù de dì fang, dì èr tiān jiù qǐ chéng huán xiāng le.

ESPAÑOL

—¿Cómo que vino a llevársela?

—Eso fue en la noche en que todos escucharon a las mujeres fantasma peleando dentro de la casa. Al segundo día, encontraron a Qīngr recostada sobre la cama muerta. Seguramente murió del susto. Yo sé que no crees en esto, pero es completamente verdadero.

—Wúhóng lo entendió todo en su interior y aturdidamente respondió: —¿Quién dijo que no lo creo?

Él determinó, que para un hombre soltero, la capital no era un lugar adecuado para vivir, y al siguiente día partió de regreso a su ciudad natal.

Made in the USA
Columbia, SC
06 December 2023

95f88aa9-5de9-41ab-834e-993a4c630f05R02